El vacío en el que flotas

Jorge Franco

El vacío en el que flotas

ALFAGUARA

Papel certificado por el Forest Stewardship Council®

Primera edición: enero de 2024

© 2023, Jorge Franco
c/o Casanovas & Lynch Agencia Literaria, S. L.
© 2023, de la presente edición en castellano para todo el mundo:
Penguin Random House Grupo Editorial, S. A. S.
Carrera 7 # 75-51, piso 7, Bogotá, D. C., Colombia
PBX (57-601) 7430700
© 2024, Penguin Random House Grupo Editorial, S.A.U.
Travessera de Gràcia, 47-49. 08021 Barcelona

© Diseño: Penguin Random House Grupo Editorial, inspirado en un diseño original de Enric Satué

Printed in Spain – Impreso en España

ISBN: 978-84-204-7535-6
Depósito legal: B-19388-2023

Impreso en Unigraf, Móstoles (Madrid)

AL75356

Para mi hija, Valeria

Acta del jurado del Premio Internacional de Novela Llibre d'Or 2002

Reunido en la ciudad de Barcelona, hoy 28 de noviembre de 2002, un jurado presidido por Antonio García Gómez, e integrado por Núria Cervera, Cristóbal Carballo, Diego Vallejo-Nájera y Beatriz Oliveiras, decide otorgar, por unanimidad, el **Premio Internacional de Novela Llibre d'Or**, en su cuadragésima octava edición, y dotado con una suma de trescientos cincuenta mil dólares americanos, a la novela titulada *Aquel monstruo indomable*, cuyo autor, una vez abierta la plica, resultó ser el escritor colombiano **Ánderson Posada**.

El jurado destaca en la novela el manejo de un gran ingenio lingüístico, a través de una historia que expone con acierto la periferia de la miseria humana, y de personajes marcados por el despótico azar de la desdicha. Los riesgos narrativos asumidos por el autor permiten reconocer en su prosa un trasfondo melancólico e incómodo, expuesto con tal destreza que, sin duda alguna, revolucionará el panorama literario contemporáneo.

1

El teléfono de disco, pegado en la pared, se sacudió como si la llamada fuera de vida o muerte. Uriel respondió y no entendió muy bien lo que le decían. Querían hablar con Andrés Posada. Ánderson, querrá decir, corrigió Uriel, todavía con el tarro de café en la mano. Voy a ver si está despierto, añadió, y del otro lado le recalcaron, es muy importante que hablemos ya con él. Uriel, o Kiki Boreal, como se le conocía en el mundillo de la noche, resopló y maldijo, en qué se habrá metido este muchacho para que lo llamen a las cinco de la mañana y con tanta urgencia.

Uriel, o Api, como le decía Ánderson, tocó la puerta y luego la abrió con discreción. Adentro estaba en penumbra. Ánderson, dijo. Luego insistió, Ánderson, mijo, te necesitan al teléfono. Ánderson rezongó desde lo profundo de sus sueños. Es un señor como español, dijo Uriel, y Ánderson balbuceó un par de palabras incomprensibles. ¿Qué?, preguntó Uriel, y como Ánderson no le respondía, regresó a la cocina, al teléfono. Antes de volver a hablar, estiró el cordón, que estaba hecho un nudo.

—Mire —dijo—, ¿no podría llamarlo más tarde? Es que aquí todavía no ha amanecido.

—Disculpe, pero lo que tenemos para decirle al señor Posada es muy importante.

—Pero es que...

—Dígale que soy Antonio García Gómez, presidente del jurado del premio Llibre d'Or.

Uriel estaba cansado, sentía ganas de decirle que en ese momento tendría que estar limpiándose la cara mientras subía el café, y que en diez minutos debería de estar metido en la cama, pero no dijo nada y regresó al cuarto de Ánderson. Abrió sin tocar y le habló, es dizque el presidente de no sé qué cosa, que te necesita ya mismo, haz el favor y háblale, que me tienen de un lado para otro. Ánderson apenas se removió en la cama y Uriel prendió la luz.

—Parece una llamada de larga distancia —dijo Uriel.

—¿Quién dijiste que era?

—El presidente de España —respondió Uriel, y se fue.

Ánderson, en camiseta y calzoncillos, arrastró los pies hasta la cocina. Ahí estaba Uriel con una cucharita en la mano y con el tarro de café en la otra. Con la boca señaló el teléfono.

—¿Aló? —dijo Ánderson, apoyado en la pared.

No recordaba la fecha del fallo. Solo la vio cuando revisó la convocatoria y luego la olvidó. Había participado antes en tantos concursos que ya había perdido el interés y la esperanza. Se confundió al escuchar el nombre del reconocidísimo escritor Antonio García Gómez. Respondió con monosílabos, sí, sí, soy yo, mientras Uriel rastrillaba un fósforo para prender el fogón. ¿Qué?, preguntó Ánderson en el teléfono, ¿qué me está diciendo?, ¿de verdad, señor? En el fogón saltó una llama alta que hizo rebotar a Uriel, y maldecir. Ni siquiera oyó a Ánderson cuando exclamó conmovido ¡no lo puedo creer! Solo cuando lo vio llorar y deslizarse por la pared hasta quedar acurrucado en el piso, todavía pegado al teléfono, cuando le oyó decir entrecortado, sí, muchas gracias, muchísimas gracias, sí, aquí voy a estar, quedo pendiente de la llamada, solo ahí Uriel se acercó y le preguntó ¿qué pasó, mijo?, sospechando lo peor.

Ánderson se puso de pie, temblando. Uriel le ayudó a enganchar el auricular.

—Gané, Api.

—¿Qué te ganaste? —le preguntó Uriel.

—El premio.

—Ah.

—El premio, Api.

—Bueno, siquiera. Yo pensé que era una mala noticia. Y con el susto que me pegó ese fogón.

—No me has entendido, Api —le reclamó Ánderson, cariñosamente.

—Sí, mijo. Felicitaciones.

Ánderson negó con la cabeza, se abalanzó sobre Uriel y lo estrujó con un abrazo, llorando sobre su hombro. Uriel le dio palmaditas en la espalda.

—¿Por qué lloras? Yo de verdad me alegro mucho, lo que pasa es que a esta hora no soy muy expresivo, acababa de llegar cuando sonó el teléfono y...

Ánderson le agarró la cara con las manos y le estampó un beso en la frente, todavía cubierta de base.

—Con tal que lo del premio alcance para otra estufa... —dijo Uriel.

—Para la estufa y todo lo que necesites, Api —le dijo Ánderson.

Uriel bostezó.

—Qué bueno —dijo—, tú has sido muy juicioso con eso de la escritura. Te lo mereces.

Miró el reloj y añadió:

—Me voy a dormir. Más tarde me cuentas todo.

—Api —dijo Ánderson, intentando detenerlo, pero se compadeció de la mirada cargada de rímel, rodeada de ojeras oscuras y de arrugas, de su lengua seca a la madrugada, con saliva encostrada en las comisuras, y de su traje raído de cabaré. Lo dejó ir a descansar. Volverían a verse en pocas horas, cuando Uriel se despertaría a preparar el almuerzo para los dos.

Mientras Uriel, o Kiki Boreal, o Api, se reponía de haber cantado toda la noche, Ánderson se pellizcó cien veces para asegurarse de que su premio no era un sueño.

2

Un estruendo y luego el eco. Un salto al vacío. Después el silencio entre el humo y la conmoción. Un pitido agudo, ensordecedor. El olor a carne chamuscada. Una lluvia de cosas.

—¿Qué cosas? —preguntó la doctora Tejada.

—De todo. Piedras, vidrios, hierro, brazos, piernas —dijo Celmira—. Me arrastré con una sola idea en la cabeza: mi hijo. Estaba ciega. Lo llamé, ¡Richi, Richi!, pero también estaba muda y aturdida. Ni yo misma me oía.

Se quedó callada, con la mirada puesta en algún punto de una pared con diplomas, certificados y constancias de los estudios de psiquiatría de la doctora Tejada.

—No recuerdo más —dijo Celmira.

Había muchos minutos perdidos en ella. Antes de la explosión, cuando parece que alguien les advirtió de la bomba. Y otros después, hasta el instante en que alguien más exclamó, ¡aquí hay otra con vida! Celmira tenía cortadas en la cara, heridas de los pies a la cabeza, le sangraba un oído y, aun así, reptaba sobre los escombros y repetía sin pausa, Richi, Richi. Un tajo en cada párpado le impedía abrir los ojos. Hizo repulsa cuando intentaron levantarla.

—¿De dónde sacó tanta fuerza? —preguntó la doctora.

—Pues de la angustia —le dijo Celmira—. No iba a salir de ahí sin mi niño.

La sacaron amarrada a una camilla, entre la humareda y el polvo del concreto que no había terminado de asentarse. La metieron en una ambulancia y se la llevaron.

—Ah, pero se acuerda —comentó la doctora.

Celmira negó con la cabeza.

—Eso fue lo que le dijeron a Sergio, y él me lo contó a mí.

Le aplicaron un calmante y le limpiaron las heridas, de camino al hospital. Les preocupaba el oído y que no pudieran atenderla de inmediato. La mayoría de los heridos fue a parar a la misma clínica, la más cercana. Había muchos más graves que Celmira, los amputados, los que se desangraban, los que tenían el cuerpo repleto de esquirlas de todo lo que explotó esa tarde.

Ella y todos sabían que ese día también podría estallar otra bomba en cualquier sitio. Pero ella, al igual que todos, no imaginó que sería su turno. No lo supuso cuando recogió a Richi en la guardería y lo llevó al carrusel gigante del Centro Comercial Aguamarina. Le pidió que montara solo en el caballo porque ya tienes cinco años, te agarras fuerte, yo te miro desde afuera, le dijo ella, y le ayudó al niño a treparse en un caballo azul. Richi iba pleno, le brillaban los ojos del susto y la emoción.

—Acompáñame —le pidió Richi.

—Me mareo, amor. Tú puedes solo.

Desde por la mañana los dos habían planeado ir a los juegos. Cuando terminaran, Richi se quedaría con Sergio y ella se iría al canal, para atender el turno de la noche. Sergio no estuvo de acuerdo: no es el momento para meterse en un centro comercial.

—¿Puede hablarme de esas horas antes de que pasara todo? —le preguntó la doctora Tejada.

Celmira volvió a negar.

—No es por eso que estoy aquí —dijo.

—Yo sé, pero podríamos hablarlo.

Celmira sacudió la cabeza y se miraron calladas. Ella con los ojos secos y la doctora a través de las gafas.

—No estamos preparados para esto —dijo la doctora Tejada—, es decir, de un momento a otro no se habla de otra cosa, nos llenamos de pacientes a los que les falta

16

alguna extremidad, un ojo, media cara, pacientes que ni hablan porque el miedo no los deja.

—A mí me falta un hijo —dijo Celmira.

La doctora asintió. Con el índice empujó las gafas hacia arriba.

—No nos prepararon para una guerra —dijo.

—A nadie —añadió Celmira.

El hospital era un campo de batalla después de la batalla, repleto de afanes y lamentos. Dos días antes habían pasado por lo mismo. Todos los hospitales tenían que estar preparados en cualquier momento. También para contener a los familiares, a los policías y fiscales, a los camarógrafos de los noticieros, a los curiosos. Así, entre la turba, sacaron a Celmira de la ambulancia y la pasaron a otra camilla. Ella seguía preguntando por Richi. Por encima de la bulla, cada médico recitaba en voz alta lo que era común en muchos heridos. Esquirlas, asfixia, reanimación, pérdida del miembro inferior izquierdo, derecho, ambos, contusión, sangrado. Cada uno vociferaba como si estuvieran en una plaza de mercado en la que solo se vendían desgracias.

Luego la atosigaron con las preguntas de rigor, dígame su nombre completo, dígame su edad, ¿a quién podemos avisarle? Celmira intentó decir Richi. ¿Qué?, le preguntó una enfermera, ¿Michi?, ¿y el apellido?, ¿cuántos años tienes, Michi? Por favor mueve los pies. Uno de los médicos de turno se acercó, la miró y dijo ella aguanta un rato más, límpienla y póngala en espera. La prioridad era para los que tenían la vida pendiendo de un hilo.

Afuera se especulaba sobre el número de muertos y la cantidad de explosivos que habrían usado para derribar medio centro comercial. Se leían en voz alta los lugares donde habían llevado a otros heridos. La noticia ya había comenzado el recorrido por las redes sociales y en la televisión mostraban lo que, con semblante lúgubre, denominaban «el lugar de los hechos». Esas imágenes podrían ser las mismas que habían mostrado ayer, o las que mostrarían mañana.

A Sergio le llegó la noticia a su escritorio, donde estaba concentrado en su trabajo. ¿Sentiste la bomba, Sergio? ¡Quién no! Fue aquí cerquita, Sergio. ¿Dónde? En el Aguamarina. Sergio cerró el libro que reseñaba. Intentó ponerse de pie. La asistente le extendió un sobre: para tu revisión. Sergio se cubrió la cara con las manos y se echó hacia atrás, sin fuerzas. Ayúdame a pedir un taxi, por favor. Y rápido, por favor, dijo.

Varios testigos aseguraban que la música del carrusel había seguido sonando después de la explosión, y que hasta un niño atontado volvió a subirse a un caballo sin patas. Que algunos heridos hicieron cosas raras, como buscar las llaves del carro entre los escombros. Otro dizque intentó pegar su pierna al muslo amputado, y que otro se reía a carcajadas. Simples anécdotas del imaginario de la violencia. Lo cierto fue que se dispararon las alarmas de incendio de las tiendas que no se derrumbaron y el ruido era aterrador, que hubo alaridos y lamentos y gente orando de rodillas, que la reacción de los sobrevivientes fue lenta y extraña.

Sergio tardó cuatro horas en ubicar a Celmira, preguntando por ella donde se pudiera averiguar. Con ayuda de su familia se repartieron para indagar en los hospitales, buscando a Richi. Cuando Sergio la encontró, ella estaba inconsciente, sedada, irreconocible.

—¿Y mi hijo? —les preguntó Sergio a las enfermeras que la habían registrado.

—Ella llegó sola. Ni siquiera sabemos cómo se llama.

—Celmira —dijo Sergio—. Ella estaba con mi hijo.

—¿Celmira, qué?

—Celmira Medina. Pero ¿dónde está mi hijo?

—¿Edad?

—Cinco años.

—No, no. La de ella.

—Treinta y cuatro.

—¿Número de cédula?

Sergio, fuera de sí, le gritó en la cara ¡¿dónde está mi niño?!, y la gente se volteó a mirar.

—A los menores los están atendiendo en Pediatría. Tercer piso.

Sergio subió a zancadas, empujando y chocando con los que bajaban o también subían. Todos, como él, con el corazón en la boca. El niño Ricardo Cuéllar no estaba registrado.

—Tiene que estar aquí —insistió Sergio—, su mamá está hospitalizada y estaba con él.

Le permitieron echar un vistazo a los heridos. Sergio comenzó a llorar. No era justo. ¿Por qué ellos, tan chiquitos? Mientras más avanzaba, menos entendía. Se detuvo frente a las camillas de dos o tres que podrían ser Richi. El miedo a la verdad lo hacía verlo en otros. Recorrió el piso entero, de cuarto en cuarto, de sala en sala.

—¿Y si está en cirugía? ¿Si todavía sigue en urgencias?

Ni en un lado ni en el otro. Volvió a donde tenían a Celmira, que ya estaba bajo un coma inducido, y acompañada de Marco Tulio y Nubia, sus padres. Una resonancia confirmaba que tenía una contusión severa, y a los médicos les preocupaba que el oído seguía sangrando. El pronóstico era reservado. No habría nada claro hasta pasadas las siguientes cuarenta y ocho horas.

Sergio volvió al centro comercial pero no le permitieron entrar. Le dijeron que ya habían evacuado a todos los sobrevivientes, adentro solo estaban los legistas haciendo su trabajo. También le informaron que a los heridos los habían llevado a tres hospitales distintos. Gracias a su carné del periódico consiguió que le dieran las listas con los nombres de los heridos. En ninguna apareció el nombre de su hijo.

—Tiene que haber heridos sin registrar, gente que no pudo identificarse.

Recorrió los tres hospitales de arriba abajo, hasta el amanecer del otro día. Ya no sabía qué pensar cuando lo buscaron para que le echara una mirada a otras víctimas que encontraron enterradas bajo los escombros. Entre ellas había treinta y dos niños muertos. Eran tan parecidos en ese estado que cualquiera y ninguno podría ser Richi. Sergio lloró por cada uno. Le señalaron a los que habían identificado como varones.

—No sé. No estoy seguro —dijo Sergio, luego de verlos.

—Venga. Le vamos a tomar una muestra para cotejar el ADN. Es lo más preciso.

Ni sintió el pinchazo cuando le extrajeron sangre. Ya había cruzado el umbral de otra realidad inimaginable que le imponía buscar a su hijo en el mundo de los muertos.

3

Celmira despertó al quinto día, sobresaltada, como si la explosión acabara de pasar. Sergio había pedido que no le dijeran nada, pero ella, con solo mirarlo, presintió lo peor. Sergio era otro, tenía el dolor regado por el cuerpo. Ella le preguntó por Richi.

—No lo encuentran. No aparece —quiso explicarle Sergio.

Aquel silencio entre las paredes, el olor a lejía, la luz de hospital que enlutaba y el tiempo estancado se rompieron con el grito de Celmira. Volvieron a sedarla antes de que pudiera arrancarse los cables y las sondas que le habían conectado. Peleando contra el peso de los párpados susurró que ella sabía dónde estaba Richi, lo subí en un caballito azul, dijo, ahí tiene que estar todavía. Y se durmió sin saber que ahora, entre los escombros y las cenizas, solo había flores que dejaba la gente.

Horas más tarde abrió los ojos y miró hacia los lados sin mover la cabeza, como reconociendo el lugar. Con esos mismos ojos comenzó a llorar y gimió. El lamento se le quedó atrancado en un gesto afligido. Sergio le tomó la mano y le pidió que descansara. Ella también tenía otras heridas que tenía que curar.

Un par de días después aparecieron los terapeutas, los consejeros, un cura, una monja y los de un grupo de oración. Aves de mal agüero que Celmira espantaba con un alarido encañonado, y que los hacía salir volando como palomas en un campanario. También le asignaron a la doctora Tejada, una psiquiatra especializada en el duelo.

Sergio le informó que estaban revisando todas las cámaras de seguridad, las del centro comercial y las de las calles vecinas.

—No está muerto —le dijo Sergio.

Celmira apenas lo miró, sin decir ni una palabra. Sergio ni siquiera estaba seguro de si lo escuchaba. Por eso le repitió lo mismo tantas veces:

—Si no lo han encontrado, todavía hay esperanzas.

Entre el atortole de los sedantes, Celmira logró armar un par de frases.

—Díganme la verdad. No me oculten nada.

Sergio miró a Nubia, que con un gesto le indicó que le respondiera a su hija.

—No te estamos tapando nada —balbuceó Sergio—. Nadie entiende qué pudo haber pasado. Están cotejando las necropsias por tercera vez, por si hay algún error, pero hasta ahora...

Celmira volvió a cerrar los ojos y durmió de largo hasta el día siguiente.

Sergio se fue al periódico y llegó directo a la oficina de su jefe. Se había pasado un par de días de la licencia por la calamidad familiar. El señor Osuna estuvo comprensivo. Sé que no hay palabras, le dijo, todo esto nos tiene desconcertados. Sergio estaba aturdido desde que entró y vio a sus compañeros de trabajo. ¿Por qué no adelantas tus vacaciones?, le propuso Osuna, vas a necesitar mucho tiempo en estos momentos. Sergio agradeció con un par de palabras. Al salir, lo recibieron sus compañeros con más abrazos y palmaditas en la espalda.

Las heridas del cuerpo de Celmira comenzaron a sanar. Los cuidados que necesitaba podía tenerlos en su casa, así que la dieron de alta. Volvería al hospital solo para las revisiones y le reiteraron la importancia de seguir un tratamiento psiquiátrico. Los dos deberían hacerlo, o, al menos, terapias con expertos.

—¿Expertos en qué? —preguntó Sergio, molesto.

—Expertos en dolor, en cómo podrían ustedes sobrellevar este incidente.

—Incidente —repitió Sergio, y antes de que pudiera empezar otra discusión con los médicos, Marco Tulio lo agarró del brazo y se lo llevó hasta el jardín del hospital. Ahí, sentados en una banca, Sergio le confesó a su suegro que se estaba muriendo de miedo.

—Si la bomba estalló debajo de él, es posible que no haya quedado nada —dijo.

—No —dijo Marco Tulio—. Siempre queda algo. Una gota de sangre, un pelo, un diente, un zapato. Pero esperemos que ese no sea el caso de Richi.

—Pero ¿dónde está, entonces?

—En algún lado —dijo Marco Tulio—. Tiene que estar en algún lado.

Se quedaron en silencio un rato, mirando una araucaria enorme y vieja que mecía sus ramas frente a ellos. Luego Sergio preguntó:

—¿Por qué será que los zapatos sobreviven a todas las tragedias?

Marco Tulio soltó una risa corta, no por el comentario de Sergio sino porque tenía una razón más para no perder la esperanza.

—Por eso mismo Richi tiene que estar vivo. Nadie desaparece así porque sí.

Sergio también le confesó que tenía miedo de quedarse solo con Celmira. No tenía las fuerzas para consolarla, ni sabía cómo podría compartir un momento así con ella.

—¿Por qué no se van unos días para mi casa? —le propuso Marco Tulio, pero antes de que Sergio pudiera responder, los interrumpió una enfermera para informarles que Celmira estaba lista para irse.

Ella tenía el pelo húmedo, de una ducha reciente, y se había puesto una sudadera blanca que la hacía ver toda del mismo color. Estaba sentada en el borde de la cama, con la mirada clavada en el piso. Tenía los brazos engarrotados y las cortadas estaban a la vista. La enfermera se acercó con una silla de ruedas y le explicó que la llevaría hasta la entrada del hospital.

—¿Vienen en carro? —le preguntó a Sergio.

—Nos vamos en taxi —le respondió Marco Tulio.

Entre la enfermera y Sergio hicieron que Celmira se pusiera de pie y se acomodara en la silla de ruedas. Ella obedecía sin preguntar, muy lenta en cada cosa. Sergio quiso empujar la silla pero la enfermera no se lo permitió. Reglamentos del hospital, dijo, y capitaneó al grupo hacia la calle. Parecía más una marcha fúnebre que el traslado de una sobreviviente hacia una nueva oportunidad.

Caminaron entre pacientes que se quejaban, que dormían o se morían. Entre otros que fueron víctimas de la misma explosión. Cruzaron silenciosos, mirando de reojo la agonía de los demás, hasta que llegaron a la puerta principal donde los cegó la luz del día, es decir, la oscuridad.

4

Te arrullan el jet lag y los murmullos, más el Médoc que has bebido y del que todavía queda media botella. Te la has tomado tú solo porque Jeffrey no bebe cuando trabaja. Discutes con él por una de las observaciones que te hace sobre la nueva novela.

—A estas alturas, ya la historia tendría que estar situada en un lugar específico. ¿No crees? Sonia dice que no importa si es inventado, pero que hace falta un lugar con nombre propio.

—¿Le pasaste la novela a Sonia? —preguntas indignado.

—¿Novela? —dice Jeffrey, con sorna—. Son setenta y tantas páginas, querido. Si acaso es un cuento largo.

—Vienen más —le aclaras—. Por favor no le muestres nada a nadie hasta que termine.

—O sea, nunca.

Uno de los organizadores del evento entra al camerino y les anuncia, feliz, que tienen *full house*. Aprovechas para servirte otra copa. Te tiene sin cuidado que hayan asistido mil o solo cuatro gatos. El organizador te pide que te acerques al escenario en tres o cuatro minutos para que te alambren.

—Necesitas más polvo —te dice Jeffrey—. Te brilla la cara. Y estás pálido. ¿Estás bien, querido?

El organizador sale a buscar a la maquilladora. Jeffrey vuelve a revisar sus notas.

—Hay un Sergio en la página 42, solo aparece una vez y no especificas quién es. ¿Lo vas a usar más adelante?

—¿Sergio? —preguntas.

Jeffrey suspira y te dice, mejor te mando un email con todas las notas, y con las sugerencias de Sonia. Reviras con un gesto y Jeffrey se rinde con los brazos en alto.

—Ya, ya, no te preocupes —dice—. No le vuelvo a mandar nada, pero deberías aprovecharla, ha editado a los mejores.

Te pones de pie y desocupas la copa en tu boca. Vas a servirte otra pero Jeffrey te interrumpe.

—Ya es hora, querido.

Estira el brazo para que vayas adelante. Jeffrey siempre va detrás. Más que tu *publicist*, ha sido tu sombra. Mientras te conectan un micrófono en la solapa, la maquilladora te hace un retoque en la cara. Sobre el escenario ubicas una mesa pequeña y dos sillas. Sobre la mesa, dos vasos de agua. Le pides a la maquilladora que te alcance alguno de los vasos. El jet lag me alborota la sed, le dices. Todavía no abren las cortinas y ella corre al escenario. Jeffrey se acerca.

—No lo hagas, querido —te dice.

—Solo un poquito —dices.

Del bolsillo de tu chaqueta sacas una cantimplora metálica y vacías en el vaso de agua un chorro de lo que contiene. A veces ni tú mismo sabes con cuál licor la has llenado. Con frecuencia se te mezclan dos, y hasta tres. Oyes el ruido de las cortinas abriéndose y un maestro de ceremonias anuncia el evento. Supones que dice cosas de ti. El autor de, el ganador de, condecorado con, y te preguntas si irá a citar todos los reconocimientos que te han hecho, tú, todo un coleccionista de premios. El presentador mira hacia los lados para buscarte hasta que te ubica. Extiende el brazo hacia las bambalinas y anuncia con entusiasmo *Mesdames et Messieurs, avec vous l'écrivain Ánderson Posada.*

Entras complacido al escenario. Más que los aplausos, te gusta cómo pronuncian tu nombre en francés.

5

Sobre la mesa del comedor agonizaban decenas de arreglos florales que habían enviado amigos y familiares, y que Sergio había amontonado porque no sabía qué hacer con ellos.

—¿Y esto? —preguntó Celmira, cuando vio el jardín de colores desleídos, del que brotaba un aire soporífero que le costaba respirar.

—La gente —dijo Sergio, y se apuró a abrir la ventana.

—Sácalas —le pidió Celmira.

El viento comenzó a refrescar el pequeño apartamento. Celmira caminó apoyada de la pared mientras Sergio hacía un arrume con las flores. Ella temblaba a cada paso, y cuando estuvo frente al cuarto de Richi, se fue al suelo. Sergio la cargó, la llevó a la cama y la consintió un buen rato hasta que se le cansó la mano. Se acostó junto a ella, y así se quedaron dormidos.

Cuando él despertó ya era de noche. Celmira seguía dormida. Le habían formulado sedantes tres veces al día. Movía los ojos cerrados de un lado a otro. Sergio fue a la cocina. La nevera estaba casi vacía. Había un frasco de yogur, tres huevos, medio pan rebanado y duro, y ni siquiera miró dentro de los cajones. Se sirvió un poco de yogur, dejó el vaso sucio en el lavaplatos y regresó al cuarto. Cerró las cortinas y volvió a meterse a la cama. Ahora Celmira dormía dándole la espalda.

En la mañana se despertó solo. No supo en qué momento Celmira se había levantado. La buscó en el baño, la llamó bajito, Celmira, y abrió la puerta despacio. No estaba. Salió a la sala y luego la buscó en la cocina. Ella no estaba por ningún lado. Solo quedaba, entonces, un lugar por descartar.

La encontró echada en la cama de Richi, en la penumbra, con las cortinas cerradas, y aun así Sergio se dio cuenta de que tenía los ojos abiertos. Otra vez la llamó bajito y ella no respondió. Estaba acurrucada entre varios peluches, ni dormida ni despierta, ni muerta ni viva, solamente ahí, como cualquier cosa que espera a que pase el tiempo.

Nubia llegó a mediodía con bolsas de mercado y llenó la nevera, sin pronunciar palabra. Dijo que ya se iba, que no quería molestar, aunque le habría gustado quedarse para atenderlos y ayudarles a soportar el paso del día. Sergio tampoco le pidió que se quedara, aunque también le habría gustado que los acompañara. Prendió el televisor de la sala y en varios canales hablaban de otra bomba que había explotado en la noche mientras ellos dormían. Lo que vio en la pantalla era algo que él ya había visto en directo. Eran otras imágenes y al tiempo eran las mismas. Un hombre amputado era lo mismo allí que en Cafarnaúm. Daba lo mismo si la bala era rusa o coreana luego de haber hecho el daño de matar. Apagó el televisor y se sentó en su rincón, frente al computador. ¿Para qué prenderlo? ¿Para lo mismo? Sobre el escritorio estaban las páginas arrumadas, bocabajo y perfectamente alineadas, de lo que él mismo llamaba «el embeleco de un periodista con ínfulas de escritor». Lo más probable era que nunca fuera a escribir un libro. Menos ahora, después de lo que pasó.

Un grito de Celmira lo sacó de sus pensamientos. Corrió hacia el cuarto de Richi y prendió la luz. Celmira estaba enroscada y se tapaba las orejas con las manos. Sergio se acercó y ella le agarró la mano con fuerza.

—Se lo llevó una mujer, Sergio —le dijo aterrorizada. Se soltó a llorar y agregó—: Acabo de verlos.

6

El chofer de la ruta que toma no siempre es el mismo, pero esa tarde está de turno el que se la monta, y así vaya vestido de Uriel no se escapa de los comentarios pesados del conductor ni de la risa burlona con que lo celebraban los demás pasajeros. Maldita suerte la mía que me toque ahora este zoquete justo después de lo que me pasó, se dice Uriel, y palpa con cuidado el pómulo hinchado, lo único de la golpiza que ha quedado a la vista. El ojo lo disimula con las gafas de sol y los demás moretones quedaron cubiertos por la ropa. Hasta el tobillo abultado está tapado por el pantalón, y Uriel da pasos cortos para que no se note que cojea.

Pero no es sino subir al bus para que el guache le comente ¿le pegó el marido o qué? En venganza, Uriel le paga con un puñado de monedas de diez pesos. Muchas gracias, marico de mierda, le dice el chofer, que ni siquiera cuenta el pago. Acelera y los que están de pie tambalean. Uriel vuelve a sentir otra punzada fuerte en el tobillo. La próxima vez no le pago completo, para que se descuadre este malparido, piensa Uriel, y encuentra un espacio para sentarse en las bancas de atrás.

Tiene cuatro horas libres antes de tomar su turno, aunque ha planeado llegar un poco antes para ponerse hielo en el pie. Le espera una jornada sin descanso, de la cocina a las mesas y viceversa, sin contar las escaleras para bajar a limpiar los baños, o hasta hacerle una vuelta al conchudo de don Patricio, y la verdad es que yo debería estar incapacitado.

Uriel sabía cuándo y dónde le iban a dar la muenda, y aparte de encomendarse al cielo no tenía más alternativas, no mientras siguiera viviendo en ese barrio de forajidos, mientras tuviera que caminar lomas oscuras para llegar a su cuartucho, mientras hubiera en el mundo gente despreciable como la que lo agarra a patadas cada vez que se lo topan. Pero soy de fe inquebrantable, y mientras tenga a mis santos y mi canto, me pueden moler a golpes cada semana y volveré a levantarme, se dice Uriel cada mañana, y por más que el espejo le muestra a un ser humano mancillado, sonríe porque estoy convencido, Virgencita del Socorro, Virgencita mía, de que vendrán tiempos mejores, ya me salvaste de una de las explosiones que por poco me manda para el otro lado, y me diste esta voz para cantar y algún día cumpliré mis sueños, gracias a ti y al Niño Jesús de Praga, culicagado hermoso, que me ha ayudado tanto, y mientras mira por la ventanilla del bus y contempla la ciudad en ruinas, fantasea con vivir allí o vivir allá, en ese edificio lujoso o en la casona de alguna embajada, y tendré hijos, perros y gatos, y un escenario propio con luces y músicos, y así imagina su vida hasta que una gritería dentro del bus lo pone alerta.

¿Qué pasa, qué pasa? Pues que el chofer ha cogido para otro lado, se desvió de la ruta y los pasajeros preguntan despistados para dónde los lleva, y el guache vocifera esa avenida está cerrada desde anoche, no han terminado de recoger los muertos por la bomba que pusieron en un cine. ¿Pero entonces para dónde vamos? Cállense la jeta, brama el chofer, y dejen manejar. Pare, pare, le suplican algunos, y el guache frena en seco para que los que estén parados rueden hacia adelante y los que vienen sentados se quiebren los dientes contra las bancas de enfrente. Bájense, hijueputas, les grita a todos y casi todos se bajan, pero Uriel sigue sentado, muy quieto. ¿Y usted? Yo sigo, dice Uriel, muy sereno. ¿Acaso no va para allí, para más adelante?, le pregunta el chofer. Hoy no, responde Uriel, hoy voy a ir primero al Aguamarina, así que bien pueda y siga. Ah, va a putear, comenta el chofer mientras vuelve a arrancar. Suenan el motor del bus y una carcajada falsa y socarrona que Uriel decide ignorar. Algún día voy a tener carro propio y voy a pasar junto a este primate y voy a hacer que me mire, para que entienda que así sea puteando voy a llegar más lejos que él.

En el bus quedan solo seis o siete almas, los que no acataron la orden de bajarse, por qué gracia le iban a hacer caso a semejante gorila, ya habían pagado el pasaje, a cuenta de qué iban a perder esa platica, en algún momento el chofer tendrá que retomar la ruta. Mucho menos va a caminar Uriel más de la cuenta con el tobillo como lo tiene. Piensa en los tacones que lleva en el morral, no me van a entrar, tocará seguir de tenis, y se pone a girar lentamente el pie, hacia la derecha, hacia la izquierda, ahí le duele más, qué irá a decir don Patricio apenas me vea cojeando, ¿dónde metió la pata, Uriel? Pero no piensa contarle la verdad a don Patricio, primero porque no le va a creer, segundo porque no le va a importar y tercero, para qué, si de todas maneras le tocará trabajar.

Y no es que le tenga pereza o tirria al trabajo. Para nada. Desde muy jovencito ha aprendido a ganarse la vida sin tener que pedirle nada a nadie. Bueno, a sus Vírgenes sí, y a sus niños y a sus santos, pero a fin de cuentas para eso es que están ellos ahí, ¿o no? Para eso se llega al cielo, para ayudar a los que nunca van a llegar, y bien solo debe estar eso por allá, se dice Uriel, porque con tanta maldad en el mundo... Se recoge el pelo en una cola de caballo, y le echa un vistazo a los que como él no quisieron bajarse del bus. Dos muchachos, dos chicas y un viejo, cada uno en lo suyo, sumidos en pensamientos imposibles como los que tiene Uriel. Aprovecha que hay poca gente y se quita las gafas de sol para ventilar el ojo machacado, cuando llegue al Aguamarina se lo va a retocar en los baños, no puede seguir de gafas el resto de día y menos en la noche, a lo mejor don Patricio ni lo deja salir a las mesas, lo pone a picar verduras en la cocina, qué digo cocina, lo más probable es que para castigarme me mande a limpiar los baños, todo menos devolverlo para la casa, porque así llegue sin un brazo o sin un ojo, algo lo pondrá a hacer don Patricio.

Vuelve a imaginar que se va a vivir a otra ciudad, a otro país, donde nadie lo conozca, y no es que aquí me conozcan mucho. Si acaso dos o tres del barrio, la gente del restaurante, los muchachos que lo golpean y pare de contar. Son meras ganas de cambiar de sitio, de aires, las que lo llevan a querer vivir en otro lado. Un lugar donde al menos no lo casquen por ser como es, donde le valoren su canto y su zapateo, donde tenga más facilidades para montar su propio bar con tarima, o el cabaré de sus sueños, así sea trabajando el doble o el triple, eso lo tiene sin cuidado, ya se ha dicho antes, el trabajo no lo espanta.

No es tan joven como para saltar a ciegas al vacío, ni tan viejo como para dejar de hacer planes. Todavía tengo para rato, Virgen del Carmen, madre de Jesús sacrificado, yo lo que necesito es que me lleguen las oportunidades, por eso siempre está alerta, con los ojos bien abiertos, porque en cualquier momento podría saltarle ahí frente a sus narices la oportunidad, bailando, y la bolita de la ruleta podría caer en su número, para bien o para mal. Toca el timbre para bajarse, pasa frente al chofer y le responde a las burlas haciéndole pistola con los dedos antes de entrar al majestuoso Centro Comercial Aguamarina.

7

—Me han llegado cientos de cartas en las que me dicen que Richi es un ángel —contó Celmira en tono pausado, casi triste—. Debería agradecer tanta solidaridad, pero la verdad es que esas cartas me dan rabia. Todo ese cuento de que los niños muertos se convierten en ángeles, en angelitos, como me escriben.

La doctora Tejada apenas carraspeó y se abstuvo de hacer cualquier anotación en la libreta. No era el momento de descuidar a Celmira.

—Los ángeles no existen —reiteró Celmira.

Se miró con la doctora, las dos calladas, así eran las sesiones, llenas de pausas en las que, a veces, Celmira aprovechaba para tomar agua, limpiarse las lágrimas si lloraba, o sonarse la nariz, como ahora.

—Tal vez no deberías leerlas —le sugirió la doctora Tejada.

—¿Y si alguien tiene información sobre él? —preguntó Celmira.

—Alguien más podría verlas primero. Sergio, tal vez. Él es más... —La doctora se apresuró a buscar la palabra adecuada.

—¿Fuerte? —dijo Celmira.

—Sergio está metido de lleno en la investigación, que tampoco me parece muy conveniente, pero él insiste.

—Él y yo cada vez nos comunicamos menos, doctora. ¿No se lo ha contado?

Preguntó por preguntar Celmira, porque ya habían acordado que cuando las consultas fueran por separado, lo que cada uno dijera era confidencial. La doctora le sonrió a Celmira con media boca, media sonrisa.

—También me mandan libros de autoayuda —continuó Celmira—. Sobre la pérdida de un ser querido, sobre el duelo, de cómo establecer comunicación con los ángeles, con los muertos, con los espíritus, hasta con los extraterrestres.

—En situaciones desesperadas, la gente se pega de lo que sea. Y algunos logran cierta paz.

—Mi situación es desesperada —dijo Celmira—. Desesperada y también indefinida. Y yo no busco paz, doctora, todavía no entiendo por qué me mandaron acá.

La doctora ni se mosqueó por el comentario ni por el tono que usó Celmira. Especializada en víctimas, ya estaba curada de espantos.

—Hasta me llegó un dibujo que un niño hizo de Richi con alitas —insistió Celmira—. Y otro de Richi sobre una nube. Richi en el cielo, y en la tierra, Sergio y yo.

—¿Por qué no hablamos del grito? —se arriesgó la doctora.

—¿Cuál grito?

—La advertencia. Parece que alguien les advirtió, con un grito, que había una bomba.

Celmira sacudió la cabeza. Había muchos ruidos en su memoria mermada. De todo tipo, desde la explosión hasta los alaridos y los lamentos. Y el pitido en los oídos.

—Ya le dije, casi no me acuerdo de nada.

Otros sobrevivientes coincidían con la versión, aunque no se ponían de acuerdo en cómo había sido. Que fue un hombre, una mujer, que no gritaron «bomba» sino «explosivo», «paquete», «objeto». En realidad, no importaba cómo se referían a lo que explotó, sino que las pesquisas buscaban precisar si alguien podía describir a la persona que gritó. Tal vez habría sido la misma que la hizo explotar, un arrepentido que intentó remediar la situación dos segundos antes. A la doctora Tejada le interesaba saber por qué Celmira había olvidado lo que supuestamente había dicho. Alguien gritó y yo corrí. Y a Sergio lo perturbaba lo mismo, que ella, supuestamente, hubiera corrido. ¿Hacia dónde? ¿Hacia el niño? ¿Hacia una salida?

—Todo trauma se propaga en laberintos muy oscuros, fangosos, más allá de si hay una pérdida o una desaparición... —comenzó a decir la doctora, con la intención de confirmar si el olvido de esos segundos previos a la explosión se debía a una posible culpa de Celmira. Pero como no se lo iba a plantear en esos términos, añadió—: Se trata, Celmira, de alumbrar un poco el laberinto y de ponerle un piso firme para que puedas salir. Si logramos limpiar esos segundos de toda la suciedad que te dejó el trauma, tal vez podrías tolerar mejor lo que te mortifica.

Como lo hacía tantas veces en las citas, Celmira echó la cabeza hacia atrás y cerró los ojos. Intentó respirar profundo y luego botó el aire, muy despacio. Se enderezó y le preguntó a la doctora:

—¿O sea que recordar es limpiar?

—A veces ayuda —le respondió la doctora Tejada.

Celmira frunció la boca y, cuando pudo, dijo:

—Con razón me siento sucia.

La tragedia estaba teniendo un efecto dominó. El dolor se expandía, se multiplicaba, generaba efectos catastróficos, irremediables, tan graves como la tragedia misma. La desaparición de Richi traía, con los días, la desaparición del amor. Al menos del amor como ellos lo habían concebido. Los dos se habían unido ocho años antes y se habían convertido en padres con un proyecto a largo plazo en mente. Pero después de lo sucedido, Celmira se trasladó a dormir, a vivir, al cuarto de Richi. Usaba su cama, el baño, y hasta abrió un poco de espacio en el clóset para guardar algunas prendas urgentes. En la mesita en la que Richi pintaba sus garabatos, Celmira instaló el computador y ahí se la pasaba todo el tiempo, doblada frente a la pantalla. No volvió al canal a cumplir con su trabajo de maquilladora, no renunció a su puesto ni pidió una extensión del período de duelo. Simplemente no regresó y tenía claro que no volvería hasta que Richi apareciera, vivo o muerto.

Sergio siguió su vida en el cuarto matrimonial y conservó el lugar que siempre ocupó en la cama, sin invadir el espacio vacío de Celmira. No tocó ni cambió nada, y en las noches dejaba la puerta de la habitación apenas ajustada. Volvió a su puesto de editor cultural a pesar de que le permitían hacer gran parte del trabajo desde la casa. Pero Sergio prefería ir al periódico que soportar el silencio de Celmira.

Por un tiempo, cuando hicieron entrevistas para los noticieros, parecían una pareja unida por el dolor. Más unidos que cualquier pareja en el mundo. Salían tomados de la mano y si alguno lloraba recibía un abrazo del otro. Por un tiempo, nada más, porque también el interés de la prensa comenzó a diluirse, como ocurre con cualquier noticia. Solo por solidaridad con Sergio, sus jefes hacían publicar la foto de Richi al menos una vez a la semana, acompañada de las tenebrosas palabras que decían: se busca, se requiere información.

Los pocos encuentros que Sergio y Celmira tenían a diario se centraban en el único tema posible. Richi. La suerte de Richi. La búsqueda, la investigación, la campaña en los medios. En los carteles que pegaban juntos en cuanto muro y poste veían vacíos.

Pasados dos meses llegaron de Estados Unidos los resultados de las pruebas forenses del ADN. Habían recogido muestras en los escombros, en los otros cuerpos, en los rescatistas, en el agua que corrió cuando se activaron los aspersores contra el incendio, en lo que quedó del caballito sobre el que cabalgaba Richi, hasta en el techo del centro comercial, hasta en el aire y en los árboles de la calle, pensando que el viento había llevado hasta ellos información sobre el niño. Pero no encontraron nada. Era como si

Richi nunca hubiera estado ahí, como si fuera un invento de Sergio y Celmira. Un veredicto que atentaba contra la cordura, que en lugar de aclarar, confundía. La matriz de muchas dudas y el comienzo de la separación y la ruptura.

—¿En qué crees que pueden cambiar las cosas si te separas? —le preguntó la psiquiatra a Celmira.

—En nada —respondió después de unos segundos—. No estoy tomando la decisión esperando un cambio.

—¿No crees que lo vas a extrañar?

—Claro que lo voy a extrañar. Pero él va a estar mejor sin mí.

—¿Cómo lo sabes? ¿Él te lo dijo?

Celmira negó con la cabeza.

—Él me mira con odio, yo sé que me culpa por lo que pasó.

—¿Te ha culpado? —preguntó la doctora Tejada.

—No directamente, pero yo lo sé —dijo Celmira, un poco ofuscada—. Además, ya ninguno de los dos es el de antes. La relación de nosotros se construyó para otra cosa. Es como si lleváramos medio edificio construido y de pronto nos dicen que no, que el proyecto no va más, que ahí se va a levantar un estadio, un supermercado, cualquier otra cosa, entonces, ¿qué hace uno, doctora? ¿Ah?

Se miraron a los ojos. Celmira respiraba agitada. La doctora Tejada se quitó las gafas y se recostó en el espaldar.

—Eso yo lo entiendo —dijo—, pero ¿se justifica abandonar a la persona con la que estabas construyendo...?

—No hable de abandono, doctora —la interrumpió Celmira—. Sergio no es ningún niño.

—Será un marido abandonado.

—No, doctora —le dijo Celmira—. Es que ya ni siquiera es un marido.

8

La entrevistadora te pregunta que, ya que todo ser humano es también un ser político, por qué tú, un escritor influyente, pasas de agache con el tema. Te quedas callado unos segundos y algunos en el público carraspean, qué buena pregunta, se estarán diciendo, por fin acorralaron a este, y tu silencio les da la razón por un momento, pensarán que te cogieron corto, con los pantalones abajo; sin embargo, ya eres un maestro del capoteo y ese toro no te embiste.

—En primer lugar —respondes—, gracias por lo de «influyente». No creo que lo sea. Y aunque así fuera, como artista no estoy en la obligación de decir más de lo que mi arte dice. Ni siquiera tendría que estar asistiendo a este evento ni dando esta entrevista. Mi libro —continúas—, que tampoco estoy seguro de que sea arte, dice lo que tiene que decir de mí como escritor.

—¿Y el ser humano que eres? ¿Ese también evade el compromiso? —te pregunta la entrevistadora, sonriente, como si proclamara ahora sí te jodí. Entre los asistentes también suenan risitas cómplices.

Pero ante una sonrisa, otra sonrisa, y tú no lo haces nada mal. Has pasado más días en tu vida frente a una cámara que frente a un computador, más fotos y videos que páginas escritas, y como eres memorioso, al menos cuando estás sobrio, citas a un par de autores para ilustrar lo que piensas de la vida privada de cada persona, y dices que tu ser humano pertenece a esa esfera privada que acabas de puntualizar con una cita célebre. Por lo tanto, quedas eximido de cualquier opinión al respecto.

Pero acabas de abrir una puerta y la periodista, que no es tonta, mete el pie entre la puerta y el marco, y está dispuesta a dejarlo ahí así tú intentes cerrar de un portazo.

—Ya que mencionas la vida privada —dice ella—, hay en tu historia personal un agujero negro que parece haberse tragado tu pasado, aunque corren rumores...

—Qué buena metáfora —la interrumpes, y algunos del público ríen.

Bebes agua y lamentas no haberla envenenado también con un chorro de ginebra. La entrevistadora insiste:

—Podrías callar a los chismosos con solo corroborar, o negar, algunos de esos rumores. Sobre tu padre, por ejemplo —comienza a decir ella, escudriñando en sus notas—, se dice que...

—¿No es un evento literario esto aquí? —vuelves a interrumpirla.

—Claro —dice ella, y señala al público—, y todos ellos han venido porque quieren conocer a su autor predilecto.

Ella, y el público que usó de carnada, se quedan callados esperando una reacción tuya.

—Mira —dices—, es posible que lo que yo coma influya en lo que hago. Si duermo o no, si follo o no, si me drogo o no. Por supuesto que somos lo que hacemos. Pero cuando voy al médico, o cuando me subo a un avión, no les pregunto al doctor ni al piloto si durmieron bien, si se echaron un buen polvo mañanero, si alcanzaron a entrar al baño antes de salir de sus casas. Confío en que sí, y a los dos, en cualquier caso, les encomiendo mi vida. De esa manera abordo los libros que leo, de la mayoría no sé más de lo que dice la contraportada, y aun así, también les confío mi existencia.

Suenan aplausos sueltos para celebrarte lo dicho. Ella, la entrevistadora, aunque moribunda todavía chapalea.

—Entonces volvamos a tu único libro —dice, y la secundan risas malvadas—. Supongo que hubo un antes y un después de ese libro. —Hace énfasis en «ese»—. ¿En qué aspectos ha transformado tu vida como escritor, como creador?, ya que no quieres hablarnos de tu ser humano.

—El artista es un ser humano —aclaras— al que se llega a través del arte. —Te vuelves a quedar callado varios segundos, luego dices—: Aunque, pensándolo bien, no es imprescindible llegar al artista a través de su obra porque es la obra la que nos llega. Debería bastar con la interlocución que surja, si es que sucede, entre la obra y quien la aprecia. Una vez hecha la obra, el artista es prescindible —reiteras.

—¿Lo crees?

—Mira —dices—, en la mitad de las entrevistas que he dado en mi vida, el entrevistador no se ha leído mi único libro, como tú recalcas.

—Perdona —te interrumpe la entrevistadora—, pero es la verdad.

—Claro, claro, no te lo estoy reclamando. Y tampoco me refiero a ti cuando menciono a esa clase de entrevistadores. Tú pareces una lectora profesional. Incisiva, además.

Ella sonríe. Tú también. Por primera vez en toda la charla se te atraviesa la idea, ahí, frente a ¿cuántas personas?, ¿doscientas?, ¿trescientas?, de que podrías follártela si te diera la oportunidad. No es que te gusten mucho las personas esclavas de su prestigio, como ella; te limitarías a un polvo rápido, sin tiempo ni espacio para una conversación.

—A lo que voy —continúas— es que sin conocimiento de la obra no puede haber diálogo. ¿Te atreverías a entrevistar a un director de cine sin haber visto su película? ¿O a un pintor sin siquiera haber visto uno de sus cuadros? ¿Verdad que no? Pues fíjate la conchudez de los que se atreven.

—No me has respondido, Ánderson.

Enmudeces, el público también, miras hacia el auditorio y te invade la tristeza. Perdón, te disculpas. Te enfrascaste en tu vanidad y olvidaste la pregunta que te habían hecho. En el colmo de la pedantería te pusiste como ejemplo. Te igualaste a los que tanto criticas.

—Pasemos a otro tema, Ánderson.

Al terminar la entrevista, sales con el alma cojeando. Finges serenidad para la tanda de fotos y selfies con los seguidores. Firmas algunos ejemplares, agradeces, sonríes. La entrevistadora también te sonríe desde lejos, mientras habla con uno de los organizadores del evento. Ya no quieres follártela, no lo harías ni encontrándola desnuda en tu cama, no por ella sino por ti, que sientes que te ha pasado una aplanadora por encima; no por culpa de la entrevistadora, sino porque siempre quedas así, desgastado. Tu única salvación será el cuarto de hotel, la puerta asegurada, el aviso de no molestar colgado en la manija, la cadenita enganchada para que ni siquiera, por accidente, entre una mucama. Te bogarás el minibar y apenas te regrese el alma al cuerpo, pedirás una botella de cualquier cosa que sobrepase los cuarenta grados de alcohol, y cuando tu cabeza vuelva a enchufarse al cuello, buscarás en internet las putas que haya cerca. Pero no saldrás, no hoy después de semejante faena. Si acaso charlarás con alguna, le regatearás el precio, le mentirás sobre ti, y cuando se concrete el encuentro, recularás. La custodia de tu intimidad te deja exhausto. No hay una mala conducta de tu parte, ni una mancha fuera de los litros de licor que consumes, pero tienes que protegerte de lo que ni tú mismo entiendes, del precipicio sin fondo que no te permite volver al origen. No puedes vivir de otra manera. Tendrías que cruzar un abismo insalvable, y para eso te tocaría volver a nacer y no subirte, como aquel día, en el bendito carrusel.

9

El cuarto que arrendó Celmira quedaba en una casa
vieja, en la mitad de una calle empinada, en un barrio
poco agraciado, casi humilde. No estaba trabajando y tenía que medir sus gastos. La ventana de la habitación no
daba a la calle sino a un solar donde había media docena
de gallinas y donde la señora Magdalena, la dueña de la
casa, colgaba las sábanas y las toallas para secarlas al sol.
También había un perro chandoso y un gato, que tal vez
no pertenecía a la casa, pero que caminaba de lado a lado,
sobre los muros de los linderos. Y un gallo para las gallinas, que los vecinos querían despescuezar a las cuatro de la
madrugada. Otros dos cuartos también estaban arrenda-
dos a «personas solas», como le aclaró la señora Magdalena
a Celmira, cuando le preguntó quién más vivía en la casa.
    —Y yo —dijo la señora—, que soy sola de toda la
vida.
    La cuadra era bulliciosa. En la esquina había una tien-
da, La esquina, que de noche funcionaba como fonda, un
poco clandestinamente porque don Jorge, su propietario,
no tenía licencia para vender licor. Cerraba temprano,
pero los vecinos alcanzaban a tomarse algunas cervezas antes de las nueve.
    Celmira también le preguntó a la señora Magdalena
por las bombas.
    —Aquí no se sienten tanto, hasta ahora —le respon-
dió Magdalena—. Usted sabe, ellos tienen otras priorida-
des. De todas maneras, su ventana da hacia atrás, por si
acaso.

Lo del barrio era todo reducido. Locales pequeños para la venta de celulares, algún garaje convertido en papelería, una tienda de zapatos, una farmacia, un tamañito de mundo que le facilitaría la vida, aunque, limitada al espacio de una habitación, tendría que hacer muchas de las actividades por fuera. Y estaba ese local en arriendo, que vio desde el primer día cuando pasó por esa calle, ya con la idea de montar algo propio.

—Su cara se me hace conocida —le dijo la señora Magdalena, después de mostrarle el cuarto.

Celmira no hizo ningún comentario. Sintió un olor a mariguana que no había percibido cuando llegó. Magdalena también lo sintió y, sin decir nada, abrió la puerta que daba al solar para que entrara el viento. Le sonrió a Celmira y la acompañó hasta la salida, sin dejar de escudriñarla. Celmira le anunció que volvería al otro día con sus cosas. No se dio cuenta de que estaba parada sobre una rampa que iba de los escalones a la acera.

—No se le olvide que son tres meses por anticipado —le dijo la dueña. Celmira asintió y se alejó con un hasta mañana. La señora Magdalena no dejó de mirarla hasta que dobló la esquina.

En el bus sintió el peso que la atacaba a diario en las tardes, cuando la gente salía del trabajo y empezaba a recogerse en las casas. Las primeras luces en las calles y en las ventanas le recordaban que se estaba terminando otro día, otro más sin saber nada de su niño. Seis meses que parecían años, siglos. Sentía que sus órganos se comprimían, desde el cerebro hasta los pulmones. Era la hora de la soga al cuello, de la mano invisible que la estrangulaba y la dejaba sin aire, vencida, emputada con la vida y con el mundo.

Por el contrario, en las mañanas una luz de esperanza le inyectaba ánimo para levantarse y seguir con sus rutinas, que no eran muchas. La primera imagen era la de Richi, y el primer pensamiento era fantasear que ese día tendría alguna noticia de él. Un avance en la investigación, una foto, un reporte o hasta un rumor. Seis meses y ocho días, y nueve días, y diez. No tenía que anotarlos, los tenía en la cabeza, más precisos que los del mismo calendario. Sin embargo, al final de cada tarde... la mano invisible, la soga al cuello.

En otro lugar, y ya de noche, Sergio se sentó en la poltrona y tanteó sobre la mesita para coger el control del televisor, y lo prendió. Era la hora de los noticieros y buscó el canal Doce, el único donde sus colegas todavía ponían la foto de Richi para pedir información sobre el niño desaparecido. El noticiero abrió con las imágenes de una explosión en las afueras del estadio, justo cuando el gentío salía, unos contentos y otros aburridos, y de pronto, ¡bum!, decenas de ellos volaron por los aires, parte del estadio se derrumbó, y eso fue lo que Sergio vio: ruinas, sangre, fuego, en fin, nada distinto a lo que se veía a diario.

Apagó el televisor y se fue a la nevera para servirse un resto de vino que había dejado ayer. Ahora bebía solo. Hacía dos noches Celmira se había ido del todo, sin decir me voy ni para dónde. Caminó con la copa hasta el cuarto de Richi, ahora más vacío sin Celmira. Aún no sabía si la extrañaba. Igual, ella ya no estaba cuando todavía estaba. Al menos ya no tenía que fingir fortaleza para que ella no notara que estaba totalmente abatido, ni tenía que controlarse para no empeorar la situación entre ellos.

Prendió la luz del salón y volvió a acomodarse en la poltrona. Tomó el libro que tenía para reseñar, el de un escritor de autoayuda a quien le había dado por escribir una novela. Una novela con tintes espirituales, le habían advertido. Había declinado esa tarea, pero el señor Osuna le insistió. El autor es amigo de doña Marcia y ella dice que tú eres el mejor. Ah, exclamó Sergio, y preguntó ¿y si no me gusta? No te va a gustar, le respondió Osuna, el jefe también sabe que no te va a gustar, pero no le preocupa porque sabe que su señora no lee reseñas. Haremos lo de siempre, le aclaró Osuna. Lo de siempre era poner una buena foto del autor y ya con eso la señora Marcia quedaría satisfecha.

Sergio se recostó, le dio un sorbo al vino y abrió el libro. Cuando llegó a la dedicatoria y leyó: «A mi ángel de la guarda», lo cerró de un golpe y resopló. Pasó unos minutos con la mente en blanco. Volvió del ensimismamiento con la decisión de no reseñar ese libro. Llamó a Osuna y le dijo no puedo leerla ahora, estoy emocionalmente impedido, estoy peleado con la vida, en estos momentos no puedo leer cosas así. Se puso de pie y fue a su esquina, donde tenía un escritorio pequeño con un computador obsoleto. Al lado, un arrume de papeles con cuentas viejas de servicios públicos y extractos del banco, una pila de libros reseñados y por reseñar, y en el piso, la impresora. Eso era todo. Prendió el computador y en la pantalla apareció una foto grande de los tres, y en la esquina, el archivo con la novela que había abandonado hacía seis meses y doce días.

10

Te enzarzas en una discusión con Jeffrey porque no quieres participar en un reality en Lisboa. La excusa es que no hablas portugués, a pesar de que Jeffrey te explica que, precisamente, de eso se trata: encerrar a veinte extranjeros famosos en una mansión, cada uno con un idioma distinto, a ver cómo se defienden.

—Cómo se atacan, dirás —le aclaras.

—Te pagarán muy bien por no hacer nada —dice Jeffrey.

Entiendes la molestia de Jeffrey: vive de lo que tú ganas, de un pequeño porcentaje de tus ingresos. Pero no te imaginas encerrado en una casa con diecinueve desconocidos.

—Es que no te ayudas —te dice enfurecido. Y añade—: Te estás convirtiendo en un inútil. Un mariguanero inútil.

—¿Qué?

—Lo que oíste.

—Buitre.

—Falso, suertudo —te increpa Jeffrey.

—Maricón —rematas.

Los dos bufan en silencio. Se matan con la mirada. No es la primera vez, ni será la última. En esas llevan diez años.

—Retiro lo de «maricón» —te disculpas.

—Es lo único cierto —dice Jeffrey.

—Sí, pero no debo usarlo para insultarte. Y tú retira lo de «falso».

—¿No eres falso, Ánderson?

No quieres discutir más. Lo que realmente quieres es un trago. Jeffrey no se da por vencido y te hace la lista de los que participarán en el reality: Dua Lipa, Eva Akselmen y Clément Chabernaud, entre otros. Jeffrey blanquea los ojos. Chabernaud es su amor platónico. Uno de tantos.

—Piénsalo hasta el almuerzo —te pide Jeffrey, y sale del cuarto.

Tú revisas la reserva del viaje. Roma-Madrid, octubre 21, 21:43. Sacas una botellita del minibar, sin fijarte qué trago es. Te tomas dos botellitas más y te quedas dormido.

Llegas tarde al almuerzo con Jeffrey, que había llegado puntual, como el arquetipo del buen inglés. Ya ha elegido el vino, y te anuncia un cambio de planes.

—No puedo acompañarte a Madrid. Tengo que volar directo a Londres. *Mom is all messed up with something.*

—No hay lío.

No hay ferias, no hay conferencias, ningún festival del libro hasta el próximo mes.

—Sonia tiene una propuesta para ti —dice Jeffrey y te tensionas.

—Primero un martini, *please* —dices.

—No tienes que ir al reality —te explica Jeffrey, mientras busca a un mesero con la mirada—, pero haríamos un documental sobre tu proceso creativo.

—¿Cuál proceso, Jeffrey? Tú sabes que no tengo procesos, ni metodología.

—No importa. Se trata de hacerle un seguimiento a la escritura de tu libro, o cuando vas a eventos literarios, tu rutina diaria, de cómo te las arreglas para escribir en medio de tantos vaivenes, cómo investigas...

—No investigo —lo interrumpes.

—Sonia quisiera un *behind the scenes* de tu proceso de escritura, las correcciones que haces, las hojas que tiras a la basura, tu desespero cuando...

—No tiro hojas a la basura —vuelves a interrumpirlo.

—*For God sake!*—exclama Jeffrey, y logra atrapar a un mesero para pedirle un par de martinis.

Lo observas atento mientras ordena. Muchas cosas de él te recuerdan a Uriel. La forma de cruzar y descruzar las piernas. La mirada infantil cuando quieren persuadirte.

—No tiene que ser algo real, Ánderson —insiste Jeffrey—. Podemos hacer ficción con tu vida, respaldarla con otros artificios. Y no tendrás que convivir con extraños, si acaso un camarógrafo y un sonidista. Nada de luces. Y tú manejarás tu tiempo.

—¿Y mi vida íntima?

—¿Qué vida íntima, Ánderson? ¿Los videos porno? ¿Tu cita semanal con Dana? —Jeffrey resopla y dice—: No quería llegar a esto, y me molesta recordártelo, pero es increíble lo que has logrado con un solo libro. Se cuentan con una mano los escritores que lo han conseguido. Pero cada vez vendes menos, cada vez es menor el interés en tus conferencias...

—Ya lo sé. Recibo tus cortes de cuenta.

—Pues eso, Ánderson. Si no nos reinventamos...

—Odio esa expresión.

La odias, precisamente, en boca de Jeffrey. Quisieras levantarte de la mesa, dejarlo solo, pero la llegada de los martinis salva la situación. Jeffrey aprovecha para preguntarte por la novela.

—He avanzado un poco —dices.

Jeffrey celebra con la copa en alto. ¡Qué bien! ¡Salud! Tú intentas pinchar la aceituna del martini, pero se te escapa. Bebes para mermar el líquido.

—¿Al fin qué pasó con el niño? —te pregunta Jeffrey—. ¿Apareció?

La aceituna no se deja ensartar y bebes hasta el fondo. Luego la agarras con los dedos. Ubicas al mesero y le haces una seña para que te traiga otro. Con la lengua esponjosa, le respondes a Jeffrey:

—Sí. Apareció.

11

Lo arropó con la manta y le dio un beso en la frente, y a pesar de que ya estaba dormido, le dijo que descanses, hijito mío, mi vida, mi salvación. Lo miró con ternura y se le aguaron los ojos de la alegría. Por fin, susurró, y repitió en su mente, por fin te tengo, por fin.

Se sentó en el tocador; en el reflejo del espejo veía al niño dormido. Se soltó la cola de caballo y se cepilló el pelo varias veces por cada lado. También por detrás. Quiso tararear una canción de cuna, pero no tenía en la memoria nada que le sirviera para arrullar al niño.

Se limpió la piel con un trozo de papel higiénico impregnado de un tónico de pepino. Lo pasó por su cara como una caricia, en un ritual con el que buscaba reafirmar su esencia. Desde que tenía al niño sentía en el cuerpo y en el alma la transformación definitiva. Ahora apagaba el radio cuando lo acostaba en la cama, no como antes que se quedaba oyendo baladas o practicando con la guitarra hasta después de la medianoche. Quería sentir la respiración del niño, que dormía, o simplemente sentir que estaba ahí.

Así el niño durmiera, se cambiaba de ropa detrás del biombo. El cuarto en el que vivían no tenía baño; había uno, comunal, en el pasillo que conectaba con el patio. Los vecinos eran gente buena, en general, y no temía dejar solo al niño por unos minutos. Chancleteó, entonces, hasta el baño para lavarse los dientes y orinar. Los inquilinos podrían ser buenos, pero los hombres dejaban el sanitario salpicado. Educaría al niño para que no fuera como ellos. Y cuando se pudiera, buscaría un cuarto con un baño adentro, o un apartamentico con baño, cocina y dos cuartos.

—Cuando se pueda —suspiró otra vez.

Se metió a la cama con cuidado para no despertarlo, aunque ya respiraba con la boca abierta y la cabeza desgonzada. Ahora encontraba la cama tibia, impregnada de un aroma que le recordaba a sus hermanos, cuando dormían juntos como una camada de cachorros. En el roce de las piernas sintió sus propios vellos. No había tenido tiempo de depilarse. El cambio de ciudad, de trabajo, de vida, le habían trastornado los hábitos para cuidarse. Un sacrificio a cambio de la dicha plena.

También ahora le tocaba dejar prendida la lamparita toda la noche. El niño saltaba en medio de una pesadilla y lloraba o gritaba. Cuando lograba calmarse, suplicaba para que no le apagara la luz, y, sollozando, volvía a dormirse.

—Ya se enseñará.

Acarició la cabeza del niño y rezó, como todos los días. Dio las gracias, gracias, Dios mío, por este hijo que me has dado, por fin lo tengo después de tanto buscarlo. Gracias, Virgencita, madre de Dios, tú me entiendes. Susurró tres avemarías, y al final pidió perdón. Perdóname, Padre Celestial, perdón, mi Virgencita de Lourdes, perdón, perdón, y con la punta de los dedos se dio tres golpecitos en el pecho, cada uno al tiempo que decía perdón.

Puso la lámpara en el piso para que no le cayera luz en la cara. El bombillo se apagaba y se prendía por una falla en el cable, seguramente. Hay que cambiar este vejestorio, hay que poner una lámpara de esas para niños, con una luz que gire, él se merece todo, cualquier cosa con tal de apaciguar sus miedos. Quería comprarle todo, regalos, ropa, juegos, lo que fuera necesario para distraerlo. Para conquistarlo. Pero ahora eran dos para alimentarse, y tenía que pagarle el cuarto a la señora Vilma, y también para que le cuidara al niño mientras él hacía turno en el restaurante. Y tenía que guardar algo bajo el colchón por si el niño se enfermaba.

—Diosito, que eso no pase nunca. Nunca.

La pensadera le espantaba el sueño. A veces ni se había dormido cuando el niño saltaba con la primera pesadilla. Lo abrazaba para calmarlo, le daba agua, le limpiaba el sudor y las lágrimas. Le partía el corazón verlo horrorizado, le podía la impaciencia porque podían pasar, ¿qué?, quince minutos, veinte, y el chiquito no se tranquilizaba. En las primeras noches, la señora Vilma tocó la puerta, a la madrugada, dizque preocupada por los gritos. Le dijo la verdad, entonces.

—El niño tuvo un accidente muy grave y quedó traumatizado. Es cosa de que se acostumbre. Es cuestión de tiempo.

—¿Por qué llama tanto a la mamá? —preguntó Vilma.

—Porque la perdió en el accidente.

—Pobre. ¿Cómo es que se llama?

—Ánderson.

Esa noche, el niño habló dormido. No se despertó, pero dijo cosas incomprensibles, aunque se le entendía clarito cuando mencionaba a su mamá. Se movió inquieto, con gestos de angustia, y pataleó hasta botar la cobija. En medio de todo, era alentador que no se despertara. Era un paso adelante. Unas cuantas noches más y ya no tendría pesadillas, tal vez de otras, pero no de las relacionadas con el accidente.

Volvió a arroparlo cuando se quedó dormido. Ya las noches no eran las mismas, ya no dormía de largo, ahora le tocaba hacerlo con un ojo cerrado y el otro abierto, qué tal que al chiquito le dé por caminar dormido y se salga del cuarto, qué tal no lo sienta despertarse o que deje de respirar de un momento a otro.

—Ay, Dios. Eso no, eso nunca.

El niño y los pensamientos le ahuyentaban el sueño. Los dos se removían inquietos en la cama, que les quedaba pequeña. Mejor así, más pegados y con menos frío, mientras más cerca más pronto se ganaría su amor, más fuerte sería la relación, muy unidos, como lo había pedido tanto en sus rezos.

—Hasta la muerte, mi niño.

En el techo sonaron las pisadas de las chuchas que iban a comer guayabas en los matorrales de atrás. El niño les tenía pavor. Les decía «ratas grandes», contó la señora Vilma, y que la abrazó despavorido cuando vio una entre las ramas de un guayabo.

—Él me abraza cuando tiene miedo —dijo Vilma.

El comentario no fue bien recibido. Que se limite a cuidarlo, que para eso le pago, si no trabajo no le puedo cumplir con el arriendo. Y eso que no se había enterado de los comentarios insidiosos de los otros vecinos. No era sino que les diera la espalda, o que saliera a trabajar, a eso del mediodía, para que comenzara el aquelarre. No les importaba siquiera que el niño estuviera ahí con ellos, cuando lo dejaba al cuidado de Vilma. Para ninguno era normal que el chiquito se la pasara todo el día llamando a su mamá.

—Pero si a leguas se nota que no es su hijo.

—Se me parece a alguien este niño.

—¿A quién?

—No sé, a alguien, pero no sé a quién.

La señora Vilma disolvió el corrillo, que se armaba cada vez que se encontraban dos o tres desocupados. Alzó al niño y lo llevó a su cuarto, lo instaló en la cama y le prendió el televisor para que viera muñequitos. Ella se fue a continuar con sus oficios.

Para el niño no había sosiego. Ni diferencia entre la noche y el día, entre unos brazos y otros. Su mirada confundida no cambiaba nunca, el miedo que tenía adentro le saltaba por los ojos.

Hacia las seis de la tarde, Vilma devolvía al niño y daba un pequeño reporte de cómo había almorzado, de si había hecho siesta o no. Explicaciones menores para justificar lo que le pagaban.

—Gracias por cuidarlo, doña Vilma, no sabe cuánto le agradezco. Estoy pensando en buscarme un trabajo de noche para poder estar con él en el día. Para que no me extrañe.

—Él solo extraña a su mamá —dijo la Vilma.

Otro comentario mal recibido que también tuvo que tragarse, porque qué tal que no se lo cuidara más, con quién iba a dejarlo. Así que solo hizo un gesto resignado, y dijo:

—Sí. Yo sé que la extraña. Pero es cuestión de tiempo. Ya se acostumbrará.

12

Celmira se fue de a poquitos. Un día sacó los álbumes y los portarretratos, luego la ropa, unos cuantos adornos y recuerdos de viajes, y todo lo retiró sin decir nada mientras, cada tarde, al regresar, Sergio encontraba un apartamento más vacío y solo. Y cuando ya no encontró en el baño las cosas de ella, asumió que ya no volvería.

En la cama de Richi, donde ella había estado durmiendo, apenas había quedado el colchón. Celmira se llevó hasta los dibujos que tenían pegados en la pared. Tal vez por cortesía, o compasión, le dejó una foto de los tres, más bien reciente, de cuando creían que nada malo podría pasarles. Para Sergio la situación no podía ser más devastadora y extraña. Perdía a las dos personas más importantes de su vida y ninguna de las dos estaba, oficialmente, muerta. Esa rareza, sin embargo, lo mantenía esperanzado en que un día los tres volverían a juntarse.

También disminuyeron las visitas a la Fiscalía, así como las reuniones con la fiscal asignada, Clarisa Salas. La investigación ahora se concentraba en cinco puntos muertos que no habían sido cubiertos por las cámaras de seguridad.

—Otras tienen fallas intermitentes —le dijo la fiscal—. El centro comercial no cumplía con las regulaciones de mantenimiento, se les puede enredar la vida.

—¿Y qué me gano yo con eso? —preguntó Sergio—. Quedamos en lo mismo de siempre.

—No —le dijo Clarisa—, antes no sabíamos que había tantos puntos que no estaban cubiertos. En uno de esos tiene que estar la explicación. Además, vamos a probar por otros frentes. Si alguien se llevó a Richi, vamos a buscarlo antes de la explosión, vamos a buscar sospechosos. La idea es conseguir caras en primer plano, y tratar de ubicarlos con nombre y apellido, y ver si tienen antecedentes de secuestro, de robo, abuso de menores, cualquier pecado que nos sirva para orientarnos.

Sergio le recordó que ya había analizado los testimonios de otras víctimas, de los pocos que estuvieron cerca y sobrevivieron. Pero Clarisa se refería a los que no quedaron registrados como fallecidos o lesionados.

—Vamos a cotejar, escudriñar, indagar sobre cada ser humano que aparezca en las pantallas —explicó Clarisa—. No me resigno a que esto termine como si el niño jamás hubiera existido.

La tarea tomaría tiempo. Desarchivar, revisar, repetir, constatar, cada proceso con sus respectivos permiso, sello y firma, como correspondía en un país de funcionarios. Celmira culpaba a Sergio por las demoras, por los videos perdidos, las cámaras dañadas, por la ineficiencia de los burócratas. Él intentaba ser paciente. No estoy cruzado de brazos, llamo a la fiscal cada día de por medio, ella hace lo que puede, yo hago lo que puedo, así son las cosas en este país. Pero nada tranquilizaba a Celmira.

Nada, hasta que le contó a Celmira que la fiscal lo había citado para informarle de algo, y le preguntó a Celmira si quería acompañarlo. Ya te lo he dicho, yo por allá no vuelvo. Entonces Sergio fue solo y lo sentó a mirar uno de los videos de ese día. En la pantalla se veía el pasillo donde quedaban los baños.

—Fíjese, Sergio, es la entrada al baño de hombres.

Dos tipos salían conversando y otro, que cojeaba, entró cargando un morral. Luego entró un hombre con un niño. Con el corazón en la boca, Sergio descartó de inmediato que fuera Richi.

—No, lo raro no es eso. Espere —le dijo Clarisa.

El hombre y el niño volvieron a salir, tomados de la mano. Luego entró un joven con tenis blancos, que salió al rato. Después del joven salió una mujer.

—Ahí —dijo Clarisa.

—¿Qué? —preguntó Sergio, bañado en sudor.

—La mujer.

—¿Qué pasa con ella?

—Salió del baño de hombres, y antes no había entrado —le explicó la fiscal.

—¿No es una aseadora?

—No, mírela bien. —Clarisa reprodujo el video en cámara lenta—. No lleva uniforme. Esta tiene tacones y un bolso, y mire, cojea del mismo pie que el tipo con el morral.

Sergio se zarandeó el pelo, con la mano se limpió el sudor sobre la boca y se removió en la silla.

—No entiendo nada —dijo.

—El hombre que cojeaba nunca salió del baño, y la mujer que también cojea nunca entró. Los dos son la misma persona.

—No puedo pensar —dijo Sergio—. Tengo el corazón a millón.

Clarisa le pasó un vaso de agua. Un vaso para apagar un incendio.

—Pero ¿qué es? —suplicó Sergio—. ¿Qué es lo que pasa ahí?

—Lo siento, Sergio —dijo ella—. Tal vez le hice creer que había algo importante, definitivo. Esto no nos lleva a concluir nada, pero es lo único anormal que hemos encontrado.

A Sergio le tomó un rato calmarse, y cuando pudo, dijo:

—No sé por qué me altero si desde el principio todo ha sido anormal. Inverosímil. ¿Quién podría creerse una historia así, Clarisa?

13

Apenas dobló la esquina, Celmira notó que algo pasaba frente a la puerta de la casa. Como si un hombre forcejeara con una bicicleta, con las ruedas hacia arriba. Cuando estuvo más cerca vio algunas frutas regadas en el andén, y lo que pensó que era una bicicleta, ahora lo veía con claridad: era una silla de ruedas, volcada. En el suelo, un hombre intentaba recuperar frascos y alimentos desparramados alrededor. Celmira apuró el paso hacia él. Ella también traía una bolsa de mercado, que apoyó contra el muro, y se inclinó para recoger algunas naranjas.

—¿Está bien? —le preguntó al hombre.

—Sí —respondió él—. La rampa queda suelta cada vez que se le roban los putos tornillos.

Agachada, y tratando de recuperar cosas, ella vio que se refería a la rampa que había entre la acera y el escalón de la puerta.

—¿Le acerco la silla? —le preguntó Celmira, mientras la asentaba sobre el piso.

—Gracias —dijo él, se incorporó y, en un segundo, con una maroma, volvió a quedar sentado en la silla—. Gracias —repitió.

Tenía una camisa de manga sisa, y Celmira se quedó mirándole los brazos, enormes y tatuados. Las piernas le quedaron colgando hacia un lado, y con las manos las acomodó sobre el apoyapiés. Le recibió a Celmira lo que ella había recogido. Volvió a agradecer.

—¿Viene para acá? —le preguntó ella.

—Acá vivo —dijo él.

—Ah, no lo había visto.

—¿Vive acá también?

—Sí. Hace una semana.

Celmira sacó la llave y abrió la puerta.

—¿Lo ayudo a entrar? —preguntó.

—No. Solamente pise duro ahí, en el borde.

Él le indicó dónde tenía que pisar para que la rampa no se volviera a mover. De un solo envión, el hombre quedó adentro.

—Yo ya sé quiénes son los malparidos que se llevan los tornillos —rezongó.

—¿Por qué no llamó a Magdalena? —le preguntó Celmira—. Ella le habría ayudado.

—Yo puedo solo —dijo él.

Mientras ella cerraba la puerta, él avanzó hasta uno de los cuartos de abajo. Se encerró y desde adentro dijo:

—¡Gracias, doña!

Celmira subió las escaleras y descubrió que el cuarto de ella quedaba justo encima del cuarto de él. Magdalena no se lo había mencionado; le contó del hombre del otro cuarto de abajo, un señor jubilado que se llamaba don Gabriel. La otra habitación de arriba era la de la señora Magdalena. Las mujeres arriba y los hombres abajo, pensó Celmira y sonrió.

Rara vez salía de su cuarto. Pasaba la mayor parte del tiempo acodada en la ventana, distraída con las gallinas de la señora Magdalena, o se quedaba mirando las sábanas y fundas que se mecían en los alambres mientras se secaban al sol. Al atardecer, cuando le entraba la desazón, salía a la calle a ver si podía espantar esa mano invisible que la asfixiaba. Miraba las tiendas, que ya conocía de memoria, y, a veces, se tomaba una cerveza en La esquina. Cualquier cosa con tal de disipar la hora de la mano en el cuello.

Magdalena la puso al tanto de la historia del tipo de la silla de ruedas.

—Se llama Boris —dijo—, y tiene una medalla de guerra.

Era un exsoldado al que una bala había dejado así, y vivía de una pensión y de lavar taxis.

—A veces ayuda con las reparaciones de la casa —agregó Magdalena—. Es un buen muchacho, aunque tiene mal genio. Bueno, es que en esa situación...

—Pero se ve fuerte —dijo Celmira.

—Es fuerte —confirmó Magdalena, que se le iba la lengua para contarle más infidencias a Celmira—. El mal genio se le baja cada vez que lo visita una fulana —añadió Magdalena, primero con un gesto de fastidio y, luego, con uno de conformidad—. Yo se la dejo entrar, porque en esa situación...

A Celmira le molestó la confidencia. A ella no le importaba la vida íntima de los demás. También le molestó que Magdalena se sintiera con la autoridad de permitir o vetar la entrada de otros a los cuartos. Como si estuvieran en un internado.

—La tipa esa no me gusta —dijo Magdalena—. Es escandalosa, y muy vulgar. Bueno, a fin de cuentas ella es lo que es. Yo lo hago por él, porque se calma y deja las rabietas por varios días.

Celmira ya no quería oír más chismes, pero Magdalena siguió:

—¿Y usted?

—¿Yo qué?

—Pues, no me ha contado nada.

La rescató un revoloteo de las gallinas en el solar. Magdalena salió en carrera.

—Ese maldito gato —vociferó— no me las deja tranquilas.

Celmira la escuchó ahuyentando al animal, con gritos y palabrotas, y aprovechó para salir de la cocina, más espantada que el mismo gato.

14

Sergio repasó las páginas que llevaba escritas, sesenta y pico o algo así, y el pecho se le vaciaba a medida que leía. Sabía de la desazón de los escritores al volver sobre lo escrito. Él mismo padeció algo similar cuando se aventuró a teclear las páginas iniciales. Era su primera novela después de coquetear muchos años con la idea de hacerse escritor. No se decidía a ser juez y parte. Las reseñas de libros en el periódico le sirvieron para darse a conocer como crítico. Él tenía claro que no lo era. Se consideraba apenas un lector impenitente con cierta habilidad para encontrar en una historia los elementos relevantes o reprochables. Y hábil, también, en el uso de la ironía en el momento de reseñar un libro. De ahí su fama de severo, y de ahí podría venir su imagen de intelectual crítico, una fachada que él no se esforzaba en desmentir.

Leyó y releyó las páginas escritas y abandonadas hacía más de ocho meses, y el tema, que antes le gustaba, ahora le parecía soso. La idea inicial era burlarse un poco del mundo literario, que él conocía desde afuera, y los pormenores solo eran anécdotas robadas a algunos escritores que había tratado. La relectura lo puso en su lugar, y el vacío que sintió al leerse le hizo ver que la burla sobraba. Tal vez estos últimos meses de dolor y zozobra lo hicieron recapacitar sobre los sentimientos, sobre el esfuerzo. El abandono de Celmira lo habrá llevado a revaluar la soledad. Ahora sentía compasión por ese personaje que creó para satirizar a los escritores. Un hombre solitario, castrado por un éxito literario y criado por un... todavía no lograba asimilar a ese padre, que a ratos era madre, a veces hombre y a veces mujer, en fin, un personaje complejo, que sería lo único rescatable de las páginas que había escrito. Tuvo el impulso de trasladar el archivo a la papelera y comenzar de nuevo con otra historia.

¿Y si contaba su propia experiencia? ¿Lo que lo agobiaba en esos momentos? Podría hacerlo a manera de diario, con cierto tono literario para narrar el día a día de la búsqueda de su hijo, de su matrimonio desbaratado. Tal vez me sirva como catarsis y me ayude a sobrellevar esta carga. Pero ¿sería ético hacer un uso comercial de su tragedia? ¿Qué pensaría Celmira? ¿Qué diría Richi, cuando apareciera, cuando fuera mayor, por haber hecho pública su historia? Sergio se restregó la cabeza y apagó el computador. Se extendió sobre el sofá y respiró despacio, intentando salir del nubarrón.

Otra vez le ganó el miedo y descartó la idea de escribir un libro. Seguiría en lo suyo, con los asuntos culturales en el periódico. Seguiría en la búsqueda de Richi, que era inexistente, porque no podía hacer nada distinto que visitar a la fiscal Salas para que lo actualizara, si es que algo nuevo había pasado.

En la última visita, ella lo sentó otra vez frente al computador para mostrarle decenas de fotos de niños que habían aparecido recientemente, unos vivos y otros muertos. Niños que habían huido, niños abandonados, perdidos, despedazados, rescatados de la prostitución o del tráfico de personas, niños que empezaron mal en este mundo. Sergio perdía fuerzas cada vez que pulsaba la tecla para pasar a la siguiente fotografía. En una milésima de segundo se llenaba de esperanza y pavor. Cada niño que veía cargaba con su historia en la cara. Un grito en cada mirada. Sergio negaba con la cabeza, no porque descartara que Richi fuera uno de ellos, sino porque no entendía nada.

—Esto no tiene por qué pasar —le dijo a la fiscal.

—Y esos son solo los que hemos encontrado —dijo Clarisa.

Eran más los que seguían perdidos, miles y miles en este país, millones en el mundo. Sergio llegó a la última foto y se levantó molesto.

—Ustedes saben cómo es Richi, ¿qué necesidad hay de que yo vea esas fotos?

Clarisa había aprendido a manejar la desesperación de los padres. Sabía medir cada palabra para anticiparse a lo que había detrás de las frases y las ideas.

—En estas situaciones —dijo—, los niños cambian mucho. No solo porque es natural que a su edad cambien rápido, sino por las circunstancias. He tenido casos en los que había la certeza genética del parentesco, pero lo que habían padecido los niños los había cambiado tanto que ni teniéndolos al frente los padres pudieron reconocerlos.

—¿Cómo no voy a reconocer a Richi?

—Por eso le pido que vea esas fotos. Richi tiene cinco años, y a nosotros se nos pueden pasar los cambios. A usted no.

De ese encuentro surgió la decisión de Clarisa de ir actualizando, por computador, la imagen de Richi. A su edad, ocho meses eran mucho tiempo, pero más que eso, le interesaba visualizar al niño en otras circunstancias. Se lo advirtió a Sergio:

—Es doloroso, pero tenemos que imaginarlo en otras situaciones posibles. Más delgado, más gordo... —Tragó saliva—. Demacrado, sin pelo, o con el pelo de otro color, la piel limpia, la piel sucia...

—Si va a hacer esos retratos es porque cree que Richi está vivo —la interrumpió Sergio.

—Trabajo con las dos hipótesis —dijo ella—. Una me tendría que descartar la otra, pero en ninguna hay una evidencia concluyente.

Sergio frunció la cara y Clarisa se calló. La experiencia también le había enseñado la importancia de callar a tiempo. Esperar treinta segundos, un minuto, por un gesto que le permitiera continuar.

—Quisiera contar con usted cuando estén listos los retratos —dijo Clarisa—. Solo usted o su esposa nos pueden ayudar a hacer los ajustes.

Otro golpe más para los oídos de Sergio. Su esposa, había dicho Clarisa. Pero ¿qué le molestaba si hasta él mismo seguía llamándola así? Se había propuesto no usar la ruptura para desahogarse. Podría haberle dicho a Clarisa, ahora que se tenían confianza, ¿cuál esposa?, y luego despacharse sin compasión contra Celmira. Además, no quería, nunca lo quiso, involucrarla en los procesos de validación de pruebas. Siempre que tuvo que ir a ver niños muertos, que coincidían con la descripción de Richi, lo hizo solo, vomitó solo, lloró solo.

—¿Qué libro va a reseñar esta semana? —le preguntó Clarisa.

—*El pescador holístico*.

—¿Es un chiste?

—Ningún chiste —aclaró Sergio—. Es el último libro de Bianchi.

—Yo sé. Todo el mundo habla de eso —dijo Clarisa, y preguntó—: ¿Hay sangre?

—Es una novela... holística.

—Me refiero a la reseña —aclaró la fiscal.

Sergio sonrió por primera vez frente a ella, y le dijo:

—Sí, habrá sangre.

15

Cientos de maletas pasan frente a ti y no logras ubicar la tuya. Los pasajeros empujan y se abalanzan sobre las que creen propias, las retiran, las regresan, las retiran, se marchan, y, poco a poco, el carrusel de equipajes se va desocupando. Quedan tres o cuatro que tendrán su historia para que sigan ahí girando sin que nadie las tome. Vas al puesto de Iberia para hacer el reclamo por tu maleta. Apestas a todo lo que bebiste en el avión. Incluso, y no sabes por qué, comienzas a hacer la reclamación en inglés. *My bag is lost*, dices, luego alegas, te alteras, y una funcionaria de la aerolínea te acompaña de vuelta a la banda de equipajes. ¿Cómo es mi maleta? Es así, es asá, de este color, de este tamaño. ¿Y no será esa? La funcionaria te señala una de las tres o cuatro que siguen girando sin un aparente dueño.

—Sí, esa es —le confirmas.

—Pues siempre estuvo ahí —dice la funcionaria, y se retira muy seria.

No hay periodistas en la salida. Jeffrey te ha cumplido con su promesa, o a los españoles ya no les interesa tu abulia, un eufemismo para «tu pereza». A Jeffrey le encantan los pequeños tumultos que arman los periodistas en la puerta de llegada de pasajeros. Eso atrae a los curiosos, y una selfie con un fanático es una foto en las redes, y una foto en las redes es publicidad gratuita. Pero hoy, apenas hay una cámara que te apunta, una sola entre los pasajeros y no es la cámara de un noticiero. Supones que no es para ti, aunque tampoco había ningún *celebrity* por ahí. Caminas en zigzag para descartar que la cámara está detrás de ti.

Lo del zigzag no es para despistar sino por tu borrachera. Sin embargo, la cámara te sigue; si te detienes, también la cámara se detiene; si avanzas, la cámara también se mueve. Caminas en sentido contrario para despistarla, pero logras corroborar lo que sospechas: hay una periodista, porque es mujer, que te está grabando. La enfrentas y te enteras de que no es periodista pero se llama Gemma Campos, y la enviaron Jeffrey y Sonia para el asunto aquel del documental.

—Qué tal los hijueputas —te quejas—. No me dejan ni llegar, ni me dan tiempo para dormir la resaca.

—Yo solo cumplo órdenes. Me pagan por esto —te dice Gemma.

—¿Podemos acordar unos horarios? —le imploras.

—Me han pedido otra cosa, señor Posada. Documentar su vida sin horarios, sin libreto.

—Primero me gustaría hablar con ellos, Gemma.

—Está bien —dice ella, molesta, y se da la vuelta para irse. Tú la llamas.

—Espere. No me haga sentir así. —Te callas un momento porque todo el aeropuerto te da vueltas. Luego añades—: Voy en taxi a Madrid, ¿quiere que la acerque?

—Pues mejor un taxi que el metro —dice Gemma, y te acompaña hasta la salida.

Gemma tiene nueve piercings en la oreja derecha. En la izquierda solo lleva tres. Dice que cada uno tiene su historia, una razón para estar ahí. Piensas que todavía le faltarán seis historias para su oreja izquierda. Y anotas en tus notas de taxis: un personaje que marca cada momento trascendental de su vida con un piercing en el cuerpo.

—¿A qué te dedicas, Gemma?

—Soy filóloga, con un máster en Literatura Hispanoamericana.

—¿Y esa cámara, entonces?

—Mi propuesta es de fusión —dice Gemma—. Hay comida fusión, música fusión, sexo fusión, pues yo también pretendo fusionar la lingüística con lo digital, a ver qué resulta.

—Y el conejillo de Indias soy yo.

—¿Quién no lo es, señor Posada?

—Ánderson, por favor.

Por primera vez sonríen. Tú le expones tus dudas. No tienes claro qué es lo que pretenden Jeffrey y Sonia con ese experimento.

—Los editores hablan un idioma. Los escritores hablamos otro —le explicas—. Nos comunicamos en un idioma intermedio, universal, algo así como el inglés.

—Pues esto no es ningún experimento —dice ella—. A lo mejor solo quieren vender tu obra.

—Mi obra es un solo libro. Además, ¿qué puede vender un documental de alguien como yo?

—A la gente le gusta la gente rara. Eso vende.

—Gracias, Gemma.

—No hay de qué.

Se quedan en silencio hasta dejar la M-30. A punto de cruzar Príncipe de Vergara, Gemma le pide al taxista que se detenga.

—Me bajo aquí mismo.

—Gemma —dices.

—¿Sí?

—Hay un bar a dos cuadras. ¿Me acompañas?

16

Mientras se tomaba una cerveza en La esquina, Celmira vio a Boris cruzando el Parque Independencia por el costado sur. Llevaba una caja sobre los muslos y, en la cabeza, una gorra de los Yankees de Nueva York. Se detenía cada tanto a saludar a alguien, o desde lejos le alzaban una mano, le echaban un silbido, vociferaban su nombre y él correspondía con un gesto o con una maniobra arriesgada en la silla de ruedas.

Boris y Celmira todavía no habían coincidido dentro de la casa. Ella usaba el baño de arriba, y él, el de abajo, y tampoco se habían cruzado en la cocina. Celmira se levantaba tarde, y Boris, temprano. Ella se recostó en la entrada de la tienda, con la cerveza en la mano, por si Boris la veía. Quería invitarlo a que se tomara algo.

En pocos días ella iba a abrir su propia peluquería, a la vuelta de la calle, y necesitaba de unos brazos fuertes, como los de Boris, para mover y organizar la utilería que estaba por llegarle. No era mucho. Un único espejo, una silla, un puesto de lavado para el pelo. Dependiendo de lo que fuera pasando, buscaría una ayudante y una manicurista, según la demanda.

Boris se detuvo a hablar con un par de tipos, como de su edad, y compinches, por la forma como se saludaron. Palmadas, puños, carcajadas duras. Él seguía sin voltear a mirar hacia la tienda, donde Celmira no dejaba de observarlo, cerveza en mano. Fue ella la que se giró para preguntarle a don Jorge hacía cuánto que Boris vivía en el barrio.

—No sé —dijo don Jorge—, porque antes vivía más arriba, por allá donde nadie va, entonces no sé en qué momento se trasteó para estos lados.

—¿Usted alcanzó a conocerlo antes, cuando caminaba?

—No. Siempre lo he visto moviéndose en esas ruedas, que corren más que dos piernas.

—El otro día lo encontré volcado —dijo Celmira.

—Estaría haciendo pendejadas —respondió don Jorge. Los dos se quedaron mirándolo y luego él añadió—: A mí no termina de gustarme ese muchacho.

—¿Por qué?

—Lo dañaron cuando vivía por allá arriba. Ahora es de los que andan con Dios y con el diablo, y se la pasa trabado día y noche.

Su mundo de antes no era como el que Celmira veía desde esa esquina. No era tan colorido ni tan ruidoso. Aquí había otras preocupaciones. Desempleo, violencia, drogas, abandono, aunque en el poco tiempo que llevaba en el barrio no le había pasado nada. Nada peor a lo que ya le había pasado. Por allá también se sentían las explosiones diarias, aunque sonaban lejanas y no alcanzaban a sacudir la tierra. Los cruces de balazos sí eran constantes. Ajustes de cuentas, incursiones de la policía, o solo tiros al aire para espantar bandidos, o de los mismos bandidos para darse ínfulas.

—¿Y usted cuándo abre? —le preguntó don Jorge.

—Dentro de poquito —respondió Celmira, y sorbió de la cerveza.

—¿También va a peluquear hombres?

—Claro. Es unisex.

—De pronto hacemos canje —le propuso don Jorge.

—Ajá —dijo ella, sin dejar de mirar a Boris, a lo lejos. Uno de los amigos le había arrancado la gorra y Boris le mandó un puño al muslo que lo dejó cojeando. El otro se carcajeó. Boris recuperó la gorra y arrancó en la silla, rodando solamente con las dos ruedas grandes. Como uno de esos muchachos que hacían piques de motos en las lomas. Los otros dos corrieron detrás. Se acercaron a la tienda, pero Boris seguía sin mirar a Celmira. Una nube cubrió el sol y ella comenzó a sentir la desazón de las cinco de la tarde. Aún faltaba para que empezara a oscurecer, pero esa nube atravesada le anticipó la angustia. Fue hasta el mostrador donde don Jorge ya había vuelto a ocupar su puesto, y le pidió otra cerveza y un cigarrillo.

—Se enfrió la tarde —comentó don Jorge, mientras le extendía un fósforo prendido.

Para ella, los finales de todas las tardes eran fríos. Pero sí, un viento crudo entró por un costado y salió por otro. Don Jorge se acercó a la oreja de Celmira y le susurró:

—Si quiere le cambio la cerveza por un roncito muy especial que tengo. Eso sí, me tiene que guardar el secreto, Celmira.

Ella le agradeció a don Jorge, incómoda por tanta cercanía.

—Tal vez otro día —agregó.

Se dio vuelta para fumarse el cigarrillo afuera y enfrentar el final del día con un paisaje que no fuera la barriga prominente de don Jorge. Al salir, se topó en la acera con Boris, sonriente y muy inquieto en su silla de ruedas. Mientras lidiaba con el escalón para entrar a la tienda, dijo a todo volumen:

—¿Qué me cuenta de nuevo, vecina?

17

—Tengo un salón de belleza. Al principio los vecinos lo veían como un lujo, pero poco a poco han ido llegando clientas, y como se dan cuenta de que no cobro tan caro, van y les cuentan a otras, y así —le dijo Celmira a la doctora Tejada, después de haber estado las dos en silencio casi cinco minutos. La doctora mirando a Celmira y Celmira mirando al techo.

—¿Qué te gusta de tu trabajo? —le preguntó la doctora Tejada.

Después de un suspiro, Celmira respondió:

—Pues ahora no me toca trasnochar, ni madrugar, manejo mi horario y no tengo jefes.

—¿Y qué no te gusta?

—Pagar el arriendo, los servicios, y los proveedores que no me despachan a tiempo por miedo a ir al barrio. Ah, y hay una humedad en el techo que el dueño del local no me quiere arreglar.

—¿Qué más no te gusta?

—Pues todos los enredos que van surgiendo. Según mi papá, así es siempre cuando uno comienza un proyecto.

—¿Él ya lo conoce?

—No —respondió Celmira—. No he querido llevarlo.

—¿Por qué?

—No le va a gustar el barrio, me va a echar cantaleta, y, no sé, de pronto le da por contarle a Sergio.

—¿Y?

—No quiero que Sergio me busque.

—¿Y por qué crees que te va a buscar?

Celmira levantó los hombros. Pensó la respuesta y dijo:

—Solo quiero descartar que eso pase.

Volvieron a quedarse en silencio. Sobre cada una había un reloj de pared, iguales y perfectamente sincronizados. Si la doctora Tejada levantaba los ojos para mirar la hora sobre Celmira, ella hacía lo mismo en el reloj que estaba sobre la doctora. Parecía un juego en el que se retaban médico y paciente, usando el tiempo como un elemento de intimidación. Celmira, sin embargo, sospechaba que detrás de la extravagancia de poner dos relojes iguales, frente a frente, había una intención oculta de la psiquiatra.

—Sergio está escribiendo un libro, y parece que yo estoy ahí —Celmira rompió el silencio—. Desde hace muchos años venía con la idea de escribirlo, pero no se atrevía. Ha criticado tan duro a otros escritores que tal vez le tiene miedo a cuando lo juzguen como escritor. Pero bueno, o venció el miedo o yo le estorbaba para escribir.

—¿Y te importa que te meta en su historia?

Celmira volvió a levantar los hombros.

—Si eso le ayuda, que lo escriba —dijo.

La doctora Tejada tomó la libreta y anotó algo. Luego preguntó:

—¿Cómo vas con la medicación? ¿Estás durmiendo bien?

—¿Qué cree, doctora?

—No sé. Por eso te lo estoy preguntando. ¿Por qué te molestas?

—No estoy molesta, doctora. Sino que siento que estoy perdiendo el tiempo aquí. Y lo que quiera saber de Sergio, pregúnteselo a él.

La doctora tomó su recetario y comenzó a escribir.

—Te voy a hacer la de este mes —dijo.

Celmira asintió. Mientras terminaba de hacer la fórmula, la doctora le preguntó:

—¿Algo más que quieras comentarme hoy?

Celmira negó con la cabeza, sin decir nada. Como no escuchó ninguna respuesta, la doctora dejó de escribir y la miró.

—No, no hay nada más, doctora —dijo Celmira, cargada de pólvora mojada.

18

Los domingos se los dedicaba por completo al niño. Se levantaba tarde porque los sábados trabajaba hasta la madrugada, con doble turno, incluso, para gastarse esa platica al día siguiente con su chiquito. Como el niño se despertaba antes, le prendía el televisor para que se distrajera con algún programa. Así lograba echarse una hora más de sueño. Luego se arreglaban para salir, porque hasta desayunaban por fuera, cerca de la iglesia, para después entrar a misa. El niño se alteraba en espacios tan concurridos y varias veces tuvieron que salirse, cuando empezaba a llorar.

—No le hagas esto a Dios, mi Andy.

No me hagas esto, Diosito santo, que la gente me mira como si le estuviera haciendo algo a mi chiquito, mira que vine a darte gracias porque salvaste a este niño de la muerte, y gracias porque él llegó a mí para salvar mi vida. Y soltaba sus plegarias al oído del niño para que también él diera las gracias, di, gracias, Dios del cielo, porque estamos vivos y porque estamos juntos, pero Ánderson apenas miraba hacia arriba, atónito, qué digo atónito, si se mantenía con el miedo atrapado en un puchero, dominado por un terror que ni dormido lo dejaba tranquilo.

—Ahora vamos a ir a un parque de diversiones, ¿qué te parece, mi ángel?

Trataba de no hablar con nadie al salir de la iglesia, y de no hacer contacto visual con esas miradas que parecían preguntarse, ¿y estos qué? ¿De dónde salieron? ¿Son nuevos por aquí? ¿Eso qué es?, ¿hombre o mujer? Sentía que hasta el cura, en pleno sermón, también los miraba con las mismas preguntas, o tal vez no le gustaba su atuendo, y eso que era el dominguero, alegre pero discreto. Y al terminar la misa se limitaba a sonreírle a la nada, como sonríen los locos, con el niño de la mano.

—Vamos a comprar empanadas de la parroquia para llevar al parque.

Lo que se ganaba en propinas también era para gastarlo los domingos, y lo del sueldo lo dejaba para los demás días y las demás cosas. Todo con tal de que mi chiquito pase un domingo feliz y dichoso. Una docena de empanadas, por favor. A él también le había puesto su pinta de domingo, con tenis porque quería que corriera, y también tenía puesta su camisa de manga larga, con botones, y el saquito de lana. ¿Salsa picante? No, gracias, al niño no le gusta. Y para sus adentros: por qué me mira así esta vieja fisgona, por qué mira así a Ánderson esta solterona esclerótica. Gracias, ¿cuánto le debo? Para sus adentros: me tiene que alcanzar para los juegos, qué digo juegos, si también le prometí algodón de azúcar y una manzana caramelizada. Cruzó los dedos para no perderse como la vez pasada, cuando se montaron en el bus que no era y fueron a dar a otro lado, y cuando por fin lograron encontrar el parque, ya estaban cerrando, ya los había cogido la noche.

—Esta vez sí llegamos, mi corazón.

Ánderson no se emocionó con el parque, por más que había luces, colores y música de carrusel. ¿De carrusel? Malparida vida la mía, por nada del mundo podemos pasar cerca, ay, Virgencita de Cualquier Cosa, ni por accidente permitas que nos topemos con el bendito carrusel, protege a este niño del dolor y del trauma. El gentío espantaba a Ánderson, que miraba a lado y lado, aterrado, como si ya estuviera perdido en un laberinto de gente y bulla.

—Busquemos el lago, mi Andy, allá vamos a estar más tranquilos, y podemos montar en las barquitas.

Las indicaciones eran ambiguas, flechas que apuntaban para acá, para allá, para ningún lado. Que la Casa del

Terror, que el Buque Fantasma, que el Platillo Volador, el Carrusel... ¿Pero para qué clase de niños está hecho este parque, Dios mío? Ánderson lloraba porque lo arrastraba de la mano y chocaban con la gente, y cuando le preguntaban a alguien ¿dónde queda el lago?, una mano le indicaba que por allá, otra que por acá, y alguno le dijo en este parque no hay ningún lago. De pronto quedaron metidos en un griterío, eran los que se habían montado en una máquina que los soltaba al vacío, y Ánderson quedó petrificado sin poder dar un paso más, sembrado en el charco de sus propios orines.

Hizo lo que pudo para secarlo con toallas de papel en el baño de damas, donde los miraron con desconfianza, al niño porque lloraba y a él, precisamente por eso, porque no entendían quién o qué era. Ya está, mi Andy, no ha pasado nada, ya estás sequito, mi amor, vamos a comprar algodón de azúcar. Para sus adentros, en vez de premiarlo habría querido regañar a Ánderson por no haberle avisado que necesitaba ir al baño. No era la primera vez que se hacía pipí en los pantalones, hasta a la misma señora Vilma se le había orinado encima, cuando se quedó cuidándolo. Hay que tenerle paciencia mientras se le pasa el trauma, pero ¿hasta cuándo, mi Señor y Redentor?

Ánderson se distrajo con el algodón de azúcar, y aunque se empegotó la cara entera y las manos, no le dijo nada para no alborotarlo. Los dos se habían sentado en un parche de grama y se dejaron calentar del sol, que a esa hora estaba en la mitad del cielo. Un soplo de paz le refrescó el alma. Por un instante sintió que su plan se había cumplido: un domingo al aire libre, un pedacito de cielo y el niño alegre, así fuera por pocos minutos, desconectados de la realidad, así fuera por un solo día. Fue una ilusión de un segundo, porque miró a Ánderson a los ojos y le vio esa sombra que jamás lo abandonaba, ni siquiera ahí, engolosinado con un puñado de algodón de azúcar dentro de su boca.

Regresaron de noche a la pensión. Ánderson se quedó dormido en el bus y le tocó cargarlo desde el paradero. Hubiera querido bañarlo antes de meterlo a la cama, y darle un vaso de leche, pero no se atrevió a despertarlo. Se tendió junto al niño un rato largo, mientras se le deshinchaban los pies y se recuperaba de un domingo agitado. Qué hermoso, pero qué duro era ser padre y madre. No se imaginó nunca que se requiriera de tanto. Siempre soñó con tener un hijo, pero ¿y los otros sueños para cuándo? Tocarán para cuando Ánderson esté más grandecito y pueda dejarlo en el día en un colegio. Para cuando se le hayan ido los miedos y esa nube horrible que le oscurece los ojos, Dios mío.

El niño dormido respiraba con cadencia lenta y pesada. Era el momento preciso para quitarle los pantalones orinados y ponerle la piyama. Estaba rendido, el pobre, a pesar de que no quiso subirse a ninguna atracción. Pero la caminada, el sol, el ruido, el gentío... Pobrecito. Lo desnudó con cuidado de no despertarlo, tenía que aprovechar ese instante antes de que lo atacara una pesadilla. Le revisó las piernas, no fuera a ser que estuviera quemado por sus propios orines. Mañana hay que darle un buen baño. Le puso los pantalones de la piyama y arrojó los sucios a una esquina. Volvió a arroparlo, le dio un beso suave en la frente y el niño tembló.

—Tranquilo, mi amor. Soy yo. Uriel.

19

La pelea que había casado Sergio con su manuscrito no duró más de una semana. La soledad forzó la reconciliación. Escribir era lo único distinto que podía hacer. Se había citado con Celmira hacía poco, llamados por la fiscal Salas para otro interrogatorio que, de nuevo, resultó una pérdida de tiempo. No hablaron mucho, y lo poco que Sergio le preguntó, Celmira se lo respondió con monosílabos. Cuando le preguntó dónde estaba viviendo, ella se quedó callada. Por otro lado, sentía que desde lo de Richi, en el periódico lo trataban con bastante condescendencia, y le molestaba. Le parecía que ya no lo valoraban como profesional sino como un mártir. Muchas sonrisas piadosas, palmaditas en la espalda y mucho cuchicheo cuando se alejaba. Le daban ganas de gritarles, sí, estoy jodido, me mata el dolor, pero déjenme solo, no me toquen, no se acerquen, no me miren con compasión que no la necesito. Como no gritaba, tragaba entero. Y el proyecto de la novela se convirtió en su tabla de salvación. Así lo llamaba, «el proyecto», por el miedo que le producía solamente imaginar que pretendía escribir una novela.

Volvió a ella, entonces, cualquier día, en un arrebato, en uno de esos momentos en que no sabía qué hacer con su vida. Comenzó a leerla desde la primera frase y cambió algunas palabras, signos de puntuación y hasta hizo notas para investigar algunos temas. Sintió vacíos y ganas de abandonar la lectura, pero al menos se aguantó hasta el final del primer capítulo. Tenía que elaborar mejor la paradoja inicial de un fracaso nacido de un gran triunfo. Considerar si un personaje así debería ser tratado con rigor o clemencia. Se vio a sí mismo en el reflejo de la pantalla: culpando o absolviendo. Recordando cómo trataba a los autores cuando los reseñaba, a este cómo lo abordo, a este lo salvo, a este lo destruyo. ¿Cómo podría ser neutral con sus personajes? ¿Y Celmira? ¿Qué hacer con ella? Por el momento la dejaría así. La necesitaba para hablarle, ya que en la realidad ella no quería escucharlo. Ella ya estaba en la historia y solo tenía que hacer algunos ajustes en las primeras páginas para sembrar los indicios de una crisis. Para el otro personaje, el escritor, tenía que pensar en un miedo mayor como fuente de bloqueo. Un despecho amoroso, como lo tenía planteado, no daba para tanto. Y anotó: escribir sobre lo que se conoce, sobre lo vivido.

En el encuentro con Celmira en la Fiscalía la notó diferente. No sabía decir si era porque había perdido kilos, porque tenía el pelo de otro color, o porque tenían tiempo de no verse. Tachó la anotación que recién había hecho. No puedo tomarlo como una regla, también se puede escribir sobre lo desconocido y sobre lo que no se ha experimentado. Y anotó: perderlo todo en lo que dura una explosión. Miró la foto de Richi que tenía pegada en un corcho, junto a otras notas y recortes. También tenía dibujos del niño, garabatos con los que había escrito «papá». Se le hizo un nudo frío en la garganta. Tengo que irme de aquí. Ya lo había considerado, pero se sentía sin fuerzas para una mudanza. Se levantó del escritorio y fue hasta la ventana. Atardecía en una ciudad que naufragaba. En un rato sonaría el primer estallido de la noche. ¿Y si me voy lejos? Ganas no le faltaban a nadie que viviera en ese país. Pero siempre había un pero. Richi. ¿Cómo voy a dejarlo? Buscó el teléfono para llamar a Marco Tulio, su suegro. Exsuegro. No importa, todavía lo quiero.

—Sergio.

—¿Puedes hablar?

—Contigo siempre puedo.

—Es que he estado pensando y...

Silencio.

—¿Y? —preguntó Marco Tulio.

—Creo que quiero mudarme.

—Haces bien, mijo.

—¿Me darías una mano?

—¡Hombre!

—Igual no quedan tantas cosas.

—Lo que sea. ¿Ya tienes un sitio?

—No.

—¿Quieres que te ayude a buscarlo?

—Por favor. No sé mucho de eso.

—Yo tampoco —dijo Marco Tulio, riéndose a medias—, pero entre los dos encontraremos algo. No le digo a Nubia que nos acompañe porque a ella todo esto...

—No hace falta —dijo Sergio—. Dejémosla tranquila.

—Tranquila nunca va a estar, pero...

Quedaron en echarle una mirada a los clasificados del periódico, por si encontraban algo que les llamara la atención. Se verían el fin de semana para hacer las primeras visitas. Antes de colgar, Sergio se atrevió a preguntarle:

—¿Cómo está ella?

—Está bien. No te preocupes.

—¿Has ido a verla?

—No me deja. Es ella la que viene a visitarnos.

Silencio.

—La siento más fuerte.

Sergio hubiera querido contarle cómo ella lo había ignorado la última vez que se vieron, pero sintió que no debía ponerse con quejas.

—Ella no debió irse —dijo Marco Tulio—. No en esas circunstancias.

—Las circunstancias fueron las que la hicieron irse.

—Pero va a volver. La conozco.

También habría querido contarle a Marco Tulio que estaba retomando la novela. Su exsuegro era un buen lector, y por eso mismo seguramente le iba a hacer muchas preguntas que Sergio no quería, o no tenía la información completa para responderle. De todas maneras, hablar con Marco Tulio lo reconfortaba. La templanza de su voz le llenaba un vacío que soportaba desde niño. Celmira incluso llegó a reclamarle que hablara más con su papá que con ella, y Sergio se burlaba, asombrado porque no tenía conocimiento de ese tipo de celos. Un padre es definitivo en toda historia, anotó Sergio, de regreso al computador. Un padre para el personaje. ¿Padre y madre a la vez? ¿Débil y fuerte? ¿Violento y tierno? De ahí tendría que salir el conflicto de su personaje. La historia estaba esperando ese momento. Las páginas en blanco siempre encuentran el instante para confabular con la vida. No podía huir de lo inevitable si le iba a dedicar el resto de su existencia a la escritura.

Con el corazón a mil, y con los dedos enloquecidos sobre el teclado, Sergio escribió: «Al niño perdido lo raptó un hombre que dice ser su madre».

20

Quedaste en verte con Dana a las diez, y mientras llega el domicilio te das una ducha. Pediste dos botellas de Hendrick's, una porción de alitas picantes, una caja de Durex sensitivo ultradelgado, seis Coca-Colas, cocaína para Dana, trescientos ochenta euros en billetes de veinte, también para Dana, y te inventaste una excusa para que Gemma te dejara solo después de las ocho. Te gusta Gemma, pero no la tratas como a Dana, aunque en la ducha fantaseas con un trío. Fantasías, nada más, porque no concibes así una primera vez con ella. Además, no tienes indicios de que le gustas. Ella ya entra y sale de tu casa como si fuera la suya, tiene un juego de llaves y te sube a diario la correspondencia. Cuando despiertas, ya Gemma te ha preparado el café. Llevas más de dos meses viéndola a diario, pero todavía no sabes si está comprometida. Aunque descartas el trío, al salir de la ducha anotas: triángulo amoroso/sexual entre una prostituta, una filóloga y un escritor fracasado.

A Dana la conoces hace dos años, ella no tiene llaves de tu apartamento pero, una vez entra, actúa como si viviera ahí. Dana sola es toda una orgía. La recibes con la toalla en la cintura y ella te nota la erección. ¿Qué es eso?, te pregunta, ¿prisa o ganas? Le pides que te sirva una ginebra mientras te pones algo. Al principio, ella te cobraba apenas llegaba. Tú le preguntas si tiene afán. No, tiene toda la noche para ti, aunque mañana saldrá muy temprano para Málaga. Oyes desde tu cuarto el sonido de los hielos en el vaso, el chorro de la ginebra y del agua tónica.

—¿Cómo va tu trabajo? —te pregunta ella, desde la cocina.

Hasta las putas tercian en mi trabajo, piensas.

—¿Puedo ir contigo a la premiere de tu libro? —te pregunta Dana.

—A los libros no se les hace premiere.

—Bueno, a lo que sea. Quiero entrar del brazo contigo, mi Andy.

Al comienzo, ella no se quedaba más de una hora. Ya se queda hasta que te cansas. Ella te aprecia. Dana también es colombiana. Te pasa ginebra desde su boca, en un beso con lengua. Mete la mano entre tus shorts y encuentra tu verga dura y húmeda.

—Esta también se merece un trago —dice Dana.

Se pone de rodillas, bebe más ginebra y con la lengua te empapa la verga con licor y con saliva. Le ofreces coca.

—¿Colombiana?

—¿De dónde más?

Te subes los shorts y pasan a la sala, donde los juguetes están predispuestos. Dana se quita los tacones y prepara rayas para los dos. Ella reluce después de cada esnifada. La coca le dispara los pezones. Tú se los chupas mientras ella te araña la espalda. La aprietas contra ti hasta dejarla casi sin aire.

—¿Puedo preguntarte algo personal, Dana?

—Tú, pregunta; yo veré si respondo.

—¿Tus padres saben lo que haces?

—No tengo padres, mi Andy.

Ella pasa la yema del dedo sobre el polvillo de coca que quedó en la mesa. Lo unta con maestría sobre la cabeza de tu verga, y vuelve a chuparla. Tú le dices:

—Mira qué coincidencia. Yo tampoco tuve padres.

21

Nada les pareció extraordinario a los que transitaban a diario esa calle, y, más allá de ver el aviso de un nuevo salón de belleza y peluquería para damas y caballeros, no había ninguna señal que inquietara a nadie en esa zona de pequeños comercios. Pero cuando Celmira puso el cartel en la vitrina, el mismo que venía pegando en todos lados con la foto del niño y su nombre completo, Ricardo Cuéllar Medina, de cinco años, desaparecido en tal fecha, en tal lugar, en un atentado terrorista, la gente, entonces, sí se detuvo al pasar y la vitrina se llenó de curiosos que comentaban y opinaban sobre la recompensa que ofrecían por cualquier información acerca del niño.

Las primeras clientas no se aguantaron las ganas de preguntar, pero Celmira, sin ánimo de contar mucho, les decía ahí está el número de teléfono por si saben algo o por si lo ven por ahí. Otros, más discretos y amables, se ofrecieron a pegar más carteles en los postes y en las tiendas cercanas, sin preguntar muchos detalles del niño perdido. Que a don Jorge, el de La esquina, no le iba a importar ponerlos en su tienda, ni a la que vendía celulares y minutos, y también podían ponerse en el granero, y en la cooperativa, y seguro los pondría la que vendía chanclas brasileñas, y hasta el del roto ese donde sacaban fotocopias.

En muy poco tiempo el barrio quedó empapelado con la foto de Richi. El cartel se convirtió, sin buscarlo, en la mejor forma de promocionar el salón de belleza y peluquería, que, así como sucedía con La esquina, Celmira lo bautizó Salón de belleza y peluquería. Y comenzó a atender turnos y a agendar citas desde por la mañana hasta el final de la tarde, cuando la apretaba en el cuello la mano invisible y tenía que cerrar a pesar de que le sobraba trabajo.

Muchos de los vecinos recordaban el caso. No era fácil retener una historia entre tantas, menos cuando explotaban varios artefactos al día, y en las noticias abundaban los muertos, heridos, mutilados y desaparecidos. Pero el caso del niño había quedado en la memoria de muchos, no solo porque Richi fue una de las pocas víctimas que mostraban a diario en los noticieros, sino por el misterio mismo de no haber aparecido vivo ni muerto.

Así fue como, de un día para otro, Celmira sintió que todo el barrio la miraba. Incluso algunos, como la señora Magdalena, le reclamaron por no haberse identificado antes.

—Yo sí decía que usted me recordaba a alguien —le dijo Magdalena—. La vi varias veces en la televisión, con su esposo, los dos muy tristes. Hasta se me salieron las lágrimas cuando los vi suplicar por su niño, qué cosa tan horrible, por Dios, ¿cómo ha podido vivir así, Celmira? ¿Y por qué no me contó antes quién era usted?

Celmira levantó los hombros. Habría querido decirle pues porque uno no anda por la vida diciendo quién es uno, a no ser que tenga algún complejo, y porque usted me habría subido el arriendo, convencida de que yo tendría dinero por el solo hecho de haber salido en televisión.

—Y me acuerdo muy bien de su esposo —continuó la señora Magdalena—, también se veía muy cariacontecido, y muy pendiente de usted, se nota que la quiere mucho... —arrojó el anzuelo, Magdalena, por si Celmira picaba.

Celmira apenas le sonrió mientras la otra se mordía la lengua con ganas de averiguar por qué vivía sola, por qué nunca mencionaba al esposo. Hasta le ofreció chocolate caliente, y galletas, para que se quedara ahí en la cocina, pero Celmira tenía clientas para atender y se excusó, con ganas de decirle a Magdalena cuidado se quema la lengua con el chocolate hirviendo, señora, y la incapacitan para el chisme. De salida, oyó que Magdalena le dijo:

—Con la ayuda de Dios, el niño aparecerá pronto.

Cuántas veces habrá oído esa frase, cuántas ella misma se la dijo a Dios. Han sido tantas las veces que ya ni agradece cuando se la dicen, tantas que ya ni siquiera cree en Dios, aunque sigue creyendo que, algún día, Richi va a aparecer.

Se agachó para abrir el candado de la reja del salón, cuando oyó a sus espaldas un saludo fuerte:

—Qué dice, vecina, no la vi esta mañana por la casa, claro que salí apurado, sin desayunar, porque tenía una diligencia en el Seguro. Déjeme yo le subo eso.

Boris se acercó rápido, giró la silla de ruedas y agarró la manija de la reja para subirla de un tirón hasta la mitad. La otra mitad la terminó de subir Celmira.

—Me encogí casi un metro, vecina —dijo Boris, y soltó una carcajada—. Aquí donde me ve, yo era mucho más alto que usted.

Celmira le sonrió y le agradeció por la ayuda.

—Cuénteme una cosa —le dijo Boris, mirando sobre su cabeza el letrero del salón de belleza—. ¿Unisex quiere decir que únicamente atiende a los de un solo sexo?

—No —respondió ella—. Quiere decir que atiendo a los dos sexos.

—¿Y cómo es eso de los dos sexos? —preguntó Boris y volvió a soltar otra carcajada.

Celmira abrió la puerta de vidrio y volteó el cartelito de «Abierto».

—No se haga el bobo, Boris —dijo ella.

—O sea que califico para cliente —dijo él, y añadió—. Siempre he fantaseado con tener sexo con dos.

—Boris, ya.

Ella prendió las luces de los espejos y fue hasta el fondo para dejar su bolso y ponerse el delantal. Al volver, vio que Boris seguía en la puerta.

—¿Quiere un café? —le preguntó Celmira.

—Gracias, pero los taxistas me dan desayuno completo.

Boris se quedó mirando el cartel con la foto de Richi. Su gesto se contrajo y maldijo bajito. Celmira estaba armando una torre de toallas. Boris la vio tan distraída que se aguantó las ganas de seguir hablando con ella.

—No le quito más tiempo —le dijo a Celmira, y giró la silla de ruedas—. Un día de estos paso para que me peluquee.

Celmira cargó la cafetera con agua y café, y se sentó a esperar a que burbujeara. Tenía en la mente las tres palabras que había visto tatuadas en los brazos de Boris. Mayra, Patria y Vendetta. Ya llegaría el momento de preguntarle por su significado. Pensó que ella debería hacerse un tatuaje con el nombre de su hijo.

Luego gorgoteó la cafetera, y cuando se iba a servir un café, entró la primera clienta del día. Celmira forzó una sonrisa para darle la bienvenida.

22

La doctora Tejada recibió a Celmira a pesar de que no había pedido cita. Ya estaba a punto de salir cuando apareció y le suplicó, no pude dormir nada anoche, y no he tenido cabeza en todo el día, no voy a demorarla, doctora, pero necesito saber qué pasa por la cabeza de un niño de cinco años que, en un instante, deja de ver para siempre a sus papás.

—Eso depende —alcanzó a decir la doctora.

—Por favor —la interrumpió Celmira—, no me lo explique en términos generales, dígame, concretamente, qué puede estar pasando por la cabeza de Richi en estos momentos.

La doctora hizo un par de gestos. Quería que Celmira se calmara.

—Siempre hemos hablado de mí, y de Sergio, de lo que pasó —dijo Celmira, con la respiración agitada—, pero no hemos hablado de lo que Richi puede estar pensando, de lo que estará sintiendo.

La doctora hizo otro gesto. Tenía que ser cuidadosa con la explicación, y decirle que ella y Sergio eran el aquí y el ahora, la realidad sin supuestos. El niño, en cambio...

—Tenemos que partir del hecho que te trae aquí, Celmira —dijo la doctora Tejada—. La incertidumbre de no saber qué ha pasado con Richi. No podemos avanzar en la terapia con una sola suposición.

—Es que solo hay una —dijo Celmira—. Mi hijo está vivo.

—Sí, yo también quiero creer eso.

—No hay un cadáver. No encontraron nada.

—Es verdad, Celmira, no hay ninguna evidencia. Y como no sabemos nada, es que he tenido que limitar la terapia a ustedes dos.

—¿Qué está pensando Richi, doctora? ¿Qué está sintiendo?

La doctora se levantó y le sirvió agua. Celmira se echó dos sorbos y se acarició el cuello. La doctora le dijo:

—Sería muy irresponsable de mi parte hablarte sobre algo que desconozco. Si Richi vive, no sabemos en qué condiciones estará, es decir, ¿está solo? ¿Con otros niños? ¿Quién lo cuida? Hay muchas preguntas que ya nos hemos hecho aquí y que no hemos podido responder.

Celmira negó con la cabeza y bebió otro poco de agua.

—Usted debe saber qué piensan los niños que pierden a sus padres de un momento a otro.

—Me dijiste que no querías generalidades.

Silencio de las dos. Silencio de Celmira derrotada.

—Así como no tienes certeza de que Richi haya muerto —continuó la doctora—, él tampoco tendrá una certeza de qué pasó contigo. Simplemente desapareciste para él, así como él desapareció para ti. Pero insisto, no deberíamos hablar sobre una presunción.

—Hay niños secuestrados. Hay niños abandonados —le reclamó Celmira.

—Sí, y para cada historia hay una manera de evaluar a cada niño. Además, para ser honesta, esa no es mi especialidad, más adelante veremos si...

—¿Para qué vengo yo aquí, entonces?

—Porque tú eres la paciente, no Richi.

—Todo mi problema es Richi.

—Y lo estamos tratando.

—Pero todo sigue igual.

—Ha habido avances, Celmira.

—Es solo porque ha pasado el tiempo.

—¿Crees que el tiempo te ha ayudado?

Celmira bebió lo que quedaba de agua. Evitó los ojos de la doctora, que dijo:

—Creo que te he ayudado a sobrellevar el tiempo, que en muchos casos cura, pero en el tuyo solo ha servido para alargar la agonía.

—Solo quiero saber qué está sintiendo Richi —suplicó de nuevo Celmira.

—Tú tienes la respuesta —la interrumpió la doctora—. Nadie mejor que tú puede saber qué podría estar sintiendo tu hijo.

Celmira recostó la cabeza en el espaldar y cerró los ojos. Cruzó los brazos para quitarse el frío que la invadió. Un frío que era solo el disfraz del miedo. Miedo a siquiera pensar lo que estaba pensando, y también miedo a decírselo a la doctora. Pánico a la respuesta y a la certeza.

—Richi es muy cariñoso —dijo Celmira, finalmente—. Es un niño tierno, abierto a los afectos. No parece hijo único. Y es extrovertido, curioso. Se integra fácil con otros niños. Pero otros niños no le llenarán la falta que le hacemos su papá y yo.

La doctora Tejada supuso hacia dónde iban esas palabras, y esperó atenta, con una respuesta en la punta de la lengua. Pero Celmira comenzó a resoplar, ahogada otra vez por la mano invisible que la estrangulaba.

—Yo no podría, doctora, yo no aceptaría que Richi... Prefiero morirme, prefiero estar muerta a saber que él...

La doctora Tejada se inclinó hacia adelante, y en un tono categórico, le dijo:

—Una madre nunca se olvida, Celmira. Nunca.

Celmira languideció, quedó desgonzada, y con la poca voz que le salía, repitió:

—Prefiero morirme, yo no podría con eso.

La doctora se levantó y le agarró la mano.

—Richi no puede hacerme eso —dijo Celmira, y se puso blanca, transparente. Se mordió los labios para no decir lo que finalmente dijo, para reconocer entre ahogos—: Lo prefiero muerto, doctora, muerto a que me olvide.

23

Comida fusión, así estaba catalogada la oferta de la exclusiva cadena de restaurantes Trucco, donde Uriel servía un menú que no comprendía. Los platos eran irrisoriamente costosos, absurdamente pequeños, y siempre le generaban desconcierto al que se los iba a comer. Para ser mesero había que tener un buen aspecto y una resistencia de atleta para aguantar las horas del correcorre entre la cocina y las mesas. El argentino que contrataron para administrar las franquicias nacionales, el señor Villoldo, hacía el casting merodeando en silencio al candidato, solo le formulaba un par de preguntas y luego le tomaba una foto con el teléfono, y ya, eso era todo, hasta que, una semana después, los llamaba. Uriel fue uno de ellos. No podía descuidar este nuevo trabajo por nada en el mundo. Ya que habían cambiado de ciudad, era la mejor oportunidad para entrar con el pie derecho en una nueva vida. Gracias, María Auxiliadora, Virgencita mía, gracias por este empleo, y por iluminarme cuando fui a la entrevista, si no es por ti quién sabe cómo me habría presentado. Tanta gratitud se debía a que llegó a la cita como un señor muy serio, con el pelo sin colores raros y bien peinado en una cola de caballo, nada de maquillaje, ni anillos, cadenas ni pulseras, nada que reluciera ni tintineara. Sin saber que Villoldo descartaba a los muy habladores, se limitó a saludar y responder las dos preguntas, sin historias ni comentarios adicionales. Temía que se le fuera a escapar alguna cadencia o una expresión que lo delatara. A la semana comenzó a trabajar.

A Uriel lo tenía sin cuidado si los alimentos salían azules o fucsias, si botaban humo, fuego o chispas, o si eran del tamaño de una almendra. Le pagaban bien, le daban buenas propinas, y eso era lo que importaba. La desventaja: el niño quedaba solo en la pensión, bajo el cuidado de Vilma, hasta altas horas de la noche. Pero, ay, Virgencita, si todo sale bien, nos vamos a mudar a un apartamentico con baño y cocina. Y no será Vilma la que lo cuide sino otra, más joven y más simpática que la casera esa de mierda, perdón, Virgencita, pero qué carácter el de esa mujer.

Fue con el niño a misa para agradecerle a su Virgen, y, arrodillado, lloró de la emoción. Le susurró a Ánderson, dale tú también las gracias, mi niño, porque ella nos está ayudando a que todo salga bien, qué digo bien, si más no le podemos pedir a la vida, y deja ya esa carita, Ánderson, sonríele a la madre santa que te está viendo desde el cielo. Pero solo fue susurrárselo para que el silencio de la misa se rompiera con la voz acuchillada de Ánderson, cuando preguntó estremecido, y mirando arriba:

—¿Mi mamá me está viendo?

—Sí, mijito, sí.

El niño se puso a llorar, y si no es porque el cura invitó a los feligreses a comulgar, la gente se habría quedado mirándolos. Uriel sentó al niño en su regazo, lo abrazó y trató de tranquilizarlo con la promesa de un helado.

Salieron primero que los demás para evitar chismes y miradas. Ánderson casi arrastrado de la mano, y todavía carcomido por una revelación que no entendía.

—¿Mi mamá me vio? —preguntó.

Uriel, en su afán y en su angustia, le pidió ayuda al cielo para explicarle. Ay, Virgencita del Atolladero, tú que eres la única madre de los hombres aquí en la tierra, cuándo se le va a olvidar a este chiquito su corta historia; así como estamos, sufre él y sufro yo. Ilumíname, mira que yo lo salvé de morir y me merezco a este pobre niño, que todavía no sabe qué es bueno y qué es malo, yo te prometo darle lo que a mí nunca me dieron, pero tienes que borrarle su pasado, así como yo he borrado el mío, que tú sabes, Virgencita cómplice, lo oscuro que fue, lo que me ha costado superarlo.

—¿Mi mamá estaba ahí? —volvió a preguntar el niño.

Uriel se detuvo bruscamente, se acuclilló para quedar a la altura de Ánderson y le dijo:

—Tu mamá está en todas partes, siempre está contigo, te acompaña en cada segundo de tu vida.

—¿Está aquí? —balbuceó Ánderson.

—Sí, espera te la muestro.

Uriel esculcó en el bolso, sacó la billetera, buscó entre tarjetas, papelitos, recibos y billetes hasta que encontró la estampa y se la mostró al niño.

—Mírala, aquí está tu mamá.

Ánderson miró la imagen de una mujer envuelta en túnicas, coronada como una reina y cargando un niño, también con corona.

—¿Esta quién es?

—Pues tu santa madre, mi amor, que está en el cielo y que te cuida para que no te pase nada malo.

Ánderson apenas podía parpadear con sus pestañas pesadas por las lágrimas, la boca medio abierta, intentando procesar una información que no se merecía. Hasta se atrevió a agarrar la estampa para vencer la incredulidad, pero ni así logró entender cómo esa mujer tan extraña, disfrazada de otra época, como la reina de un reino que no era de este mundo, podría ser la misma, amorosa y protectora, que lo había subido a un caballito de carrusel el día en que dejó de verla para siempre.

—Esta no es mi mamá —dijo Ánderson y devolvió la estampa.

El remordimiento se carcomió a Uriel, de arriba abajo. Perdóname, Virgen Auxiliadora, pero tú también fuiste madre y sabes que por un hijo uno lo hace todo, hasta cosas malas hace uno por un hijo, Virgencita mía. Se le entumecieron las piernas y se levantó. Lo mejor era seguir su camino hasta la heladería, distraer al niño, cortar con el tema de la mamá, disipar su culpa y el miedo de Ánderson con un buen helado.

En el recorrido desaceleraron el paso rápido con el que habían salido de la iglesia. El viento tibio del mediodía cruzaba fuerte en las esquinas y les revolcó el pelo, el del niño más claro y fino, y el de Uriel oscuro y rebelde. Le gustó sentir el pelo sobre la cara y flotando en el aire, a merced de las ráfagas. Desde muy niño se lo dejó crecer para sentir la libertad en el viento que movía su pelo. El mismo sentimiento de ahora, mientras avanzaban entre edificios de vidrio y hierro, en una ciudad de cristal donde el brillo del sol rebotaba en los ventanales y los llenaba de luz. Qué alivio este lugar, qué acertado haber cambiado de ciudad, por mí, por el niño, aquí podré realizar mi sueño, y miró a Ánderson para ver si había cambiado de expresión, pero nada, a duras penas se había distraído con otro niño que paseaba un perro por la acera del frente.

De nada servían los helados, ni los paseos al parque ni los juguetes. De nada las caricias ni los mimos. Era como si algo le doliera al niño día y noche. Como si lo hubieran desconectado de una vida para reconectarlo en otra.

—¿Cómo les fue? —les preguntó Vilma cuando volvieron al inquilinato.

—Muy bien, pero Ánderson está rendido. Queremos darnos un baño. ¿Estará desocupado? —preguntó Uriel.

Como buena casera, Vilma mantenía el radar prendido, y con él cruzaba paredes y puertas, no solo para oír chismes y conversaciones, sino también para enterarse de las intenciones de sus inquilinos. Desconfiada, propuso:

—Déjeme el niño a mí mientras usted se ducha. A él le puedo preparar un bañito caliente en el tazón. Le encanta chapotear y echarse agua con un vasito.

—Mil gracias, doña Vilma, pero a él también le encanta bañarse conmigo —dijo, y le preguntó a Ánderson—: ¿Verdad, mi amor?

Ni un sí ni un no, ni un tal vez, ni una negación con la cabeza, ni un asentimiento. Apenas dos ojos exhaustos, perdidos en la oscuridad del umbral de una casona vieja y mal habitada. Vilma, atragantada en su impotencia, alcanzó a pasarle la mano por la mejilla antes de que salieran para el baño. Uriel se detuvo en la mitad del corredor y le preguntó a Vilma:

—Disculpe, doña, quisiera hacerle una pregunta, si no es molestia. Usted me dirá con confianza si se puede o no, pero se lo pido por el bien de este chiquito que se la pasa tan solo cuando yo estoy trabajando.

—¿Solo? —respondió Vilma, molesta—. Yo no lo desamparo desde que queda conmigo.

—Yo sé, y se lo agradezco, y que mi Dios se lo multiplique, pero él es un niño y tal vez se aburre con nosotros los grandes. Y pues con su bendición yo quería pedirle un favor enorme.

Vilma dio algunos pasos para acercarse, hasta quedar alumbrada por la luz opaca del único bombillo del corredor. Desde la penumbra, Uriel le preguntó:

—¿Será que usted, doña Vilma, nos deja tener un perrito?

24

Con las manos en los bolsillos, Sergio recorría el apartamento que fue a conocer con la intención de arrendarlo. Marco Tulio abría y cerraba las puertas del mueble de la cocina, más por cumplir con su papel de acompañante que para verificar que no se atrancaran. La agente de bienes raíces parloteaba sobre las bondades del inmueble, como si les estuviera ofreciendo un palacio. Hasta les hizo quitar los zapatos para no rayar el piso de madera. Según ella, todo estaba renovado y remodelado con exquisito gusto, pero Sergio se puso a mirar hacia afuera, y Marco Tulio inspeccionaba cajones. Que esto y que aquello, decía la señora, prendía y apagaba luces, y giraba sobre sí misma con el brazo extendido.

—¿Cuántas veces han reemplazado los vidrios? —le preguntó Sergio, frente a la equis de cinta transparente que cruzaba el ventanal.

—Solo una vez, pero fue que sembraron el artefacto allí en la esquina —aclaró la agente—. Los vidrios nuevos son reforzados.

—¿Con cinta de embalaje? —preguntó Marco Tulio, y apuntó con la boca hacia la ventana.

La comisionista, que a falta de tacones caminaba empinada, se rio incómoda.

—Qué tal, mi señor —dijo—. Venga y toque el grosor de este vidrio.

Agarró a Marco Tulio del brazo y se pararon junto a Sergio. Los tres se quedaron mirando al frente, pasmados por el paisaje lúgubre.

—Dios, a qué horas acabaron con todo esto —dijo la agente, en un arrebato de lucidez.

Edificios en su esqueleto, ennegrecidos por el fuego, sin puertas ni ventanas, montañas de escombros. Una ciudad carbonizada, un cementerio para el terror.

—Bueno, más temprano que tarde esto tiene que cambiar —dijo ella, y le preguntó a Sergio—: ¿El apartamento es para usted solo?

Sergio la miró y, antes de que pudiera responder, Marco Tulio intervino:

—Sí. Es para él solo.

—Me pondría muy triste si usted deja pasar esta oportunidad —dijo ella—. Llevo treinta años en este negocio y, créame, yo sé cuando un cliente llega al lugar que busca. No lo piense más.

Sergio no lo pensó más. Dio las gracias y salió. Marco Tulio lo siguió. La agente quedó rezagada mientras se volvía a poner los zapatos de tacón. Sin embargo, siguió hablándoles a todo pulmón. Que podría consultar con el propietario para buscar un mejor precio, que los arriendos estaban subiendo en toda la ciudad, que apartamentos de ese tipo tenían mucha demanda. Pero ellos ni se enteraron, estaban hasta la coronilla con el cotorreo, y, por suerte, llegó el ascensor y se los llevó.

—No me voy a mover de donde estoy —le dijo Sergio a Marco Tulio.

—Me parece bien.

—Richi va a aparecer.

—Sí.

—Celmira va a volver.

—Ajá.

—Todo va a ser como antes.

—De acuerdo —dijo Marco Tulio, y salieron del ascensor.

Se despidieron y cada uno salió por su lado, para cualquier lugar donde pudieran lidiar con la paradoja de soportar el peso de un vacío. Para Marco Tulio sería la casa vieja donde lo esperaba Nubia, cada día más débil y más entregada al hecho de no volver a ver a su nieto. Mis días están contados, viejo, le dijo Nubia a Marco Tulio, resiste tú para cuando regrese Richi, yo me voy antes a interceder en el cielo para que aparezca rápido.

El refugio de Sergio sería su novela, lo único diferente que le había pasado en los últimos días. Si no le importaba el mundo, menos le iban a importar los eventos culturales que debía detallar en el cuadernillo del periódico, o las reseñas de las novedades literarias que le quitaban tiempo y le dispensaban enemigos. Estaba harto de los libros que, en tiempo récord, publicaba Marcia Clark, de los mamotretos quejumbrosos de Marino Torres, estaba hasta el cogote de las novelitas burguesas y almibaradas de Jorge Franco, o de la pornomiseria empalagosa de Zalamea Gómez. Sin embargo, de eso vivía, de joderles la vida a los «bestselerosos». De ahí también su pánico ahora que intentaba sacar adelante su novela. ¿Cómo arriesgarse si él, particularmente él, no podía darse el lujo de fracasar?

Se sentía bien por la decisión que había tomado de no mudarse. Si lo que buscaba era evitar el encontrón diario con los recuerdos, a cualquier lugar adonde fuera lo iban a perseguir siempre los mismos fantasmas. Sería como emborracharme para olvidar. Aquí los esperaré a los dos. Y se sentó a leer a un autor que sí le gustaba, McCarthy, que, por suerte, todavía publicaba. Leer a McCarthy ameritaba también un trago de cualquier cosa. Solo encontró vino blanco, y se sirvió una copa que le recordó el aliento de Celmira cuando bebían juntos y todavía había besos, caricias y sexo. Ella también seguía en ese lugar, en el vino, en la música, en el aire. Ella volverá cuando se le pase. ¿Cuando se le pase qué? Tal vez lo único que tenía que pasar era el tiempo, que era una opción aterradora. La ausencia de Richi no podía prolongarse. Cada día sin él nunca sería un día menos sino uno más. Un día más de todo lo que abarca la espera.

Se sumergió en el libro y en la botella recién abierta. Beber y leer para no pensar en lo que lo perturbaba. Faenas tan infructuosas como lo hubiera sido la misma mudanza.

25

Cada vez que a Boris lo visitaba la fulana, como la llamaba la señora Magdalena, se sacudían los cimientos de la casa. Apenas ella, Carolina, cruzaba la puerta, rompía la calma con el estruendo de su voz, buenas tardes a todos, y aunque nadie saludaba, ella respondía yo bien gracias, con su permiso paso adonde mi héroe. Boris era un tipo de polvos diurnos, no quería robarle a Carolina las horas en que ella hacía plata con sus clientes. Su relación no era una simple transacción sexual. Eran amigos por encima de cualquier cosa, con derecho a sexo cuando los dos coincidían en tenerlo. Ella incluso decía que cuando hubiera ahorrado lo suficiente, y se cansara de hacer lo que hacía, se iba a casar con Boris. Él lo tomaba como un chiste. Estás loca, Caro. ¿Loca? ¿Loca yo? Nadie me cuida como tú, nadie me lame la cuca como tú, mi amor.

Don Gabriel, el inquilino del otro cuarto de abajo, ajustaba la puerta cuando la sentía llegar. Y a través de la puerta entreabierta se excitaba con los comentarios burdos de Carolina, con los alaridos, bramidos y sofocos que venían después.

La señora Magdalena ya le había advertido a Celmira de esas visitas, pero una cosa era el chisme, y otra, la realidad. Por lo general, ella estaba en el salón de belleza cuando Boris y Carolina zarandeaban la casa, aunque hubo un día en que Celmira tuvo que cancelar las últimas citas porque desde muy temprano comenzó a sentir la mano que la estrangulaba y no se aguantaba un minuto más de pie. Cerró el salón y se fue para la casa. Cuando entró oyó las carcajadas de una mujer y la música a todo volumen que salía del cuarto de Boris. Imaginó quién estaba ahí y qué estarían haciendo. Don Gabriel cerró la puerta para que Celmira no lo pillara husmeando. Ella subió al cuarto, descargó las cosas y se echó en la cama, con la esperanza de que la mano invisible cediera un poco. Se abrió los botones de la camisa para que no hubiera nada entre el aire y sus pulmones, solo la piel. Pero las carcajadas picantes de Carolina perturbaban el ambiente tranquilo que ella necesitaba para recuperar la calma. Se incorporó para pellizcar una migaja de Xanax, y se la tragó con la saliva. Después todo quedó en silencio.

La tarde se escapó por la ventana. Una brisa fresca meció las cortinas y el sonido del día se desvaneció para darle paso al de la noche. Tal vez Celmira se quedó dormida un rato, o lo que duró la calma de la transición, hasta que un alarido la puso en alerta. Abajo, en el cuarto, Carolina pedía más. Carolina gritaba ¡rico!, vociferaba ¡sí, sí, sí!, sin pudor ni límites, mientras se dirigía hacia un orgasmo colosal. Menos bulloso, Boris bufaba de cuando en cuando, solo para confirmar que el regocijo era mutuo. Celmira se incorporó de medio lado, despistada al principio, y después asaltada por una serie de sentimientos encontrados. Cuando empezó a oír ruidos secos, como de objetos cayendo, quedó sentada al borde de la cama, en actitud de cuando tiembla la tierra y uno no sabe si quedarse o correr. Se levantó y fue a la ventana. Ya las gallinas, como correspondía, se habían ido a dormir. En una esquina del solar, y repantigada en un sillón viejo, Magdalena se fumaba un cigarrillo de esos sin filtro que guardaba en un cajón de la cocina. Celmira supuso que se habría alejado a fumar para no sentir el jaleo de los de abajo.

Con el cuarto en penumbra, Celmira regresó a la cama. Tenía la boca seca pero no iba a bajar a la cocina por agua helada. Así estuvieran encerrados, Boris y Carolina se habían adueñado de la casa. Celmira volvió a sentir de todo un poco. Le incomodaba estar obligada a soportar algo que no le incumbía. Pensó en golpear el piso con un taburete para hacerles saber de su molestia. Luego regresó de la irritación al aturdimiento. ¿Qué es lo que me estorba? No hacía mucho ella misma celebraba ruidosamente el sexo con Sergio. Incluso, cuando exageraba, él le metía los dedos a la boca para que ella los mordiera y dejara de gritar.

Carolina seguía extasiada pero aún no estallaba. Seguían cayendo cosas. Celmira los imaginó ebrios, o drogados, aunque no sentía el olor a mariguana de las otras veces. Prendió el televisor y le subió el volumen para encubrir los gemidos. El resultado fue un revuelo de ruidos. Además, estaban por comenzar los noticieros, y a Celmira no le interesaba ver cómo se iba acabando el mundo. Que se maten entre ellos, que arrojen la bomba atómica, que se acaben las ballenas, que salgan libres los políticos, que se derritan los polos, me importa un chorizo lo que pase o deje de pasar en este puto planeta. Mejor me voy afuera a fumar con Magdalena. Apagó el televisor y sintió un silencio grande, profundo, ni siquiera se oía la música. ¿Terminaron? Decidió ir por agua, y cuando se estaba cerrando los botones de la camisa, la espantó un rugido, una vez, dos, tres, cuatro rugidos de victoria y muerte. Celmira quedó inmovilizada, como si Boris se hubiera venido dentro de ella. Entonces sí puede. Boris puede, pensó Celmira.

Estiró las piernas sobre la cama. Ya no sabía lo que quería. No iría por agua ni saldría a fumar. Imaginó a los de abajo desnudos, sudorosos, abrazados, satisfechos y hasta un poco culpables. El viento volvió a mecer las cortinas y con la brisa entró, ahora sí, un fuerte olor a mariguana. Un porro después del polvo. Dichosos ellos, pensó Celmira, y una lágrima brotó de su ojo.

26

Piensas en la historia de un escritor agonizante que conversa con las sombras. Crees que podría ser un buen tema para una novela. Un monólogo con las sombras. También piensas en Gemma durante tus insomnios. En tocarla, besarla, comértela. Ella te ha aconsejado no tomar tantas siestas. Por eso no duermes en la noche, te dice. Haces siesta después del desayuno, del almuerzo, incluso una breve siesta, a veces, luego de la cena. Ella lee mientras tú duermes. Pero sientes que si ella se interesara por ti, podrían follar en lugar de hacer siestas. Gemma toma algún libro de tu biblioteca y te deja una nota con la promesa de devolverlo apenas lo lea. Le has dicho mil veces que no tiene que devolverlos. No te interesa acumular libros, ahora casi que ni leerlos, mucho menos escribirlos.

Te alumbra el teléfono con un mensaje de Jeffrey. Querido, abre tu email, va la agenda del próximo mes. ¿Cómo vas con el documental? ¿Cuándo lo terminas? No le responderás ahora, tienes que dormirte como sea. Quedaste en grabar temprano con Gemma, hablarás de tus influencias literarias. Tienes que renovar tu lista y sigues dando vueltas en la cama. A las 3:00 a.m. te tomas otro somnífero. Estarás fatal cuando despiertes. Le escribes a Gemma para pedirle que muevan la grabación un par de horas. En algún momento de la madrugada te quedas dormido.

A las 7:00 a.m. te suena el teléfono. Es ella.

—¿Qué te pasa, Ánderson?

—Creo que estoy enfermo.

—¿Qué tienes?

—No sé. No me siento bien.

—¿Te duele algo?

—Creo que no me duele nada.

—Mira, yo sé que es tedioso —te dice Gemma—. Una extraña metida en tu casa día y noche. Pero está quedando muy bien y no falta tanto.

¿Extraña? ¿Noche? Qué más quisieras. Que se quedara también en las noches.

—No, para nada —dices—. Ha sido un ejercicio muy interesante, y tú has sido más que paciente conmigo.

—Me he convertido en tu sombra, en estos dos últimos meses.

¿Tu sombra? Qué más quisieras. Ella te pide que descanses, llegará a eso del mediodía.

Duermes hasta las 11:00, preparas café, revisas los correos, te duchas, y cuando sales, ya está ella por ahí. Sientes sus pasos; ella anda corriendo los muebles para la próxima escena.

—¿Retomamos, Ánderson?

—¿Qué?

—La grabación. Hoy tengo que irme más temprano.

—Está bien. ¿Retomamos con Marsé?

Gemma mueve cosas para ajustar el encuadre y tú vas a la cocina por un vaso de agua, aunque, en realidad, y ella todavía no lo sabe, el vaso contiene ginebra. Bebes y descartas el tema de las sombras para una novela. Hay sobredosis de sombras en la literatura universal. Tu teléfono vibra con otro mensaje de Jeffrey. Querido, llámame cuando puedas, no quiero interrumpir tu escritura. El mensaje cierra con una carita de carcajada. Tú le respondes: ok, *sir*. Estoy terminando el capítulo 308. Tres páginas más y te llamo.

Gemma se acerca para engancharte el micrófono. Te huele a piel limpia. Te ordena la camisa, te suelta un botón, te roza el cuello. Te dice al oído que prefiere a los autores que escriben más con las tripas que con la cabeza. Intuyes que no se refiere a ti sino a Marsé, de quien hablarás en un momento.

Miras a la cámara porque ahí está el ojo de Gemma, observándote en un primer plano. Mucho más cerca de ti de lo que realmente está. Bebes agua (ginebra). Nada en tu vida ha sido real.

27

Que no, que perros ni de riesgo, que ya tenía con los gatos del vecino que se saltaban a diario el muro y le dejaban la casa hecha una melodía, y hasta se le llevaban la ropa que ponía a secar al sol, cantaleteó Vilma cuando Uriel le pidió que le dejara tener un perrito para el niño.

—¡Como si ya no hubiera suficientes perros en esta calle, que una tiene que mantenerse atenta para no pisar la mierda que dejan!

—Pero es que al niño con ese trauma le convendría distraerse con un...

—No, mi señor, aquí...

—Señora.

—Están bien. Señora. Le decía que aquí el niño se entretiene todo el día con los juegos que usted le deja, o con los que yo le invento. Hasta me ayuda a coger moras del matorral de atrás para hacerle jugo. Y le fascina hojear los libros de don Isidro, otro vecino, y hasta el mismo don Isidro le lee historias, de vez en cuando. Ah, antes de que se me olvide: ya se le acabaron los pañales.

Uriel hizo un gesto de asombro, pero no quería discutir más con Vilma. Sacó un par de billetes y se los extendió.

—No se angustie —le dijo Vilma—. Nancy, la mayor de las mías, se mojó hasta bien entrados los ocho años. Después se organizó.

Frustrado por el asunto del perro, y cansado de lidiar con la pobreza, Uriel se fue a acostar al niño. Tranquilo, mi chiquito, que muy pronto vamos a conseguir un apartamento propio, con una terraza muy grande donde podrás tener un perrito. Se imaginaba un cuarto solo para

Ánderson, decorado con temas infantiles, con lámparas que proyectaran luces de colores y con sonidos de cajitas de música. También quería que Ánderson fuera a un colegio para que aprendiera con maestras preparadas, y para que socializara con otros niños de su edad. Y más adelante, cuando se pueda, Virgencita del Pino, un palacio para mí: un cabaré para cantar y bailar como las grandes vedettes del mundo, adonde vaya mucha gente a divertirse y a olvidarse de las malparideces de la vida. Se dio la bendición y dijo perdón, Virgencita, pero con esta boca me criaron.

No había noche sin insomnio, y eso que Ánderson ya no se despertaba tanto con sobresaltos. Incluso Uriel había vuelto a entonar bajito las canciones que escuchaba en la radio, también con poco volumen. Mientras le llegaba el sueño se entretenía frente al espejo del tocador, donde no solo se probaba sus transformaciones, sino que en el reflejo también podía vigilar el sueño del niño. Jugaba con el pelo para un lado, hacia el otro, que la barba se disimula mejor así, que las cejas se depilan hasta acá, y el pañolón va así, y la gorra de lana asá, y cada tanto una mirada para alentarse viendo a su chiquito con la boca medio abierta, soñando quién sabe qué, tal vez en su corta vida de antes, y hasta ahí le llegaba la dicha a Uriel, de solo imaginar que, hasta en los sueños, el niño seguía atado a otro mundo y a otra gente.

Olvidará todo un día, más temprano que tarde. Ya estaban muy lejos, en otra ciudad, y no tendrían que enfrentarse a lugares que el niño pudiera recordar. Nadie lo iba a reconocer, además. Después de aquel susto, Dios mío. Ánderson, o como se llamara entonces, aparecía en todas las noticias, en los periódicos, en los postes y en los muros. Uriel recordaba con horror la vez que el niño se reconoció a sí mismo en la televisión, una ternura de foto, y apenas se vio comenzó a exclamar ¡yo, yo, yo! Estiró el brazo para mostrarse, dominado por la emoción, que no era para menos: acababa de encontrarse él mismo, el niño

perdido. ¡Yo, soy yo! Le señaló a Uriel su propia imagen en el televisor, le compartió el hallazgo, y Uriel, despavorido, se atravesó entre la pantalla y Ánderson, y dijo cualquier cosa en voz muy alta para opacar a la locutora que suplicaba información sobre aquel niño que se había esfumado como por arte de magia, el día tal, en tal lugar. Uriel apagó el aparato y, tembloroso, se acercó al chiquito para distraerlo con una mueca infantil. Al otro día empacó lo poquito que tenían, salieron para la terminal de transporte y buscó el destino más lejano al que pudiera llevarlos un bus. Qué zozobra, Virgencita del Catre Roto, qué pavor.

Un nudo en las tripas lo hizo considerar otros planes. Postergar lo del apartamento para ellos dos, lo del cabaré, y más bien marcharse a otro país. A Uriel mismo también le convendría una sociedad más abierta, donde pudiera salir a la calle como le diera la gana. Y ni hablar del beneficio para Ánderson. Estaría más lejos de sus recuerdos. Y, por qué no, irnos a donde hablen otro idioma para cortar, de una vez por todas, con este país de malparidos, resentidos, hijos de puta, envidiosos y traidores. Se le calentó tanto la cabeza que, de un tirón, se quitó la peluca crespa que se estaba probando, y quedó solo con el trozo de media velada que se ponía en la cabeza cuando le daba por gozarse sus pelucas. Notó en la piel el cansancio de cuando se lucha por un sueño, y de cuando ese sueño se logra, y de la lucha que sigue por mantenerlo. No importaba. El cansancio lo disimulaba con maquillaje. Le quedaba la dicha de tener un hijo, porque el vínculo entre ellos no podría ser otro.

En la cama, y mirando al techo, hizo una lista de países extranjeros. ¿En qué lugar del mundo sería más feliz este chiquito hermoso? ¿Francia? ¿Dinamarca? ¿Australia? ¿Ciudad grande, mediana o pequeña? En cualquier lugar me pagarían mejor que en este estercolero. Y voltéese para acá en la cama, y dé vueltas para allá, siempre con cuidado de no despertar a Ánderson. En cualquier momento salta por alguna pesadilla. ¿Cómo serán las pesadillas de la gente en Canadá? Qué ganas de decirle al argentino, ¿sabe qué, Villoldo?, no trabajo más, me voy del país, me voy con mi hijo, métase su ensalada nitrogenada por el culo, chao, y si te vi no me acuerdo. Mientras tanto, paciencia, aguante y fe en mi Virgencita del Socorro, tú que has perdonado mis pecados, mi egoísmo y mis blasfemias, gracias, gracias siempre, gracias, en el nombre del Padre, del Hijo y del Espíritu Santo.

El sueño solo le duró las pocas horas que estuvo dormido. No el sueño de dormir sino el sueño de soñar. Apenas despertó, sintió una punzada en el pecho. O fue al revés: una punzada en el pecho lo despertó. ¿Y yo cómo hago para sacar a este niño del país? ¿Cómo le consigo un pasaporte que diga Ánderson Posada Ríos? ¿Si ni siquiera sé cuántos años tiene esta carita hermosa que ronca a mi lado? ¿Cinco años? ¿Seis? Uriel mordió la cobija para ahogar el llanto y el grito de rabia. Qué impotencia tan hijueputa. Le dio la espalda a Ánderson para que no lo viera llorando cuando se despertara. ¿Por qué nadie entiende que este niño es mío? Vio el reloj sobre la mesa de noche y todavía faltaban cuarenta minutos para que sonara la alarma. Lloró un rato más y luego se levantó a calentar la leche para el chocolate. Procuraba tenerle listo el desayuno antes de que la fatiga incomodara al niño y se pusiera a gemir irritado. Que comience bien el día, que bien largo es y bastantes sorpresas trae.

Por suerte, su turno en Trucco no empezaba hasta las once, y le podía dedicar a Ánderson las primeras horas de la mañana. Desayunaban juntos, lo bañaba, se sentaban bajo el sol un rato hasta que el niño cogía calor, porque el calentador de agua funcionaba cuando le daba la gana. O si se adelantaba algún vecino conchudo y se gastaba toda el agua caliente, el pobre chiquito quedaba tiritando debajo de un chorrito helado. Uriel trataba de reanimarlo con cosquillas o frotándolo fuerte con el jabón. A ver esa barriguita linda, y en este ombligo nos va a salir un árbol si no lo limpiamos, y ¿de quién son estas nalguitas tan hermosas? Mimos inútiles. Ánderson sentía las cosquillas como rasguños, y el jabón áspero, como un estropajo.

El sol mañanero los reconfortaba. Ánderson recuperaba el aliento, a pesar de estar siempre cabizbajo. El ambiente olía a café, a chocolate, a arepas y a frito. La cantaleta de Vilma llenaba la pensión, por encima de los programas de radio y de la música que salía de los cuartos. Uriel canturreaba bajito si sonaba alguna canción conocida. A veces le ponía la cara al sol con la esperanza de un bronceado, pero el sol de tierra fría a duras penas lo arrugaba y enrojecía. El niño jugaba callado con un espartillo entre los dedos, desconectado de la pobreza que lo rodeaba, y resignado a un vacío más grande que ese sol que los calentaba.

28

¿Para qué escribir, se preguntó Sergio, si la realidad supera lo que digas, lo que te inventes, para qué adornar, cambiar, aumentar o reducir lo inmodificable? Todo por vanidad porque ¿qué otra cosa mueve a los artistas? ¿Cambiar el mundo? ¿Mejorar nuestra vida? ¿Contribuir al conocimiento de la condición humana? ¿Dejar un testimonio de la sociedad?, ¿de una cultura?, ¿de una época? En sus entrevistas para la sección cultural, Sergio había escuchado a los artistas decir de todo, en su interior se orinaba de la risa y se asombraba de lo que llegaban a inventar para justificar su vanidad.

Sentado frente a la pantalla del computador de la fiscal Salas, la pregunta volvía a revolverle los sesos. ¿Para qué crear? Se lo preguntaba con el paso de cada fotografía de algún niño que no era su hijo, niños de apenas cuatro, cinco, diez años, que habían sido robados por traficantes y vendidos en el mercado del sexo infantil. ¿Para qué quieres que te cuente en un libro, mundo puerco? ¿Es ese el precio que tengo que pagar por mi vanidad?

—Yo llevo años en esto y no me acostumbro —le dijo Clarisa, como si le leyera el pensamiento—. La lista cambia todos los días, y me pregunto cómo es posible que esto siga pasando.

—Yo lo preferiría muerto —dijo Sergio.

—Sin embargo, un porcentaje muy alto es rescatado. Muchos vuelven con sus familias.

—¿Vuelven? ¿En qué estado? —preguntó Sergio.

—Vuelven —le respondió la fiscal.

—Yo lo prefiero muerto a saber que está pasando por esas.

Cada vez que actualizaban la lista, Sergio iba a la oficina de la fiscal y se sentaba a mirar cientos de fotos con la instrucción precisa de detenerse ante la más mínima duda, incluso si se trataba de una niña, porque esos degenerados hasta los transforman con tal de que no los identifiquen, tenga en cuenta que ha pasado el tiempo, le indicaba Clarisa, e insistía en lo que ya tanto le había dicho, los niños cambian muy rápido, imagíneselo con otro color de pelo, más gordo o más flaco, tómese su tiempo, Sergio, haga pausas, camine y respire, asómese a la ventana y llore, si quiere.

Y eso hacía Sergio. Mirar, detenerse, tomar aire y llorar a veces. Clarisa pedía que le llevaran café y agua. Nunca le preguntó por qué Celmira no lo acompañaba. Solo se la mencionaba cuando había una diligencia en la que ella, por fuerza, tenía que estar. Cualquiera entendería por qué Celmira no iba al reconocimiento fotográfico.

—¿Cómo son los que hacen esto? —le preguntó Sergio a la fiscal.

—Como usted o como yo, aparentemente.

—¿Hay mujeres en este negocio? Quiero decir, ¿hay madres metidas en esto?

Clarisa asintió y dijo:

—Plata mata culpa, Sergio.

Él le dijo que le daban ganas de abrazar a cada niño de las fotos. Ella le comentó que al principio sentía lo mismo. Y no es que hubiera dejado de importarle, le angustiaba ver niños nuevos en la lista, y peor todavía, ver los mismos cada semana, los que no eran rescatados y que tenían que transformar con efectos digitales para intentar visualizarlos en el presente. Niños blancos, negros, trigueños, pecosos, gordos, flacos, niñas crespas, pelirrojas, ojos de todos los colores, narices diminutas, bocas de niños tristes, que se compran y se venden, que secuestran y desaparecen, niños y niñas consumidos por monstruos escapados de los cuentos, mujeres y hombres paridos en el infierno.

—Dígame la verdad, Clarisa —le dijo Sergio—. Si pudiera, ¿no los mataría?

Ella lo miró callada. No era la primera vez que alguien se lo preguntaba. Clarisa misma se había hecho la pregunta varias veces, hasta que encontró una respuesta que no satisfacía a nadie, ni siquiera a ella misma.

—No puedo responder esa pregunta —dijo, y aclaró—: No es que no me lo permitan mis superiores, o las leyes o la ética. Si pudiera responderla, no estaría aquí.

—Yo sí podría —dijo Sergio.

Clarisa levantó los hombros, en señal de lo que no tiene remedio, de su impotencia. Luego le preguntó a Sergio:

—¿Está escribiendo?

—Sigo en el periódico —le respondió él.

—Me refiero a su libro, del que me habló la otra vez.

—Ah. Sí. A veces lo retomo.

—Mátelos ahí, entonces —dijo Clarisa—. Mátelos a todos y de la forma que se lo merecen.

¿La respuesta se la había dado Clarisa? ¿Para qué escribir? ¿Para matar, odiar, amar, para hacer lo que a uno se le venga en gana sin comprometer la integridad física? No. Tampoco. Intuía que había algo más oscuro, fangoso y espeso que tendría que atravesar para llegar a la respuesta. Por el momento, Sergio tenía claro que por más palabras y frases que dejara en su libro, no iban a desaparecer las ganas irreprimibles de picar, de punzar, de retorcer e incendiar, de matar y comer del muerto.

29

Celmira no volvió a mirar a Boris con los mismos ojos después de esa tarde en que lo visitó Carolina. Le dio rabia con ella misma, ni que fuera la primera vez que oigo a dos tirando, ni que yo misma nunca me hubiera despachado a gritos en un orgasmo. Lo que más le molestaba era que tenía que hablar con él, pero ¿cómo iba a mirarlo después de que ella misma se quedó sin aire cuando lo oyó rugir mientras se venía? Podría citarlo a esa hora en que la mano invisible le apretaba el cuello para distraerse y aguantar el trance sin mayores complicaciones. Él ya la había picado con el tema de buscar a los que pusieron la bomba en el Aguamarina. Boris sabía que eran los mismos de siempre y hasta sabía algunos nombres, tipos malos como cuando el diablo está loco, los dueños del caos, dueños de la muerte, los bandidos esos.

—Esto tenemos que arreglarlo —le había dicho Boris—. Uno se aguanta todo menos que se metan con los niños.

—¿Tiene hijos, Boris?

—¡Qué tal!

—¿Por qué?

—Porque yo no voy a poner a nadie a empujar esta silla cuando esté viejo.

Él le había insinuado que tenía contactos en el bajo mundo, y que entre ellos había gente con dignidad que se ofendía cuando se metían con los niños. Y aunque no sabía por qué ni para qué, la idea le quedó sonando a Celmira.

En otro encuentro mañanero en la cocina con la señora Magdalena, ella aprovechó para averiguar más cosas de

Boris. Le tocaba tener cuidado porque, así como Magdalena hablaba a lengua suelta de los otros, así también trataba de indagar sobre ella para salir después y contarles cosas a los demás. Por Magdalena supo que Boris tenía diecinueve años cuando recibió ese balazo que lo dejó parapléjico.

—Ya van para diez años de eso —comentó Magdalena—, aunque por estos lados solo lleva tres.

Después del accidente, o como quiera que se le diga a cuando a alguien le pegan un tiro en combate, Boris pasó un tiempo largo en una base militar hasta que descartaron que volvería a caminar.

—Lo que no me acuerdo —dijo Magdalena, pensativa— es dónde se crio, él me dijo que venía de un pueblo... ¿dónde es que queda? Él sí me dijo de dónde era pero... —añadió Magdalena, mirando hacia arriba, como si por ahí en el aire estuviera escrito el nombre del bendito pueblo—. En fin —dijo vencida—, después le preguntamos porque ahora no me acuerdo.

—No, Magdalena —le advirtió Celmira—. No le vaya a contar que estuvimos hablando de él.

—¿Y por qué no? —refutó Magdalena—. Si él y yo también hemos hablado de usted.

—¿De mí?

Magdalena asintió como si fuera la cosa más normal del mundo. Celmira se ruborizó y tuvo que aguantarse las ganas de preguntar qué habían hablado de ella. Se odió por haberse puesto como un tomate. Aun así, quiso saber más de Boris y, medio en serio y medio en broma, le puso el tema de las visitas de Carolina.

—Qué ruidos los que hacen, Dios mío —comentó Celmira, con una risita por aquí, una expresión maliciosa por allá, como si no quisiera enterarse de nada, pero muerta de ganas de saberlo todo—. Hasta me tocó subirle el volumen al televisor —añadió.

—Y eso que ahora no viene tan seguido —dijo Magdalena—. Hubo semanas en que venía hasta tres días seguidos.

—¡Tres días! —exclamó Celmira, fingiendo espanto.

Magdalena asintió y luego renegó de Carolina.

—Esta es una casa decente —dijo—. Si de mí dependiera, esa muchachita no entraba. Pero el pobre...

Celmira decidió botarse al agua helada con la inquietud que se la carcomía.

—Pero entonces... ¿Él sí puede?

—¿Puede qué? —preguntó Magdalena, y Celmira no supo si la pregunta fue malintencionada o ingenua.

—Pues, hacer aquello —explicó Celmira, otra vez ruborizada.

—¿Y qué es aquello? —preguntó Magdalena, y una carcajada estruendosa le confirmó a Celmira lo malintencionada que era la vieja.

—Ay, Magdalena —se quejó Celmira.

Apenas se recuperó de la risa, Magdalena comentó:

—¿Entonces a qué viene la fulana esa? ¿Usted cree, Celmira, que toda esa bulla es para presumir?

Magdalena bebió despacio de su chocolate sin dejar de mirar a Celmira. No le quitó los ojos de encima hasta que volvió a dejar la taza en la mesa. Celmira palideció. Sintió que había cruzado una frontera que no debía y que sería materia prima para los chismes de Magdalena. Entonces buscó la manera de salirse.

—A mí, la verdad, no me interesan las vidas ajenas —dijo—, pero es que lo de ese día fue chistoso, con toda esa bulla.

Luego se puso a mirar las gallinas en el solar. Tenía ganas de comerse a mordiscos su propia lengua.

—Bueno, me voy a trabajar —dijo, y se levantó para enjuagar su taza en el lavaplatos.

—Deje así, que yo lo hago —dijo la otra señora.

Celmira se despidió de Magdalena, que, cosa rara, se había quedado callada. Por un instante consideró meterse otra vez en la cama y cancelar todas las citas de la mañana. Pero también sabía cómo era eso de quedarse acostada. Era mejor distraerse.

De camino al salón de belleza revisó los carteles de Richi en los postes y las vitrinas. Si alguno estaba estropeado por la lluvia o por mano ajena, lo reemplazaba por otro. Parecía una madre acicalando una tumba, en una rutina que la conectaba con el dolor, o sea, con la vida. Cambiando un cartel roto por uno nuevo, le regresaron los sentimientos cruzados, incoherentes, incómodos. La psiquiatra se lo había advertido: también sentirás culpa, por lo que pasó, por lo que está pasando y por lo que llegase a pasar. Culpa porque en algún momento iba a aflojar y dejaría de pensar en su hijo. Porque cualquier mañana se iba a despertar con menos agonía que el día anterior. Porque cuando menos lo imaginara, iba a retomar la inercia de su vida antes de aquel día, o porque, y esto no se lo dijo la doctora Tejada, iba a abstraerse pensando si al vecino musculoso se le paraba o no.

Mientras abría el salón de belleza descartó contarle a la psiquiatra lo de Boris. En realidad, pensó, no hay nada que contarle. La primera clienta venía pisándole los talones y Celmira la invitó a seguir para primero lavarle el pelo. Con el tiempo, pasó de detestar la charla que le ponían las clientas a sentir la necesidad de que le conversaran. Tal vez iba siendo hora de conseguir una asistente. La agenda se mantenía llena y, sobre todo, podría serle muy útil, al final del día, cuando la maldita mano le apretaba el cuello.

Ese día, que había comenzado turbulento por los chismes y las culpas, se fue normalizando con la rutina del trabajo, la idea de conseguir una asistente y las charlas con las clientas. Todo iba bien y pintaba seguir igual, si no hubiera sido por la aparición abrupta y el saludo estruendoso que dejó a Celmira con los huesos sueltos.

—¡Buenos días, vecina! ¡Le traje guayabas! —vociferó Boris, desde la puerta.

30

Nunca sabes quién aparecerá en la pantalla, ¿Uriel o Kiki Boreal? Para ti siempre será Api, así Uriel se le presente a quien recién conozca como «el papá de Ánderson Posada». Se ufana a pesar de que le has dicho, pero si eres más artista que yo, Api. Es más meritorio tu esfuerzo de cantar hasta la madrugada que lo mío. ¿Y qué es lo tuyo? Pues andar por el mundo repitiendo el mismo discurso sobre tu único libro.

La tecnología supera a Uriel. Le cuesta conectarse a internet para hablar contigo. Lo intenta hasta que lo consigue. Aparece en la pantalla pero no se le escucha.

—Tienes apagado el micrófono, Api.

Uriel hace gestos, manotea.

—Fíjate en el dibujito de un micrófono que hay junto a la cámara.

Uriel se pone las gafas de ver.

—No, no. No está junto a la cámara del computador sino junto al ícono de la cámara. Abajo.

La voz de Uriel estalla en tus audífonos.

—... que un puto fantasma me moviera estas cosas —se queja Uriel.

—Ya te oigo bien, Api. No tienes que gritar.

—Alguien me mueve todo esto, cuando no estoy —te cuenta Uriel.

—¿Cómo estás, Api?

—¿Dónde andas, mijo?

—En Berlín. Llegué hace tres días.

Uriel se levanta y camina hasta el mapamundi que tiene pegado en una pared. Toma un pin que estaba clavado sobre Madrid, y comienza a buscar, Berlín, Berlín.

—¿Eso en cuál Alemania es? —te pregunta.

—Solo hay una, Api.

—Aquí está.

Uriel clava el pin sobre Berlín. Al lado del mapamundi tiene un afiche enorme, que dice: Kiki Boreal, la doña de la noche.

—¿Allá es de noche? —pregunta.

—Sí. ¿Cómo sigues de tu tos?

—Mejor —dice—. Fue apenas una gripita pendeja. La otra semana vuelvo al ruedo.

—Date tiempo, Api. No hay afán.

—Oye, Andy, ¿es cierto lo que dicen, que estás escribiendo tu vida?

—No. No es cierto.

—¿No estás escribiendo?

—Sí, a ratos. Pero no mi vida sino una novela. ¿Quién te lo contó?

—Lo leí en una revista —dice y, en otro tono, añade—: Apúrate, mi Andy, que me voy a morir sin volver a leerte.

En la queja comienza a asomarse Kiki Boreal, y en los gestos y el movimiento con las manos. Tú te incomodas con el tema de la escritura.

—Mañana tengo que madrugar, Api. Tengo una conferencia.

—Pero si apenas llevamos un minuto hablando, Andy.

—Te demoraste mucho en conectarte. Aquí es tarde.

Uriel frunce el ceño, hace pucheros de niño.

—Te llamo el domingo y hablamos largo —le dices.

Uriel se cala de nuevo las gafas para ver.

—¿Se cuelga de este botón rojo? —pregunta.

—Sí. Te llamo el domingo, ¿oíste?

Uriel te lanza un beso.

—Cuídate —dice, y se esfuma en la pantalla.

Te quedas pensativo. En la libretica del hotel escribes: tristeza y culpa. Al menos ya no pasa necesidades, piensas.

Luego abres algunos portales de los periódicos colombianos. Treinta segundos para confirmar que todo sigue igual. Seguimos odiándonos. Luego pasas de prisa por las redes sociales y descubres que tienes 634 seguidores nuevos, casi todos alemanes. Buen trabajo de Jeffrey. Dejas un corazón en cada mensaje, no tienes ganas de algo más. Les pones un poco más de atención a los perfiles de las mujeres jóvenes. ¿Cuál de esas fotos me decepcionará al ampliarla? ¿Cuál de ellas me decepcionaría al conocerla en persona? Marcas dos o tres perfiles para más adelante. Vuelves a incomodarte. Sabes que la decepción eres tú mismo. Que la fama no te sirve si no les hablas, pero si hablas, descubrirán que vives sin lujos y sin sobresaltos. ¿Para qué la fama, entonces? Más temprano que tarde te desenmascararán, sabrán que detrás de tu apatía no hay ninguna genialidad, y que tampoco es parte de tu proceso creativo. Te ha pasado con todas las que has conocido. Apuntas en tus notas de hotel: historia de un escritor castrado por la fama, castrado en todos los sentidos.

Miras la hora y sabes que tienes que tomarte la pastilla para dormir. Vas al minibar por una botellita de whisky y pides hielo al *room service*. Mientras llega, navegas por un sitio porno. Si Jeffrey estuviera, te habría conseguido un porro en la calle. Escroleas una página de mujeres orientales. Sientes que se te está poniendo dura. Se te ocurre que podrías confirmarle a Jeffrey tu participación en ese festival literario de Malasia. Le echas una mirada a la libretica y tachas «historia de un escritor castrado por la fama». Es un tema trillado. Caminas hacia la ventana. Afuera está Berlín de noche. Podría ser una ciudad cualquiera. Aunque eso es, precisamente. Una ciudad grande, como tantas otras. Ya ningún lugar del mundo te conmueve.

31

Que a veces se tienen que aplazar los sueños lo sabe cualquiera, y más cuando se es pobre, le dijo Uriel al niño, que no entendió nada, pero Uriel le conversaba de todos los temas, sin importarle que fuera como hablarle a un perro. Le contaba del trabajo, de la soberbia de Villoldo, y de cómo el malparido argentino se quedaba con la mayor parte de las propinas, y eso que ni levanta platos, ni limpia mesas, a duras penas les pregunta a los clientes cómo está la comida, como si la hubiera preparado él mismo, cuando a lo único que entra a la cocina es a echar cantaleta y meterles cuchara a todas las ollas, el descarado. También le hablaba de lo que había visto en el bus, en la calle, de lo que había oído en la tienda de la esquina. Chismes de barrio que le contaba al niño como si los involucrados fueran viejos conocidos. De sus sueños también le hablaba todos los días.

—Cerca del restaurante hay una bodeguita que está para la venta, ni mandada a hacer para el cabaré, le cabe un escenario y los camerinos pueden ir atrás, junto a los baños. Vale un ojo de la cara, pero yo sé que la María Auxiliadora me va a conceder esa gracia, aunque primero lo primero, que es largarnos de esta pocilga y vivir solos, sin entrometidos, donde tengas tu propio cuarto, mi niño.

Ánderson apenas lo miraba con esos ojos que se le quedaron tristes desde aquel día. Aquella fecha que Uriel pensaba celebrarle como el cumpleaños. El día en que llegaste a mí, chiquito hermoso, hace ya un año, un año, Virgencita milagrosa, que me diste el mejor regalo de la vida, será tu cumpleaños, mi Ánderson, pero también el mío, yo también resucité ese día, los dos renacimos de las cenizas y vamos a celebrarlo porque no todos los días le llega a uno un hijo, y por el milagro de la vida, porque estás vivo, mi niño, de puro milagro.

Tendría que acudir a Villoldo o a Vilma para conseguir algún dinero extra. Necesitaba una torta con velas, un regalo y un traje nuevo para el niño, y también uno para él, porque ese día tendría que ser más madre que padre, más madre que nunca. Pero cuál de los dos es peor, Vilma o Villoldo, mira qué casualidad, chiquito, el nombre de cada uno comienza con la misma letra, y cuál de los dos más avaro y más malparido; a él tendría que pedirle que le adelantara lo del mes entrante, o a ella un préstamo que le pagaría con el próximo arriendo. ¿Con quién me arriesgo primero? ¿Quién será menos hijueputa? Es que parecen paridos por la misma mamá. El trabajo tenía que cuidarlo, era mejor no arriesgarse con eso. Se resolvió por Vilma, y decidió que sería Uriel el que le pediría el préstamo. Las mujeres nos odiamos, mejor de hombre a mujer, y más con Vilma que es solterona, y le puedo hablar como a los comensales de Trucco, ronco y pausado. Y le hacía al niño la pose de mesero serio que hacía en el restaurante, y se reía con la esperanza de que Ánderson también se riera. Pero nada. El niño lo seguía observando con esa mirada que se quedó perdida desde el día aquel.

Doña Vilma, buenos días, cómo amanece, Ánderson y yo felices porque el 28 el niño cumple añitos, y aunque esta vez nos tocará celebrar más solos que antes... ¿Antes cuándo? ¿Antes dónde?, lo interrumpió Vilma, que no dejaba de analizarlo de arriba abajo, como si Uriel no fuera el mismo que veía a diario. Pues antes de venirnos a vivir acá, doña Vilma, yo le conté que el cambio de ciudad había afectado un poco a Ánderson, pero gracias a Dios y a la Virgen ya está más familiarizado con el lugar, y gracias a usted, por supuesto, que me lo cuida tan bien y le dedica tanto tiempo. ¿Y cuántos años cumple?, preguntó la Vilma, con cara de este señor tiene trastienda, yo a este no le creo ni mu. Cumple siete, doña Vilma, respondió Uriel, con propiedad. Varias veces había intentado que el mismo niño dijera su edad, pero el pobre se enredaba con sus deditos y mostraba cuatro, o cinco, hasta que un día Uriel le dijo no más, tienes seis, y punto. ¿Por qué seis? Eso ni él mismo lo sabía, le pareció que tenía cara y cuerpo de seis. De tanto mirar niños en las salidas de los colegios, en los centros comerciales, y de tanto acecharlos aprendió a calcularles la edad, a adivinarles el temperamento, a prever si se adaptarían con facilidad a una nueva vida.

Ay, doña Vilma, yo no quisiera que el niño se quedara sin su torta ese día, así seamos pocos para celebrarle y cantarle el japiverdi, y que reciba al menos un regalito; yo quisiera, abusando de su generosidad, pedirle un préstamo, no mucho, apenas lo que se necesite para... ¿Préstamo?, reviró Vilma, ¿plata de dónde, señor...? Volvió a escanearlo de arriba abajo, no había espacio para la duda, para decirle plata de dónde, señor Uriel, si aquí nadie me paga puntualmente, empezando por usted, con todo respeto. Yo sé, yo sé, mi señora, se disculpó él, a veces me atraso, pero es que un hijo es una carga dura, y a pesar de que mi Ánderson es una bendición, está creciendo muy rápido y en cosa de un mes la ropita que antes le servía ya no le queda, y con la humedad del cuarto a veces le agarra esa tos... ¿Y por qué no acude a los familiares del niño?, lo interrumpió Vilma, torciendo media cara y toda la boca, en un gesto retador que puso a tartamudear a Uriel.

—Pe pe pero si al po pob pobre chiquito lo despreció su propia familia, que si no fuera por mí lo de de dejan tirado en la puerta de una iglesia, o lo tiran a un basurero. No fue sino que lo vieran sin papá ni mamá, que Dios tenga en su santa gloria, para que toda la familia le volteara... —iba a decir «culo», pero reaccionó a tiempo— la espalda y lo dejaran a merced de quien quisiera cuidarlo, o sea, yo.

—Pero ¿usted qué es de él, Uriel? Porque el niño se ve fino, tan blanquito y con el pelo tan claro, ¿usted qué relación...?

—Yo, doña Vilma —la interrumpió, y habría querido decirle yo soy su padre y soy su madre, todo depende del día, de la Luna, del viento, del clima que haga, vieja hijueputa. Pero se contuvo y solo dijo—: Yo soy todo para el niño. Ánderson solo me tiene a mí —reiteró Uriel, con la voz quebrada y la cara enrojecida.

Vilma enmudeció y hasta recuperó la simetría de su cara cuando vio a Uriel tan alterado. En lo que sí se mantuvo fue en su negativa de prestarle plata. Usted me disculpará, señor Uriel, pero plata no hay. Le puedo ofrecer el comedor por si quiere compartir la torta con nosotros o con quien quiera, aunque preferiría que no me trajera gente rara a la casa. ¿Rara? Uriel se mordió la lengua con ganas de decirle rara habrá sido su madre porque mire lo que parió, pero solo hizo una venia ligera, le agradeció, mi Dios le pague, doña Vilma, tendré muy en cuenta su ofrecimiento, y que la Virgen se lo multiplique.

Por el lado de Villoldo no le fue mejor. El argentino soltó una carcajada seca y falsa cuando Uriel le pidió un anticipo del sueldo. No, no hacemos caridad aquí, dijo después, y andá cambiate que abrimos en cinco minutos. Se alejó con un ¡qué tal! y un chasquido de lengua. Uriel se la pasó cabizbajo el resto de la faena, y en el trote de la cocina a las mesas, y viceversa, solo pensaba en que le tocaría escoger entre la torta o un regalo barato para el niño. Lo del vestido para él y para Ánderson quedaba descartado.

Aplazado, le aclaró Uriel al niño, que seguía ajeno a la agitación con la que Uriel había llegado esa noche. Tú tendrás trajes y yo vestidos de sobra, y celebraremos cada cumpleaños en nuestra propia casa, con una torta de tres pisos. El desasosiego lo desveló. El amanecer lo agarró rezando a veces, y otras, maldiciendo, atosigado por las dudas, las deudas, los asuntos pendientes y los sueños relegados. Lo atacó la culpa de mantener al niño encerrado en la pensión, apenas bajo la vigilancia de Vilma y sin asistir a un colegio. A esa edad ya debería estar leyendo, creo yo, cómo voy a saberlo si yo aprendí ya grande y a duras penas puedo garabatear mi nombre, pensó Uriel después de haber volteado la almohada por enésima vez. Mi chiquito no puede crecer a la deriva, ya que se lo quité de los brazos a la muerte, tengo que quitárselo a la pobreza, él tiene que llegar a ser alguien, mucho más alguien que yo, que me voy a comer este mundo cuando encuentre la oportunidad de subirme a un escenario, pensó mientras volvía a cambiar de posición en la cama, cuando ya los gallos y las gallinas habían empezado con el cacareo en los solares vecinos a la pensión.

Qué horror, qué es esta cara, estas bolsas en los ojos, como si hubiera llorado toda la noche, se dijo en el espejo. Había logrado adormilarse tan solo una media hora cuando sintió al niño pateando debajo de las cobijas. Le incomodaba el pañal cargado y revoloteaba en la cama para que Uriel lo aliviara de ese peso. Una protesta muda de un niño que apenas hablaba para mencionar a su mamá. Ay, mi chiquito, hasta cuándo vamos a seguir en estas, dentro de poquito no habrá pañal que te sirva, ya vas a cumplir ¿seis, siete? y un niño tan grande no puede seguir así, mi amor. Lo limpiaba y le daba dos nalgadas cariñosas, sin olvidar que al comienzo le gustaba despertarse con el olor a los orines trasnochados del niño. Se sentía más padre, más madre, y sentía más propio ese niño que había llegado a su estragosa vida.

No, no, Virgencita del Agarradero, no me tortures con esos recuerdos que quiero olvidar, desaparécelos, por favor, mira todo lo que he cambiado, hasta dónde he llegado para ser una persona diferente, te consta mi arrepentimiento, saca ya de mi cabeza esas imágenes que me avergüenzan, que hasta podrían cortar la leche de este chocolate que bato, que se me quema el desayuno de Ánderson, más bien ayúdame a pensar de dónde voy a sacar una puta torta para el cumpleaños del niño, de dónde para su regalito con esta pobreza tan malparida, perdón, perdón por esas palabras, pero ya es de lo poquito que me queda de la vida de antes. Se echó una bendición y le sirvió el desayuno al niño, que ya comía con más apetito, aunque todavía tenía que llevarle la comida a la boca, como si fuera un bebé de meses, pero con semejante trauma, el pobre, es que si no fuera por mí...

Decía Uriel que la Virgen lo había escuchado y le mandó la torta. Aunque fue una de las cocineras de Trucco la que le dijo aquí que a diario se botan a la basura pedazos de tortas porque al tercer día ya se pierden... ¿Qué? ¿Cómo?, la interrumpió Uriel. Eso será para los paladares de los ricos pero nosotros, Martica, nacimos con estómago de gallinazo. Así, con la complicidad de la cocinera, guardó un cuarto de torta de manzana, que juntó con dos porciones de una de chocolate y con un poco más de media torta que sobró de una *torta della nonna*. Rara pero elegante, y hasta apetitosa, se veía la que, a punta de trozos, logró armar Uriel. «Torta Frankenstein», la bautizó, y estuvo riéndose un rato solo, mientras terminaba de darle forma. Luego fue a pedirle el favor a Vilma de que se la guardara en la nevera.

—Si la dejo en mi cuarto, doña Vilma, mañana amanece hecha un sancocho.

—¿Qué es esto? —preguntó Vilma, torciendo la boca y apuntando a la combinación de postres.

—Receta europea, doña Vilma, para todos los gustos —le respondió Uriel mientras le abría espacio a la torta en el vejestorio de nevera que tenía Vilma.

Esa noche, por fin, se fue a dormir tranquilo. Entre los arrullos le dijo al niño te tengo una sorpresa, mi chiquito, para chuparse los dedos, y le agarró una manito y se la besó. La mano pequeña y suave contrastaba con la de Uriel, oscura y huesuda. Ánderson peleaba contra el sueño, tratando de mantener los ojos abiertos. Uriel lo besó en la frente y apagó la lámpara. Aun en la penumbra, la mano blanca del niño centelleaba sobre la piel de Uriel, como la luz de la primera estrella en una noche muy oscura.

32

Celmira también pasó el momento difícil de enfrentarse a las conmemoraciones. Fechas con filo por las que tarde o temprano tenía que pasar. El cumpleaños de Richi, sin Richi; el Día de la Madre, el Día del Padre, la Navidad, celebraciones que junto con los demás días largos, repetidos y agobiantes, unos más que otros, ya sumaban más de lo que pensaba que podría aguantar. Fechas a las que no les daba mayor importancia porque eran, simplemente, más días sin su hijo. De hecho, se enteró por las noticias del aniversario del atentado al Aguamarina. Le pareció extraño que lo mencionaran porque con tantos atentados no era usual que recordaran lo de tiempo atrás. Al final de la noticia volvió a aparecer la foto de Richi. Dos fotos, en realidad: una tomada semanas antes del atentado, y esa misma retocada con los cambios físicos que podría tener Richi un año después. También mencionaron la rareza del caso. Hasta a los que morían con una bomba sembrada bajo los pies se les encontraba un pelo, un rastro microscópico de sangre, una célula, pero de Richi solo había quedado como evidencia un video pixelado del niño en el carrusel.

Aunque llevaban un par de meses sin verse ni hablarse, Celmira llamó a Sergio. Él era la única persona con la que podía cruzar una palabra en ese instante.

—¿Viste el noticiero?

—Sí —dijo Sergio—. Yo les envié las fotos.

—En la última tiene el pelo más oscuro.

—Es posible que esté así. La tendencia es a que se le oscurezca.

—Sí —dijo Celmira—. Ya se le estaba oscureciendo.

—No podemos parar.

—No.

—¿Cómo estás tú?

—Igual, ¿y tú?

—Igual, también.

«Igual» era el mejor del peor de los estados. El agua al cuello, el dolor constante, el aire corto, la desazón perpetua. Igual a estar muerto pero vivo. La llamada a Sergio la dejó mal, invadida de culpa. Había sido también un año de terapias que no le habían servido para deshacerse de tres ideas que la mortificaban: yo llevé a Richi al centro comercial, yo lo subí al carrusel, yo abandoné a Sergio. Destruí tres vidas, incluida la mía. Rechazaba de plano cualquier explicación sobre las coincidencias desafortunadas, los accidentes, las pruebas de Dios, o el destino, sobre el rol con el que cada uno viene a este mundo. Se cerraba ante cualquier intento de discurso consolador, apabullada por el eco de ese «yo» que se repetía tres veces. Yo lo llevé al peligro, se lo entregué a la muerte o a la desaparición, yo los dejé solos.

—¿Crees que todavía se acuerda de nosotros? —le preguntó Celmira a Sergio, que seguía al teléfono a pesar de los silencios de ella.

—Por supuesto. Ya éramos parte de él. Nos debe extrañar cada vez más, como nos pasa a nosotros.

—No sé —dijo ella—. No veo cómo nos puede favorecer el tiempo.

—Cada vez va a ser más consciente de lo que le pasó, a nadie se le olvida algo tan grave.

—Es un niño, Sergio. Se acostumbran a todo.

—Puede que se acostumbre, pero no lo olvidará.

Era una conversación repetida. Con las mismas frases y palabras que habían usado antes para referirse a lo mismo. Sin embargo, también era distinta. Cada hora, cada día que pasaba, marcaba una diferencia en la misma conversación. Las sutiles pero significativas diferencias de cualquier rutina. Así también terminaban sus despedidas, con un adiós cotidiano, pero incierto, que les dejaba un mal sabor, como si les pesara lo dicho, como si les estorbara lo escuchado.

Lo único que a veces la aliviaba eran las conversaciones con Boris sobre el odio, el deseo de venganza que él una vez le insinuó pero del que luego, durante una charla en la cocina, trató de retractarse.

—Yo sé que muchos viven a pocas cuadras de acá, que suben por estas calles para llegar a sus casas —le comentó Celmira.

—También se dice que los que mandan a estallarlas viven en los barrios ricos —dijo él.

—Boris —le reclamó Celmira—, esto hace mucho tiempo dejó de ser un asunto de ricos y pobres.

Se señaló a sí misma y lo señaló a él para mostrarle el cuadro de ellos dos: una mujer de clase media que había perdido a su hijo, y él, un joven inquieto y pobre que nunca imaginó terminar en una silla de ruedas.

—Nosotros dos, Boris, víctimas de un odio que no nos merecemos.

—Yo hace mucho dejé de pensar en eso —dijo él.

Celmira había aprendido a decidir, en cuestión de segundos, si valía la pena meterse en una discusión o revirar por alguna impertinencia. Lo que dijo Boris no le pareció un disparate. Sus piernas, aunque muertas, serían el equivalente a su niño desaparecido. Otros se lamentaban por cosas menos graves. Una vez un productor del canal donde trabajaba ella rompió una silla porque no pudo abrir un pistacho, recordó.

—Yo llegué a llorar por un hombre —dijo Celmira.

—¿Y eso a qué viene? —le preguntó Boris.

—Estaba pensando en sus piernas, y en Richi.

—Tal vez no me entendió —le aclaró Boris—. Cuando dije que ya no pensaba en «eso», me refería al odio.

—Ah.

Así, de la nada, Boris le sonrió, y esa sonrisa la despistó más. Definitivamente, se habían descarrilado de la conversación.

—¿De qué se ríe? —le preguntó Celmira.

—No me estoy riendo.

—¿Por qué sonrió, entonces?

Él volvió a sonreírle y le preguntó:

—¿Quién la puso a llorar? ¿Su ex?

—No —respondió Celmira—. Sergio siempre fue bueno. Fue por un imbécil que no merece estar en esta conversación. Yo estaba muy jovencita y era muy boba.

—A mí por eso me gustan las veteranas —dijo Boris, y Celmira quedó paralizada.

¿Se refería a ella? Por la forma como la miró, el comentario no podría ser para nadie más. ¿Treinta y cinco años y ya calificaba como «veterana»? Tal vez se veía ahora mayor de lo que realmente era. Había envejecido más, como era de esperarse. Celmira no veía su deterioro en ella misma sino en Sergio. En cada encuentro lo notaba más ajado y canoso. Ninguno tenía tiempo ni ganas para consentirse y cuidarse. Solo salir de la cama en las mañanas ya era toda una odisea.

—Carolina no tiene nada de veterana —le dijo Celmira.

Boris soltó una carcajada. Había logrado que ella cayera en el tema.

—Carolina... —dijo Boris, saboreándose el nombre.

—¿Qué?

—Ella es veterana en otro sentido —y aclaró—: en el mejor de los sentidos.

—¿Hace cuánto se conocen?

—Hace mucho. Yo todavía caminaba y salíamos a bailar. Es una gran amiga.

—Pero ustedes...

Boris volvió a carcajearse.

—Lo que ella ha hecho por mí, solo lo hace una buena amiga —dijo él.

Celmira asintió y después miró hacia el solar para esquivar la mirada fija de Boris. Ella misma había llevado la conversación a un punto que le incomodaba. Sin embargo, ahí seguía, nada la movía a levantarse de la silla.

Las sombras de la tarde, la quietud de la casa, la ausencia de Magdalena, la actitud de Boris, la percepción de que a esa hora solo quedaban ellos dos en el mundo, las rompió la tos de don Gabriel, desde su cuarto.

—Si encontrara a los que pusieron la bomba, ¿qué les haría? —le preguntó Boris, y Celmira respondió sin pensarlo:

—Usted sabe. Lo que se merecen.

—¿Y cómo? ¿Con qué? ¿A mordiscos?

Ella se puso de pie, sobresaltada.

—¿Se va? —le preguntó Boris.

—Voy a prender la luz, ya no se ve nada.

Caminó a tientas por la cocina hasta que él le dijo ahí, junto a la nevera. Una luz blanca y titilante los encandiló y, de paso, arruinó la penumbra que los acogía. De todas maneras, Celmira ya se había perdido en la rabia. Se quedó de pie, apoyada en el mesón.

—Qué impotencia tan hijueputa —se quejó llorando.

Boris giró en su silla y quedó frente a ella, indeciso y perturbado, como queda cualquiera frente a una mujer que llora. De la incomodidad lo salvaron el sonido de la cerradura y la voz de Magdalena, que entró a la casa sin dejar de hablar con alguien afuera. Celmira hizo el gesto de limpiarse las lágrimas que no le habían salido. Boris hizo una mueca de fastidio que le arrancó una sonrisa a Celmira. La señora Magdalena entró a la cocina y se sorprendió al verlos.

—¿Y esto? —preguntó.

—Aquí echando lengua —dijo Boris—, con un cafecito que me compartió Celmira.

—Vea pues —dijo Magdalena, y descargó un par de bolsas con legumbres y otras cosas.

—Si quiere la ayudo...

—No, joven, no se preocupe —lo interrumpió Magdalena.

Boris y Celmira se miraron. Les constaba que la señora era de genio raro, pero no entendían su molestia.

—Bueno —dijo Celmira—. Me voy a ver el noticiero.

—¿Y van a dejar las tazas ahí? —preguntó Magdalena.

—Yo las lavo —dijo Boris, y miró a Celmira para que se despreocupara y subiera a su cuarto. Antes de que ella saliera, le comentó:

—Celmira, voy a pensar en lo que me dijo.

—¿Qué cosa? —preguntó, de metida, la señora Magdalena.

—Nada —le respondió Boris.

Celmira se detuvo en el rellano de las escaleras. Le faltaba el aire. Sintió en el cuello la mano invisible mientras en el televisor de don Gabriel sonaba el sonsonete de las noticias como una marcha fúnebre.

33

Sergio no descartaba la muerte de Richi. La ciencia se equivoca, la tecnología falla. Se caen los aviones y los cohetes. Un juez sabio puede confundirse y absolver al culpable o condenar al inocente. Un cirujano prominente se desvía medio milímetro, punza la aorta y mata. El caso de Richi podría ser, entonces, una colección de errores donde una equivocación conducía a otra, y esa a otras más dentro de una cadena de desaciertos imperceptibles, hasta concluir en una falsa verdad.

La conjetura podría venir, como se lo advirtió la fiscal Clarisa Salas, de la necesidad de un desenlace, sin la incertidumbre de una desaparición. La muerte cierra; la desaparición, en cambio, deja siempre una puerta abierta, una puerta que asoma al infierno. En eso coincidía con Celmira: si Richi estuviese sufriendo, si fuera víctima del comercio sexual de niños, o del tráfico de órganos, o explotado en la mafia de la mendicidad, no vacilaban en afirmar que preferirían que Richi estuviera muerto. Pero el tormento era la falta de un escenario posible. Ni siquiera pedían una opción verosímil. Que se lo tragó la tierra, que fue abducido por extraterrestres, que se elevó al cielo como un ángel. No les importaba lo descabellado de la posibilidad con tal de que hubiera un trazo, una pista. Sin embargo, a medida que se agotaban las hipótesis, les iba quedando solo una opción viable, la de un milagro. Casi todo lo demás se había agotado. Apenas seguían activas la circular amarilla de la Interpol, las fotos de Richi en algunos medios de comunicación, la revisión semanal de los expedientes actualizados con los niños desaparecidos.

—El problema es que no sé rezar —le dijo Sergio a Clarisa—. Nunca aprendí, ni me interesó. Todavía me parece raro cuando alguien enciende una vela para que gane su equipo de fútbol, o para que le resulte un negocio, o cuando alguien se echa la bendición antes de dar un salto.

—¿No eres creyente? —le preguntó ella.

—No sé —respondió Sergio. Se quedó pensativo y luego dijo—: Me da trabajo asimilar ese lado mágico de la religión. Ante los misterios, me he refugiado siempre en los libros.

—¿Y ahí está la respuesta? —preguntó la fiscal.

—Claro. Y siempre es la misma: todo lo del hombre es, únicamente, del hombre. Punto.

—¿Hasta los misterios?

—Son misterios humanos, no divinos —concluyó Sergio, y preguntó—: Aquí, por ejemplo, en su trabajo, se guían por lo que hacen y piensan los hombres, lo demás es carreta.

—Ni tanto —respondió Clarisa—. Yo he sido testigo de algunos milagros. Y no lo digo para ilusionarlo.

—No son milagros, Clarisa. Solo es que al rompecabezas le aparece la ficha que estaba perdida.

—Pues muchas veces esa aparición es de por sí un milagro.

Sergio hizo un ruido suave con la garganta y sonrió. Ella también. Era la manera de zanjar un asunto sin mucha importancia y sin salida. Asuntos que no ameritaban una discusión, sobre todo, entre personas que se tenían afecto. Cómo no iban a respetarse y hasta quererse después de tanto tiempo de búsqueda, de frustraciones y de llanto. Ella se convirtió en lo único que tenía Sergio para mantener viva la investigación sobre Richi. No es que Celmira hubiera perdido la esperanza de encontrarlo, pero estaba sin fuerzas. En cambio, cada semana, cuando Sergio iba a la Fiscalía y se sentaba frente al computador, ahí estaba Clarisa con un gesto que le devolvía la ilusión así no hubieran encontrado nada. Su silencio no era de derrota sino de lucha y persistencia. Ahí seguía la fiscal a la espera de algún dato, o hasta de un milagro en los que creía ella, o de la ficha perdida, en la que creía él.

—¿Cómo va el libro? —le preguntó Clarisa.

—Mal —dijo él—. Como siempre.

Era su respuesta habitual. Va mal porque es mi primer libro, porque el aprendizaje es duro, porque nunca llegaré a escribir como los autores que admiro, porque el protagonista de mi libro es un escritor exitoso y yo no lo soy, porque las ideas no se acoplan con las palabras y las palabras se me escapan. Eso suena bonito, dijo Clarisa. ¿Qué? Eso que acaba de decir; debería escribirlo. Le apuesto a que si lo escribo, dijo Sergio, ya no va a sonar igual. Así de caprichosa es la escritura.

—Yo me muero por leerlo —dijo Clarisa.

Él la miró y le dijo:

—Eso, a lo mejor, nunca va a pasar.

—¿Y si ahí estuviera la respuesta al misterio?

—¿A cuál de todos?

—Acaba de decirme —dijo ella— que en los libros están las respuestas a todos los misterios.

Él volvió a mirarla con un poco de miedo. Le preguntó:

—¿Se refiere a mi hijo?

Clarisa asintió, pero al ver el gesto de Sergio, tuvo que explicarse:

—No me refiero a que esas páginas van a revelar la ubicación de Richi, pero tal vez lleguen a convertirse en una carta abierta a un hijo desaparecido, y quién quita que, en unos años, Richi logre leerlas y...

Sergio la interrumpió:

—¿O sea que ese escritor exitoso de mi novela tendría que ser mi hijo perdido? ¿Tendré que contar nuestra propia historia?

—No necesariamente. Si alguien tiene a Richi, si alguien se lo robó, va a alejarlo siempre de cualquier información relacionada con lo que le pasó, pero si la realidad está velada por la ficción...

—Pero ¿cómo puedo estar seguro de que va a leerlo? Ni siquiera estoy seguro de que una sola persona vaya a leerme. Y, además, ¿cuánto tiempo, cuántos años tendrán que pasar para que eso suceda, si es que llega a ocurrir?

—Sergio, no se imagina la cantidad de casos que resuelve el azar. Y de todos modos, un libro siempre es una carta que se arroja al mar dentro de una botella. Nadie puede imaginar a dónde llegará ni qué efecto causará.

—No sé qué podría pensar un lector de estos diálogos, de la rutina de estos personajes quejumbrosos, de... —continuó Sergio abstraído en una idea que confundió a Clarisa.

A él se le notaba el desasosiego y tal vez no fue una buena propuesta usar el libro como estrategia para encontrar al niño, pensó Clarisa. A ese punto de desorientación se llega en toda búsqueda y luego se comienza a pescar en río revuelto. Ella caminó callada alrededor de él, que había metido la cara entre sus manos, y le rozó los hombros y la espalda. Quiso abrazarlo para hablarle al oído, pero su oficina era una vitrina que la exponía antes sus subalternos. Finalmente se apoyó en la ventana blindada que daba a la calle.

—Sergio —le dijo ella, y él levantó la cara—. Creo que tiene razón en cuanto al error. El hecho de que no lo veamos no quiere decir que no exista, y se lo he recalcado a todo el equipo. Pero sí, tiene que haber un error en todo esto.

Ella hizo una pausa para organizar un poco las ideas. Luego continuó:

—Ya he tratado de insinuarlo de otra manera, porque no es fácil digerirlo, pero creo que el error podría estar en Celmira. No en una acción deliberada...

—¿Puede dejar de hablar como fiscal?

—No. Y sigo: el error tiene que estar en algo que ella olvidó, omitió, confundió. Para toda la gente que estuvo ahí en ese momento hubo un antes y un después de la explosión. Hay una Celmira de antes y otra del instante después del estallido. En esa transición es donde hay algo perdido.

—Richi.

—El misterio —dijo Clarisa.

Sergio se puso de pie, todavía pensativo, y dijo que se iba.

—No tenía la intención de molestarlo. Pero todo hay que hablarlo.

—No, eso no es lo que me molesta.

—¿Qué, entonces?

—No soporto estas páginas. Voy a borrarlas.

—¿Qué? —preguntó Clarisa—. ¿Cuáles?

—Estas —dijo él.

34

La plata le alcanzó hasta para que le tomaran a Ánderson unas fotos en su cumpleaños. En realidad, fue un favor de un vecino que tenía una cámara, pero las impresiones sí le tocó pagarlas, ni modo. Ya tenía, entonces, los primeros recuerdos para la posteridad. Poco a poco iba consiguiendo elementos para justificar su historia. Pero ¿si algún día el niño le preguntaba por qué no tenían fotos juntos de antes de ese cumpleaños? ¿O de cuando nació, de su primer año, de cuando aprendió a caminar? Pues porque los dos tenemos historias complicadas, mi niño, y la vida no pudo juntarnos antes, a pesar de que estábamos destinados el uno para el otro, desde siempre. ¿Y por qué tampoco hay fotos tuyas de antes, Api? Pues porque mi familia me despreció, me perdió por intolerantes, por desagradecidos, por ciegos, porque su mundo es del tamaño de una papa, de las mismas que ellos le arrancan a diario a la tierra, desde que se levantan hasta que se acuestan.

—Ya tenemos fotos de los dos, gracias a Dios, mi chiquito.

Las pegó en el espejo del tocador para que el niño las viera todos los días y entendiera que somos dos, él y yo, su padre, su madre y él. Uriel estaba pleno a pesar de que no le gustó como salió en las fotos, el vestido parecía pasado de moda y el pelo se le veía muy oscuro, como si me hubiera peinado con betún. Sobre todo, en la foto con las velitas encendidas, como que salí más colorado y el pelo se me ve mazacotudo, y ese vestido, Virgen santa, a qué horas se me ocurrió. El niño no quiso soplar las velas por más que lo animó y le mostró cómo hacerlo, hasta estuvo a punto de pellizcarlo, de apretarle los cachetes para que botara aire, así tocara sacárselo a la fuerza porque ya los chismosos habían empezado a mirarse y torcer la boca, los malparidos.

—Sopla las velitas, primor, así como mamá.

—¿Mamá?

¿Por qué habré dicho «mamá» delante de todos ellos? Por bruta, porque Ánderson se descompuso y comenzó a repetir, mamá, mamá, mirando, buscando entre los habladores esos, y Uriel tratando de arreglar el desbarajuste, aquí estoy, mi amor, vamos a soplar las velitas, vamos a contarlas, una, dos, tres, seis, rápido que se apagan, se derriten, sopla, mi niño, por favor. Pero Ánderson ya estaba al borde del llanto y, antes de que se largara a chillar, padre o madre sopló duro las velas, aplaudió y les pidió a los demás que se unieran con el japi verdi tu yu, mi niño hermoso, que te amo, pero, entre dientes, a veces me dan ganas de matarte. Por suerte la fiesta no duró mucho, los vecinos del inquilinato se fueron apenas se zamparon la torta y se terminaron el vino, muchos de ellos sin siquiera dar las gracias. Nunca quiso invitarlos, pero como quería acabar con los rumores, fue de cuarto en cuarto para invitar a cada uno a la recepción, así lo dijo porque le sonó elegante, me gustaría que me acompañaran a la recepción que voy a hacer para celebrarle el cumpleaños a mi niño, algo sencillo, una copita de vino, una tajadita de torta, la situación no da para más, lo importante es que Ánderson se sienta acompañado en su día. Hasta pensó en decirles ahí vamos viendo si alguien aporta un poco más de trago y me animo a sacar la guitarra para rasguear algunos boleros, pero para eso tendría que transformarse y esa gente no era de su confianza como para abrirles su alma y su corazón.

Quedarán las fotos, que es lo único que queda, pensó. Hasta la memoria se pierde con los años, y con la muerte se va lo demás. Quedan las fotos para quien las guarde o las encuentre. Él no iba a correr riesgos y tenía pensado ponerlas en álbumes, debidamente rotulados, archivados en cajas marcadas con los años, y cuando Ánderson cumpliera dieciocho, ese sería su regalo. Aquí está tu vida, mi vida. Tu historia, nuestra historia.

Con un primer álbum en la mano y con el niño en la otra se fue al colegio público Próceres de Mayo, que les quedaba a solo una parada del bus. Allá llegaron muy bien vestidos y peinados, él como padre orgulloso, y el niño, como siempre, aprensivo, apocado. Después de una hora los atendió el rector, que se disculpó, perdón por hacerlos esperar pero tenía una reunión con el sindicato. Uriel, experimentado en la vida, se percató de la mentira cuando le sintió el tufo a aguardiente. Ya somos dos, pensó, los que vamos a mentir esta mañana.

—Somos nuevos en el vecindario —dijo—, bueno, ocho meses ya, y cuando llegamos ya habían comenzado el año escolar, y bueno, nos tomó tiempo acomodarnos y tampoco tengo muchos ratos libres, pero en fin, ya todo está en orden y aquí está mi niño, Ánderson, muy emocionado con la posibilidad de empezar a estudiar.

Al rector se le escapó un eructo que los dejó borrachos a los dos. No se disculpó sino que fue directo al grano. Hay algunos requerimientos, dijo, esta es una institución loable, estricta con los procesos, rigurosa en la disciplina, formadora de hombres y mujeres de bien. Y preguntó ¿dónde estudió antes el niño? Necesitamos los reportes, las recomendaciones de los profesores, y una carta del rector o rectora del colegio anterior. Uriel miró a Ánderson y le dijo espérame afuera, mi corazón, cinco minutos nada más, no me demoro.

—No hay colegio anterior —dijo Uriel, ya a solas con el rector—. El niño tiene una historia trágica y por eso le pedí que saliera. Bueno, yo también soy parte de esa historia, pero soy adulto y sé cargar con el dolor.

El rector levantó un termo del piso, y dijo perdón me tomo el cafecito, es que no alcancé a desayunar. Uriel se removió en la silla. Te pillé, hijueputa, pensó, pero mejor que bebas, así te vas a creer más fácilmente lo que te voy a contar.

—Por supuesto —dijo Uriel—, ni más faltaba, antes disculpe que hubiéramos venido tan temprano, pero es que a mediodía tengo que estar en el trabajo...

El rector lo interrumpió para preguntarle dónde trabajaba.

—Soy mesero en el restaurante Trucco, especializado en comida fusión y...

Y lo volvió a interrumpir el rector para preguntarle si ese no era un restaurante muy famoso y caro, adonde iba gente rica, políticos y también los de la farándula. Uriel asintió.

—Es un restaurante elegante —dijo—. Allá trabajo desde que nos mudamos...

Otra vez el rector: ¿Y la mamá del niño? ¿Por qué no vino?

—Porque está muerta —dijo Uriel, cansado de tanta interrupción. El rector volvió a beber del termo y le hizo una seña a Uriel para que continuara—. Esa es parte de nuestra tragedia, la perdimos hace tres años. Ánderson ya iba a entrar a un jardín infantil pero, desde ese momento, no pudo volver, quedó en shock y yo sin dinero para pagarle las terapias que necesitaba, confiando en que el tiempo le borraría ese mal recuerdo. Por eso nos mudamos a esta...

El rector levantó la mano para detener a Uriel en su recuento, y le dijo está bien, le puedo dejar pasar lo del reporte anterior, pero usted sabe que de la Secretaría de Educación nos revisan cada carpeta de cada estudiante, cada cifra, y por eso necesitamos toda la documentación del niño, su registro civil de nacimiento y su historial médico, ¿sí me entiende?

—Tal vez no me he explicado bien —dijo Uriel, y oscureció el tono para continuar—: A la mamá de Ánderson la mataron y a nosotros nos tocó huir, de la noche a la mañana, con lo que teníamos puesto. Por allá no podemos volver, este es un país rencoroso, señor, aquí lo único que nos sacia es la muerte.

El rector escurrió en la boca las últimas gotas del termo, carraspeó y le dijo pues tiene que ir a poner la denuncia sobre la pérdida de los papeles del niño, para que le emitan otro, sobre todo, el registro de nacimiento, luego nosotros evaluamos a su hijo para ver qué grado le asignamos, ¿cuántos años es que tiene?

—Siete —dijo Uriel, y puso sobre el escritorio el pequeño álbum con las fotos del cumpleaños, aunque tras otro eructo del rector lo retiró rápidamente, y preguntó confundido—: ¿Registro de nacimiento?

Autenticado, le aclaró el rector, y se puso de pie, con alguna dificultad. Le estiró la mano a Uriel, para despedirlo.

Uriel salió pasmado de la rectoría. Afuera, sentado pero meciendo las piernas al aire, lo esperaba Ánderson. Sonó el timbre del recreo y explotó un bullicio en el colegio. Ánderson saltó de la silla y se aferró a la mano de Uriel. Al menos ya me busca, ya se siente protegido por mí, pensó Uriel, sin dejar de preguntarse, ¿cómo voy a conseguir un maldito registro de nacimiento para un niño que nació dos veces?

35

Te cae del cielo una oportunidad para salir de copas con Gemma. Juan Raúl Prado, también escritor y también colombiano, llamado *l'enfant terrible* de la literatura latinoamericana, «el heredero de Cortázar», «el Capote criollo» y otra serie de títulos que causan más tristeza que gracia, quiere reunirse contigo.

—Acompáñame, Gemma. Se necesitan dos para soportarlo.

—Lo he leído. Es interesante —dice ella.

—«Interesante» es una expresión interesante —le comentas—. No descalifica, pero tampoco elogia. No compromete a quien la dice. Abre la puerta a la discusión. Los pensamientos opuestos pueden coincidir en algo o en alguien «interesante».

En el trayecto, le adviertes que Juan Raúl te lanzará dardos a diestra y siniestra, siempre sonriente y convencido de un talento inferior a su ego.

—¿Para qué vas a verlo, entonces? —te pregunta Gemma.

—Porque así somos —respondes.

Y lo confirmas con el saludo que te das con Juan Raúl. Un abrazo estruendoso, con palmadas en la espalda, qué alegría verte, hermano; lo mismo digo, hermano. Juan Raúl te revuelca el pelo y dice:

—Te están saliendo canas. ¿Mucho trabajo o qué?

Golpe bajo de Juan Raúl. Por su expresión, a Gemma le gustó el apunte. Ahora el turno es para ti, que contraatacas.

—Me tocará hacer como tú y esconderlas bajo una boina. ¿Te volviste poeta?

Juan Raúl se acomoda la boina y les cuenta que viene de Fráncfort, de la feria del libro, y que hacía bastante frío. Se queda mirando a Gemma.

—No nos has presentado —te reclama.

—Es Gemma Campos —dices—. Te ha leído.

Juan Raúl le da un doble beso y exclama:

—¡No me digas!

—Sí —le confirmas—, y te encuentra muy interesante.

Tú no le aclaras cuál es tu relación con Gemma. Sabes que Juan Raúl mataría por saberlo y, para intrigarlo más, te sientas pegado a ella. Juan Raúl te pregunta:

—¿Qué? ¿Una botellita?

Le gusta el trago tanto como a ti. Pero a diferencia tuya, cada dos años publica una novela.

—Yo os acompaño a una copa. He quedado para cenar —dice Gemma.

Te consumes por dentro. No me hagas eso, Gemma, no delante de este. Ella nota la súplica en tus ojos y dice, bueno, dos copas. Sonríe. Y también sonríe Juan Raúl. Tal vez intuye que te tocará pagar la cuenta. Algo siempre le sucede a Juan Raúl en el momento de pagar. Ganas de ir al baño, un desmayo, un calambre, un preinfarto. Algo.

—¿Y tú qué haces, Gemma? —le pregunta Juan Raúl.

Prado, como le gusta que le digan, se ha montado toda una pose para la pregunta. El cuerpo echado un poco hacia atrás y también algo ladeado, como un ministro, como el CEO de una multinacional, con una mezcla de arrogancia y coquetería. Pero tú te adueñas de Gemma.

—Es filóloga —dices—, con un máster en Literatura Hispanoamericana...

—Ahí entro yo —interrumpe Prado.

—Y también es videoartista —agregas.

—Qué va —alega Gemma—. Lo del vídeo es para sobrevivir.

—Cuéntanos chismes de Fráncfort, Juan Raúl.

El chisme es lo suyo, y lo del gremio. Para eso son las ferias, los encuentros literarios, los eventos que agrupan escritores. Que Susana Clavijo insultó a los periodistas, que Paul Auster nunca llegó, que Clayton Veirs por fin salió del clóset, que la editorial HarperCollins no va más con Jordi Romero, que Vargas Llosa se escapó de un restaurante con Susana Clavijo. Así pueden pasar horas, días, así empieza Juan Raúl el recuento de su paso por la feria, adornándolo con autoelogios y cambios en la postura del cuerpo, hacia atrás, hacia un lado, como si disertara un experto.

—Ah, me encontré con tu *publicist*, ¿cómo es que se llama?

—Jeffrey.

—Jeffrey. Siempre elegantísimo, como un lord. Me contó que vas muy avanzado en tu libro.

Gemma baja la cabeza y se cubre la boca con el puño.

—¿Tú de qué te ríes? —le preguntas.

—No me estoy riendo.

A Juan Raúl le dices que sí, que has avanzado, pero que todavía no tienes fecha de publicación.

—¿Y se puede saber de qué se trata?

—No.

Llega el vino y, con él, la calma. Juan Raúl pide catarlo y hace los sonidos y gestos que corresponden. Prado es el estereotipo. Lo sabe y, además, lo disfruta. De puro milagro no devolvió la botella. Por joder, solamente.

—Está bien —dice después de catarlo, y con cierta condescendencia.

Para sorpresa tuya, Gemma no se va después de la segunda copa. Celebra los apuntes de Juan Raúl y a ti te atacan los temores. ¿Se ha quedado por él? ¿La presencia de Juan Raúl la ha hecho perder la noción del tiempo? Antes de que te posea el diablo, los atajas.

—¿Y a qué fuiste a Fráncfort, Juan Raúl?

—Me invitan casi todos los años. Creo que necesitan alguien que se desnude en la fiesta.

Se voltea hacia Gemma y le aclara:

—Es una metáfora, obviamente.

—No le creas, Gemma —dices—. Lo ha hecho muchas veces.

—No me sorprende —dice ella—. Los escritores sois exhibicionistas, narcisistas, nudistas... ¿Sigo?

—No, para ahí, que la verdad duele —dice Prado, aplaude, y añade—: Eso se merece otra botella.

—Yo voy al baño —dice Gemma.

Se levanta y llega el momento tan esperado por Juan Raúl. ¿Qué tienes con ella? ¿Te la estás comiendo? Le llevas más de diez años, güevón. Está buenísima. Con razón no escribes. Qué suerte la tuya con las mujeres, me acuerdo de esa... ¿cómo se llamaba?, la holandesa. A ver si te organizas con Gemma, no la dejes ir, hermano, es un bombón.

Tú apenas lo miras porque qué podrías decir. Para colmo, Gemma llega del baño y se despide. Por un lado, es un alivio para ti, y, por otro, una desgracia tener que quedarte solo con Juan Raúl. La ven alejarse, embellecida por la luz de la tarde.

—Malparido tan de buenas —te dice Juan Raúl.

Si supiera que todo lo tuyo con ella se ha quedado en simples ganas... Pero primero muerto que confesarlo. Procuras que Prado hable un buen rato, mientras el vino les hace efecto.

—Cuéntame de tu nuevo libro, Juan Raúl.

Habla, se explaya, gesticula, cita a grandes autores, se cita a sí mismo. De cuando en cuando le dices, qué interesante. Prado se anima y sigue. La botella va llegando al fondo, aunque sientes que ya es el momento de algo más fuerte.

—Dame un minuto, Prado. Voy al baño.

Vas directo al bar, sin que el otro te vea, y pides un shot de whisky. Doble. Te sientes mucho mejor. Al regresar ves que Juan Raúl ha entrado en contacto con un par de alemanas, en la mesa de al lado. Te presenta: *my friend Ánderson, he's also a writer.* Guardas la esperanza de que se engrampe con ellas para ver si puedes irte, pero las alemanas ignoran a Juan Raúl.

—Deben ser tortilleras estas dos —te dice.

—Estoy cansado, Prado. ¿Por qué mejor no nos vemos mañana? ¿O el fin de semana?

Pero Juan Raúl ya había ordenado otra botella, mientras fuiste al baño.

—La última y nos vamos —dice, y te mira con aires de misterio.

—¿Qué pasa, Prado?

—Tengo que contarte algo que pasó en Fráncfort, mi hermano. Estuvimos hablando de ti.

—¿Quiénes?

—Benítez dio una charla sobre Soriano. Magistral. Al terminar, nos juntamos en el bar del hotel con Arneo y Martínez Olvera.

—Martínez Olvera me odia —dices.

—No. Adora tu novela.

—Pero me odia a mí.

—Lo importante es que quieran tus libros. Nosotros nos vamos a morir —dice Prado, con falsa humildad.

—¿Qué dijeron de mí, entonces?

—Lo de siempre. Hablamos de tu silencio. Arneo asegura que tiene que ver con tu historia.

—¿Cuál historia? ¿Mi novela?

—No, tu historia, la tuya propia. Ya sabes, aunque nunca hablas de tu vida privada, es un secreto a voces...

—¿Qué cosa, Prado?

—Bueno, tú sabes, tu pasado, tu papá...

Lo interrumpes otra vez y le pides un minuto para ir al baño.

—Pero acabas de ir —te reclama Juan Raúl.

—¿Y?

Ya sabes lo que viene: el desfile de hipótesis, toda la basura que se ha dicho y escrito sobre tu sequía literaria. Vas de nuevo a la barra y pides otro shot doble, de whisky o de lo que sea.

—¿Qué hacías en la barra? —te pregunta Juan Raúl, cuando regresas—. No me digas que pagaste la cuenta. Yo quería invitarte, hermano.

—Estaba saludando, solamente.

—Ah.

—Deberíamos irnos ya.

—Espera, hermano. Te decía… Bueno, te conozco desde hace mucho como para sugerirte que abordes tu historia, desde la escritura. En cuanto logres exorcizar esos demonios que te mortifican, va a salir todo ese potencial que lleva años atascado.

—¿De qué demonios estás hablando, Prado?

—Las ausencias, Ánderson.

—Todo son suposiciones. Nadie sabe nada, nunca he hablado de eso.

—Precisamente —te explica Juan Raúl—. Sería una gran historia. Y no te pongas así. Alguien tenía que decírtelo.

—Pues, para tu información, ya me lo han dicho muchas veces.

Juan Raúl sirve dos copas, bastante llenas.

—Venga, hombre. Toma. Benítez dice que te publicaría con los ojos cerrados, y yo podría escribir algo para la contraportada, si quieres.

—Ya tengo editor, gracias.

También tienes la boca pastosa y los dientes morados. El vino revuelto con whisky te ha funcionado bien como casco, como bálsamo, como plataforma de lanzamiento. Cuentas: cinco, cuatro, tres, dos, uno. Te levantas y dices:

—Gracias por la invitación, Prado.

36

—La pregunta es ¿tendré que vivir así el resto de mi vida? ¿O llegará el momento en que se me va a olvidar recordarlo? Hay perdidos que no aparecen nunca. Nunca. ¿Se puede vivir así, doctora? No pienso morirme de vieja esperándolo. Un día de estos me mato y ya.

La doctora Tejada se quedó en silencio, no por las razones por las que callan los psiquiatras sino porque ella también estaba cansada. No del día ni de las consultas de esa semana que terminaba. Cansada de Celmira, de esa historia sin un final a la vista, de un caso, una situación donde el consejo más acertado sería ese, precisamente. Matarse.

—Sergio cree que la Fiscalía, los investigadores, están perdidos, que algo falló en la búsqueda. ¿Se lo ha dicho a usted también, doctora? Que hay un error, un vacío milimétrico que todos pasaron por alto. Para él, Richi está muerto.

La doctora suspiró. Botó un poco de cansancio por la nariz. Algo tenía que decir, y dijo:

—Y tú ¿qué crees?

—Yo descarté todas las posibilidades. Usted sabe de las noches que me he desvelado preguntándome qué le habrá pasado, dónde estará, quién se lo llevó, o cómo pudo haberse pulverizado con la explosión para que no quedara nada de él. Me he pasado días y meses suponiendo mil cosas, y solo puedo concluir una cosa: Richi no está, y eso es todo.

Las dos se quedaron calladas. De reojo, Celmira vio que la doctora se puso la mano sobre la frente, como si le doliera la cabeza. Tenía la libreta abierta sobre los muslos, con una página en blanco.

—¿Sabía que los ingleses trajeron perros especializados y rastrearon hasta diez kilómetros a la redonda? Cinco perros husmeando durante dos semanas, sin pausa, y nada, casi ni movían la cola —dijo Celmira—. Hasta les trajeron su propia comida para que no se enfermaran, y para que no se les alterara el olfato. Sergio asegura que hasta los perros fallaron. Y tiene razón, porque no olieron su cuerpo ni el rastro que dejó, ni las pisadas, si es que alguien se lo llevó. Yo hasta le dije a la mujer esa que lleva el caso, y que ahora está enredada con Sergio, a los dos les dije: entonces lo abdujo un extraterrestre. Pero una comenta esas cosas y le dicen que está loca, doctora.

—¿Te refieres a la fiscal?

—¿Qué?

—La mujer que está con Sergio.

—Ah. Sí. Ella.

—¿Hablamos de eso?

—No. De verdad, no me importa —dijo Celmira—. Él se siente más cerca de Richi si está con ella. A fin de cuentas es la única que lo sigue buscando.

—¿Y no te haría bien lo mismo? —le preguntó la doctora.

—¿Acostarme con la fiscal?

La doctora Tejada se rio. No pudo evitarlo. Meneó la cabeza. Celmira se rio después. La doctora trató de explicarse:

—Me refiero a estar más cerca del caso, y también de Sergio, ustedes son los únicos dolientes de esta pérdida.

—No me soporto ese ambiente. El búnker, tanta gente, demasiados escritorios, tanto papeleo y teléfonos sonando. Veo todo ese montaje y me pregunto, ¿para qué? Han pasado dos años y siete meses y Richi sigue desaparecido. Lo único que Sergio puede hacer allá es ver fotos de niños perdidos, robados. Lo más ruin que hay en el mundo. Yo no puedo con eso, doctora.

—¿Cómo va el salón de belleza?

Celmira se sorprendió por el giro en la conversación. Aunque ya había pasado varias veces, no dejaba de desconcertarse cuando la doctora saltaba de un tema a otro, abruptamente. Y pensó: hoy ni siquiera ha garabateado nada en la libreta.

—Bien —respondió Celmira—. Ya tengo dos asistentes. A veces nos toca trabajar hasta los domingos.

—Supongo que por eso ya no vienes tanto —dijo la doctora Tejada.

—Por eso y por lo que ya le he dicho antes —aclaró Celmira.

Ya le había comentado a la doctora que no sabía por qué seguía yendo a las consultas. Aquí no vamos a encontrar nada nuevo, le dijo. Richi no va a aparecer por más que yo venga, ni voy a dejar de sentir el dolor que tengo, ni voy a evitar odiarme por haberlo dejado solo en el carrusel. Pero sigues viniendo, le comentó la doctora, después de un silencio largo. Celmira levantó los hombros, y siguió asistiendo a las citas con la doctora.

—No me hablas mucho de tu trabajo.

—No hay mucho que decir. Cortar el pelo, secar, peinar, cepillar, aplicar queratina, tinturar, maquillar a veces. No es muy emocionante pero me entretengo. Se me pasa el día rápido.

—¿Piensas quedarte ahí?

—¿Ahí?

—En ese barrio.

—No entiendo la pregunta, doctora.

—Que si te piensas quedar ahí.

—Sí.

Lo que Celmira no entendía era el tono de la pregunta, la forma como dijo «ahí» y «ese barrio». Nada violento ni áspero. Simplemente, esas palabras le sonaron diferente a las demás.

—La verdad —dijo Celmira—, me da igual dónde viva.

La doctora anotó, entonces, algo en la libreta. A las dos se les transformó el semblante. Respiraron tranquilas. Ahora justificaban su papel a cabalidad, la una como médica y, la otra, como paciente. De todas formas, Celmira no dejaba nunca de sentir curiosidad por lo que anotaba la doctora con trazos rápidos, como acorralando ideas. Una vez le preguntó qué era lo que anotaba y la doctora le respondió: notas.

—Es todo por hoy, Celmira.

Suspiraron al tiempo y sonrieron por la coincidencia. Luego un estruendo las sacudió. Celmira amagó con abrazar a la doctora, que le puso una mano en el hombro y le dijo, con suavidad, ya, tranquila.

—Eso fue cerquita —dijo Celmira.

—Si puedes evitarlo, no pases por ahí —le pidió la doctora.

Celmira salió a la calle y ya estaban sonando las primeras sirenas. Caminó en sentido contrario a donde iban las ambulancias. Fuera del ruido, todo parecía normal. La conmoción duraba lo que duraba el estallido, después solo quedaba cierto afán en el ambiente, como cuando se larga a llover. Celmira supuso que el transporte público se iba a alterar en esa zona. Harían desvíos. Miró a su alrededor buscando un taxi. Decidió caminar unas cuadras más porque los taxistas también se aprovechaban de la situación y cobraban muy alto cuando el transporte de buses colapsaba. Vio en el cielo el humo de la explosión y le llegó el mismo olor de aquel día. Levantó un brazo para detener un taxi, pero venía lleno. Otra ambulancia pasó a su lado. Hoy algunos llorarían a sus muertos, otros rezarían por los heridos y otros darían las gracias por haber resultado ilesos. Cada doliente frente a un cuerpo o frente a un sobreviviente. Todos tendrán a alguien para abrazar, para llorar, para curar. Todos menos yo, pensó Celmira. Yo abrazo el vacío, un espacio sin forma, solo abrazo el recuerdo. Caminó más rápido porque le pareció sentir que la mano la rozaba. Al llegar a la esquina miró hacia atrás, como si huyera, pero la mano la sorprendió por delante. Ahogó un grito cuando le apretó el cuello. Se apoyó en un muro para buscar aire y con sus manos intentó liberarse. El viento también estaba en su contra y trajo más olor, más dolor, más ahogos. Alguien se acercó, un hombre cualquiera, y le preguntó:

—¿Le pasa algo?

Celmira buscó su voz, pero solo le salió un sonido aflautado, incomprensible. Un ruido que, de haberse convertido en palabras, habría dicho no me pasa nada, así soy y así es mi vida, este es mi pan de cada día.

37

Uriel cantaba mientras regaba las matas. Las había por todo el apartamento, sembradas en tarros de galletas, de pintura, en vasijas de barro, y hasta en un pocillo despicado sembró una matica de yerbabuena. Detrás de la puerta del apartamento colgó un manojo de penca de sábila para alejar las malas energías y atraer la prosperidad. Mal no le iba desde que cantaba en eventos con otros dos que tocaban bien la guitarra. Uno de ellos, Rafa, también era mesero en Trucco, y el otro era un amigo de un primo de la señora. En el enredo, todavía no sabía si la mujer era señora del primo, del mesero o del amigo. Se reía y decía mía no es porque no me he casado ni pienso casarme nunca. El caso era que para cantar formaron un trío, Los Hidalgos, se llamaban, y amenizaban cumpleaños, matrimonios, primeras comuniones, despedidas, bienvenidas, bautizos y entierros. De todo, con tal de que fuera en las horas libres de los tres, que no siempre coincidían.

Ya Ánderson tenía su propio cuarto, pequeñito como todo el apartamento, y se lo decoró como cuarto de niño. Lo más importante era que tenían un baño para ellos solos, limpio, y aunque el inodoro era lento para vaciarse, ya no tenían que hacer fila para bañarse, ni ducharse con chanclas, sin sentarse en un sanitario pringado. Tampoco tenían que soportar a Vilma ni su chismorreo. Lo agradecía a diario mientras le pasaba un trapo al polvo, gracias, Virgen del Socorro por este techo, por estos muebles, por este baño, y daba las gracias por todo, hasta por el sol que les caía a las matas. Y hasta el sol de hoy, también agradecía por el niño. ¿Cuántos años tiene ya? ¿Ocho? ¿Nueve?

Eso no importaba. Lo que importaba era que desde que habían dejado la pensión, el niño era otro. Esa humedad, ese ruido, esa gente lo tenían así, afirmaba Uriel, por culpa de esos hijueputas era que a mi Andy le tocaba usar pañales. Aunque también, reconocía Uriel, el tiempo había traído lo suyo, la confianza, el cariño, el fortalecimiento del vínculo. ¿Te acuerdas, Virgencita mía, del día más feliz de mi vida? ¿Te acuerdas? Todavía lloro de la emoción, y se me pone la piel de gallina cuando me acuerdo.

—Mira lo que te traje, mi niño, mira, un libro de cuentos, mira esta princesa que se quedó dormida...

Ánderson le arrebató el libro.

—Yo leo —dijo.

—Claro que lees, mi corazón, si ya eres grande, y ya es hora de que vayas teniendo una colección de libros. Pero a ver, ¿cómo se dice cuando te traigo un regalo?

—Gracias, Api.

—¿Qué? ¿Qué dijiste?

—Que gracias.

—No, no. Lo otro que dijiste.

—Gracias, Api.

—¿Api? ¿Qué es Api?

—Tú, Api.

—¿Yo, Api?

El niño asintió y volvió a clavar los ojos en las ilustraciones del libro. Uriel se llevó la mano al pecho porque sintió que el corazón se le salía, como si un pájaro le aleteara entre los dedos. Se le fue el aire y tuvo que sentarse para llorar a moco tendido. Por señas le dio a entender a Ánderson que no le pasaba nada, que estaba bien. ¿Entonces por qué lloras? De felicidad, mi amor, a veces uno también llora cuando está feliz.

Nunca le preguntó de dónde había sacado el Api. Tal vez era un papi sin p, o algo habría leído el niño, o visto en la televisión o escuchado en el colegio. Nunca se lo preguntó por miedo a romper el encanto. Ese «Api» era un trofeo, pero qué digo «trofeo», es un premio a la constancia, al amor, a la dedicación, es el sello de una relación. Por supuesto que le habría gustado más que lo llamara papá o mamá, pero entre «Api» y nada...

¿Te acuerdas, Virgencita del Tronco Mocho? Tantas cosas que han pasado. Ahora hasta se ríe cuando me pongo una peluca, o mis sombreros, o las boas de plumas. Le hablaba a la Virgen porque a quién más. En eso no habían cambiado mucho, seguían siendo solitarios, los vecinos los saludaban con cortesía pero distantes, no faltaban los comadreos aunque no tantos como en la pensión. El niño tenía amiguitos en el colegio, pero de ahí no pasaban. Ni él iba a sus casas ni ellos a la de él. No importaba. Uriel era una caja de música y lo entretenía, o se acompañaba de libros que sacaba de la biblioteca del colegio y así no solo mataba el tiempo sino que soñaba.

Uriel les hablaba a las matas como si fueran viejas amigas. El niño se reía cuando les peleaba porque no pelechaban. ¡Desganada, flacuchenta, anoréxica!, le decía a una cheflera, y hasta la amenazó, ¡te voy a dejar sin agua por una semana, te voy a meter al oscuro, malparida! Y el niño podía reventarse de la risa porque lo que más le gustaba era cuando Uriel soltaba sus palabrotas y luego se daba la bendición. Ay, Divino Rostro, por lo menos se ríe, esas carcajadas son la alegría de esta casa. ¿Te acuerdas, Virgencita, lo que me costó que se riera? No quería recordar ese antes, ni ese ni ninguno, quería una vida sin recuerdos para construir la de ellos a su antojo. Cada día meditaba sobre su pasado, lo reinventaba, lo reescribía a pesar de la culpa. La historia falsa parecía cierta por la convicción con la que la contaba. A veces se atragantaba o se le aguaban los ojos y todos creían que era por dolor y tristeza, pero solo él sabía que si lloraba era por la mentira. Solo pedía el olvido, la pérdida de la memoria. No debería pedirle más a la vida, ya tenía casi todo lo que había querido y lo que le faltaba sabía que podía conseguirlo con un poco más de esfuerzo, más trabajo, él no era perezoso, no se arrugaba ante nada, solo necesitaba de las oportunidades y sabía que llegarían, así como el niño llegó a su vida. Ahora no podía pasar con Ánderson todo el tiempo que hubiera querido, pero confiaba en que después tendrían todo el tiempo del mundo para estar juntos, hasta que el mismo mundo les quedara pequeño.

Cuando tenía que trabajar los fines de semana, o a veces en las noches, dejaba al niño con Marisela, la esposa de Rafa, el del trío. Vivían solos porque ya el menor se les había ido de la casa. Aunque Marisela no le gustaba mucho, por preguntona, al menos era de confianza, y Ánderson la quería. Marisela tampoco se tragaba a Uriel. Que le parecía muy raro, decía.

—Raro sí es —le dijo Rafa—, pero es entonado y alegre. A la gente le gusta cuando Uriel se suelta.

—No sé —dijo ella—. Su historia no me convence.

—¿Cuál historia?

—Pues la de Ánderson, lo del accidente de los papás, que son familiares y todo ese cuento. A mí me parece haber visto a ese niño en algún lado —malició Marisela.

—Pues aquí —dijo Rafa.

—No seas bobo, me refiero a antes —dijo ella, y se quedó pensativa. Luego añadió—: El niño es un amor, eso sí. También un poquito raro pero se hace querer y es cariñoso.

—Le habrá quedado un trauma —comentó Rafa.

—Pues sí —dijo Marisela, después de un largo silencio.

Al niño también le gustaba cepillarle el pelo a Uriel. Cuando se soltaba la cola de caballo, le llegaba abajo de los hombros. El pelo de Uriel fue el comienzo del contacto físico entre ellos, porque Uriel tenía claro que tenía que ser muy cuidadoso con ese tema. La gente se confunde y piensa mal. Para que el mismo niño no se equivocara, Uriel se limitó a darle instrucciones, sobre todo, a la hora del baño. Límpiate por allí, mi chiquito, y debajo de los brazos, échate jabón en la colita, mi Andy, siempre a distancia, no fuera a ser que el niño tergiversara las cosas. Uriel no iba a prestarse a malas interpretaciones. Esa no es mi historia, de mí nadie podrá decir nunca nada. Incluso esa vez, cuando se soltó el pelo y sintió detrás las manos de Ánderson, los dedos deslizándose como una peinilla, se azoró tanto que saltó como tocado por un fantasma. El niño también se asustó con el movimiento brusco de Uriel. Luego, arrepentido, se disculpó, perdón, mi chiquito, no quise asustarte, y, maravillado, le pidió que siguiera, ¿quieres peinarme?, ven, toma, y le entregó un cepillo redondo, volvió a sentarse de espaldas, ya no temblando del susto sino de la emoción, mientras que el niño, torpe en sus movimientos, lo cepillaba hacia abajo, callado, mudo como siempre.

A Marisela también la peinaba, aunque Uriel le había advertido:

—No lo dejes.

—¿Por qué?

Si el mundo no fuera como es, Uriel le habría respondido con la verdad: porque no quiero que sea como yo. Si el mundo fuera distinto, a Uriel ni siquiera se le habría ocurrido esa respuesta.

—Es mejor que lea —dijo Uriel—, ahí trajo su libro.

—No es cosa de niñas, solamente —dijo Marisela.

—¿Qué cosa?

—Cepillar el pelo.

—No lo digo por eso —aclaró Uriel, a pesar de que lo decía, precisamente, por eso.

Entre todo lo que Uriel quería olvidar estaba su niñez perturbada por el matoneo. Por el que le hizo su propia familia, incluso. Por su padre, sobre todo. Se ventiló los ojos con la mano para espantar las lágrimas, tomó aire profundo y se reprochó a sí mismo por recordar. Ya, no más, ya pasó. Eran invasiones fugaces del pasado que lo dejaban maltrecho por un rato, pero ya sabía cómo lidiar con ellas. Eso era lo que no quería que le pasara al niño, no solo que el pasado lo atormentara sino que tuviera que cargar con una cruz desde una edad tan prematura. Mi niñez fue una mierda, Virgencita, y tú lo sabes. Aunque uno es lo que Dios quiera que sea. Por más que le pida al niño que no le cepille el pelo a Marisela, el niño será como quiera Dios. Con todo y eso, se preguntaba si él mismo no hubiera sido otro si no lo hubieran manoseado tanto. Ay, abuelito, yo no sabía qué pensar de tus caricias, ni de las del tendero, y después aquel enfermero al que le arrendaron un cuarto, y el policía que lo correteó, y así, sucesivamente, hasta que perdió la cuenta. Otra vez se le asomaron las lágrimas y parpadeó rápido para engañarlas.

Para cantar con Los Hidalgos se vestía de saco y corbata, se amarraba el pelo en cola de caballo y se ponía unos botines que le había comprado hacía tiempo a un bailarín de flamenco, cordobés y bien plantado, que tenían un tacón alto y bulloso. Así sobresalía entre Rafa y el primo del amigo de la señora, o como quiera que fuera el enredo. Había intentado convencer a sus compañeros para que usaran trajes diferentes a los que se llevaban para ir a una oficina. Hasta nos han confundido con los meseros de los eventos, rezongaba Uriel, que preferiría algo más colorido, a fin de cuentas somos artistas, ¿o no?, tal vez de morado o verde oscuro, yo hasta me atrevería con un azul celeste. Pero Rafa le recordó somos Los Hidalgos, no se te olvide. A Uriel el nombre le sonaba a viejo, pero no dijo nada, no quería casar peleas. Ellos le dieron la oportunidad y lo agradecía. Ya llegará el momento cuando tenga mi propio grupo y me separe de estos dos como se independizan los cantantes exitosos. Mientras tanto, traje gris y corbata negra. Los botines no admitían discusión porque los necesitaba para el taconeo, cuando el anfitrión o los invitados les pedían musiquita alegre. Ahí comenzaba a lucirse Uriel, que soltaba la guitarra y palmoteaba, y se echaba algunas bulerías aprendidas del mismo bailarín que le vendió los botines.

De madrugada recogía al niño adonde Marisela. Rafa y ella le pedían que no lo despertara, que se los dejara hasta la mañana. Pero Uriel no se había separado de él desde aquel día. Se aterraba de solo pensar que, al despertarse, Ánderson no estuviera a su lado. No debería tener el descaro de siquiera pensarlo, y, sin embargo, creía que ellos le podrían robar al niño. Es tan hermoso este chiquito, pero qué digo «chiquito», si ya me cuesta cargarlo cuando está adormilado. Dando tumbos, se subía con el niño a un taxi, y Ánderson dormía hasta que llegaban a la casa, y luego, como un sonámbulo, se dejaba llevar hasta la cama. Uriel lo arropaba, lo besaba, lo bendecía y reiteraba sí es muy hermoso este culicagado.

38

Ajá, exclamó don Jorge y soltó una risita maliciosa. Qué tal la suerte del tullido, comentó cuando vio salir a Carolina de donde vivía Boris. Celmira se hizo la desentendida y siguió tomándose su cerveza.

—Mi Dios le da maíz al que no tiene dientes, ¿o usted qué opina, Celmira? —le preguntó don Jorge.

—Que sí tiene dientes —le respondió Celmira, molesta con el tono socarrón del tendero.

—¿El tullido?

—Boris.

El sol, ya bajito, entraba a la tienda por un costado y salía por el otro. Dentro de muy poco sería la hora de la mano en el cuello. En cualquier momento. La cerveza se la tomaba siempre a sorbitos, para alargar el tiempo a esa hora. Celmira bebió sin dejar de observar a Carolina, que se detuvo de pronto y se dio vuelta para mirar hacia la tienda. Don Jorge y Celmira la vieron haciendo visera con la mano para que el sol no la encandilara. Carolina caminó hacia ellos seguida de una sombra larga.

—Jum —exclamó don Jorge—. Como que quedó sedienta.

Celmira pasó de los sorbitos a los sorbos. No quería ese encuentro. Cuando Carolina iba a la casa, Celmira esperaba a que entrara al cuarto de Boris. Por suerte se hacía notar cuando llegaba y los saludos en voz alta eran una advertencia para Celmira. Ya se iba a levantar para pagar cuando se dio cuenta de que Carolina la saludaba con la mano. Pero si esta me ha visto solo una vez en la vida, qué se va a acordar de mí, pensó Celmira.

—Buenas tardes, muchacha —le dijo don Jorge a Carolina, comiéndosela con la mirada. Ella lo ignoró y se quedó quieta frente a la mesa donde Celmira esculcaba en la cartera.

—Celmira —dijo Carolina.

—Ay, hola —dijo Celmira, haciéndose la sorprendida.

—¿Puedo? —le preguntó Carolina, y señaló una silla vacía.

Celmira le iba a aclarar que estaba de salida, pero ya Carolina se estaba sentando y le hacía señas a don Jorge para que le llevara una cerveza.

—¿Qué tal todo? —le preguntó Carolina a Celmira.

—Bien.

—Nunca nos encontramos en la casa.

—No. Casi siempre estoy trabajando.

—O acá —dijo Carolina.

—Sí, acá también —confirmó Celmira.

—La he visto más en televisión que en persona.

Celmira le sonrió.

—Su historia es muy dura, Celmira.

Celmira asintió.

—Boris me habla mucho de usted —dijo Carolina.

Celmira la miró sorprendida, y la otra saboreó su cerveza fría.

—¿Sí? —preguntó Celmira—. ¿Y qué le dice?

—La admira mucho.

—Ah.

—Quiere ayudarla a encontrar a su hijo, pero no sabe cómo.

—Nadie sabe cómo —dijo Celmira.

Silencio de las dos y un ruido de botellas en el mostrador, donde don Jorge intentaba parar oreja. El sol rebotó en el borde metálico de una mesa y volvió a encandilar a Carolina.

—También me dijo que usted los estaba buscando, a los que hicieron eso —dijo Carolina, achicando los ojos y ladeando la cabeza para esquivar el destello del sol.

—Sí —dijo Celmira, aunque de inmediato aclaró—: No. Es decir, no sé. —Luego de otro silencio, agregó—: Antes quería; ahora no sé qué quiero, ni siquiera sabría qué decirles.

—Son muchos, además —dijo Carolina—. Se les volvió un vicio, una manía.

—¿Matar?

Carolina asintió. Se puso de pie y empujó la silla hacia un costado de la mesa. Quedó justo al lado de Celmira. Don Jorge las miró.

—Yo conozco a algunos —dijo Carolina—. Pero no piense que yo...

Celmira negó con la cabeza. Se estremeció con un primer apretón de la mano en su cuello. Empinó la botella y se tomó lo que quedaba de cerveza. Carolina le preguntó si quería otra y Celmira le dijo que ya tenía que irse, que a esa hora prefería estar descansando en su cuarto.

—Tengo tres hijos —le dijo Carolina—. Dos niñas y un niño.

Celmira no supo qué decirle.

—Los veo muy poco —continuó Carolina—. Viven con mi mamá, pero si les pasara algo, yo me moriría.

—Ya quisiera uno morirse —dijo Celmira—, pero ya ve, aquí sigo viva.

—¿De verdad quiere saber quiénes son? No puedo asegurarle que sean los mismos que...

—No sé si quiero.

A las dos se les notaba una incomodidad que no era para menos. Dos mujeres, dos madres, hablando de un hijo desaparecido, raptado o muerto, perdido en una historia que no tenía pies ni cabeza. Dos mujeres hablando de enfrentar a los asesinos, dos extrañas unidas por lo único que vuelve solidarias a dos mujeres.

—Me imagino que tal vez ellos saben algo que nosotros no sabemos —dijo Celmira—. Entre ellos hay secretos, hay historias que nadie más sabe. Tal vez en una de ellas está mi hijo.

Vio a Carolina con los ojos encharcados y se disculpó.

—No, tranquila —dijo Carolina—. Yo es que soy muy llorona.

—Voy a pensarlo y le aviso —dijo Celmira.

Sacó la billetera de su bolso y pasó los dedos entre los billetes.

—Yo la invito —le dijo a Carolina.

—No, no, no hace falta.

Celmira le hizo una seña a don Jorge para mostrarle la plata sobre la mesa. Carolina se apuró lo que le quedaba en la botella.

—Celmira —dijo Carolina—, ¿por qué se va de la casa cuando yo llego?

Celmira empujó la silla hacia atrás para darse unos segundos. El ruido de las patas en la baldosa hizo que don Jorge volviera a mirarlas.

—Casi nunca estoy en la casa —dijo Celmira—. Trabajo mucho.

—¿Por qué no nos acompaña un día? —soltó Celmira.

—¿Qué?

—En realidad es una idea de Boris.

—¿Qué?

Celmira se puso de pie. La risa de don Jorge le hizo pensar que las había escuchado. Carolina también sonreía, y Celmira se imaginó a Boris riéndose en su cuarto, todavía desnudo, todavía sudado, fumándose un porro. Se sintió atrapada en una confabulación montada por un viejo verde, una puta y un lisiado. Salió de la tienda tan rápido como pudo, sin alcanzar a oír lo que le decía Carolina, y perseguida por una mano invisible que intentaba alcanzarla para agarrarla del cuello.

39

En Madrid son las dos de la mañana. En Colombia, siete horas menos. Restas con los dedos pero te confundes. Dos menos siete. Siempre te ha costado eso de restarle un número mayor a uno menor. Si tuvieras puesto tu reloj lo calcularías de inmediato. Siete espacios hacia atrás desde la manecilla, y listo. Buscas el reloj mientras te devuelves en el conteo. Dos, una, doce, once, diez, ¿cuántos dedos van? Cinco de una mano. El reloj no aparece. Repites el conteo: dos, una, doce, once, nueve, diez, no, no, diez, nueve... Recuerdas que los chinos pueden contar hasta diez con una sola mano. Pero, ¿cuál es el lío, Ánderson? A Uriel puedes llamarlo a cualquier hora.

Suplicas para que te conteste. ¿Tendrá show? ¿Es tan tarde allá? Enfocas una pastilla, pequeña y redonda, íngrima sobre la mesa. ¿Cuál de todas me habré olvidado de tomar? No es el Rivotril, no tiene esa forma. Uriel no responde y arrojas el teléfono al suelo. Tomas la pastilla y te la pasas con la ginebra que estás por terminar. Lees en un papel: mujer que mata a su amante y huye con un valioso reloj. ¿Qué es esta basura? Rompes el papel pero de inmediato te disculpas. Perdón, papel; perdón, bolígrafo y perdón mesa, y pared, y lámpara, perdón todos, perdón piso por este tropezón con el que te lastimo. Haces una venia y también te disculpas con el teléfono. Lo levantas y vuelves a llamar a Uriel. ¿Le habrá pasado algo? Si le pasa algo malo, yo me muero. Ha sido todo para ti. Todo. Raro, extravagante, incomprendido y hasta vulgar, pero a ti no te importa. Uriel no responde. Entonces la llamas a ella.

—¿Gemma? Disculpa que te moleste...

—Ánderson, por favor, mira la hora.

—Es que precisamente quería hablarte de eso, Gemma. ¿Viste mi reloj por algún lado?

—No sé dónde coño está tu reloj. No sé dónde pones tus cosas.

—¿Estás enojada?

—Estaba dormida.

—Perdón, pero es que necesito decirte...

—No, Ánderson, no me digas nada en ese estado.

—Estoy bien.

—No, no estás bien. Hablamos en la mañana, ¿vale?

—Gemma.

Gemma cuelga. Estás a punto de morirte y a ella no le importa. Ella duerme plácidamente mientras tú guerreas. En la lucha siempre has necesitado de Uriel, pero la llamada vuelve a caer en el buzón de voz.

—Api, en cuanto puedas, llámame. No importa la hora.

¿Andará cantando? A los setenta y todavía se forra en un vestido largo de lentejuelas y se ventila con un abanico de plumas mientras entona un cuplé. ¿A quién podrá interesarle un cuplé en estos días? Pues a Uriel y a los que van a verlo, por supuesto. Nostalgia, que llaman. ¿Quién sabe ahora lo que es un cuplé? Nadie. Uriel y su público. Reconoces que hay cierta magia en su espectáculo. Lograste hacerle realidad el sueño de grabar un disco. Un disco de verdad, redondo y con un agujero en el medio. Ya nadie graba así. Uriel y sus caprichos. Kiki Boreal, la doña de la noche.

Son las cuatro de la mañana en Madrid. Cuatro y un poquito. Finalmente encuentras el reloj. Lo tenías en la muñeca derecha. Te lo habías puesto ahí para recordar algo pendiente. ¿Qué? No te acuerdas. Gemma no se puede enterar. Te lo quitas para esconderlo de verdad. Mañana no vas a recordar dónde lo pusiste y quedarás bien con Gemma. El teléfono timbra. No recuerdas dónde lo dejaste. Te guías por el timbre.

—¿Aló? ¡Api! Te llamé varias veces.

—¿Qué te pasa? ¿Estás bien?

—Estoy bien, Api, demasiado bien, pero quería escucharte.

—No puedo hablar largo, hoy estamos llenos.

—No importa, solo quería oírte un momento. Fíjate que me invitaron a participar en un reality. Me encierran en una casa con otros extraños, y cada uno habla un idioma diferente, tenemos que entendernos por señas.

—Suena muy bien.

—No, me aterra, pero pagan bien.

—Eso suena mejor.

—Los otros son gente famosa.

—Tú también, Ánderson.

—No, Api, yo...

No terminas la frase, no logras armarla, ni siquiera puedes balbucear.

—¿Seguro estás bien, Ánderson?

—Seguro.

—¿Qué haces despierto a esta hora?

—Nada. Estaba buscando un lugar para esconder mi reloj.

—¿Esconderlo de quién?

—De mí.

—Ay, mi niño. Veo que estás en problemas.

—Nada distinto a lo de siempre, Api.

—O sea que sí.

Uriel tiene la intuición de una madre y te transmite el respaldo de un buen padre. Pero está lejos. Siempre ha estado lejos. Su mundo es inhóspito para ti, y el tuyo para él. Lo saben y lo lamentan. Kiki Boreal sube al escenario y llora cuando canta. Tú lloras, como ahora, cuando se apodera de ti la consciencia de no tener una historia propia.

—Tengo que colgar, mi Andy.

—Dale, tranquilo.

La tuya es una historia corta que comienza con un rapto, o según Uriel, con el niño que nadie reclamó luego de que sus padres murieran en un accidente. No tienes los años ni las décadas de la historia heredada que tienen los demás. La tuya comienza con Uriel, y la de Uriel contigo. No hay un antes para ninguno de los dos.

—¿Quieres que salga a cantar algo en particular? ¿Algo que te guste, Ánderson?

—Algo que no te haga llorar, Api.

—Pero si al público le gusta que llore. Y a mí también. Pero voy a hacerte caso, mi niño, voy a echarme una cancioncita alegre. Y tú vete a dormir.

—Okey, Api.

Uriel se despide cantando una de esas canciones viejas que ya nadie canta. Él y su público, solamente. Tú anclas la mirada en un punto fijo para que la velocidad del mundo no te arrastre. Haces de ti un hueco, y ahí escondes el reloj.

40

Sentía la vida como una guerra. Fría, sin muertos, aunque con los mismos efectos demoledores. De este lado, en la primera línea, él y Celmira, adversarios en el mismo bando, unidos únicamente por la causa común. Detrás de ellos, otros que apoyaban la causa pero que no estarían dispuestos a dar la vida en esta guerra. Si se tratara de cantidad ya la habrían ganado, pero lo que cuenta es la estrategia y en eso los superaba el bando opuesto. Porque la guerra es, sobre todo, trampa, artilugio, engaños, zancadillas, señales falsas. Una sola persona siembra una bomba y mueren miles. Son mil contra uno y, sin embargo, pierden. Así es la guerra, escribió Sergio entre muchas otras digresiones, y también para dejar reseñadas la lucha y la derrota, aunque, tal vez al final, en la última página, con la última palabra, podrían aparecer el conjuro, la magia o el milagro. Una guerra también podía ganarse en el minuto final. Un error del enemigo, un viento a favor, una traición, un descuido, cualquier cosa inesperada podría alterar el destino trágico de las páginas que escribía. Qué más quisiera que poner el nombre del niño antes del punto final. Richi. Y sentir paz después de haberlo escrito.

¿Cuántos años ha durado esta guerra en la que la estrategia ha sido el aguante? ¿Cinco? ¿Ocho? El que se cansa pierde, lo sabían Sergio y Celmira, aliados en la discordia, los dos al frente de un ejército vencido. Años espeluznantes, y Sergio sabía que el adjetivo se quedaba corto para contar lo que había sido ese tiempo. Sin embargo, lo deja. Alguien en su misma situación sabrá entenderlo. Cada vez que miraba las fotos de los niños perdidos, también pensaba en sus padres. La intuición, cruel y dura, lo llevaba a suponer que los niños se adaptaban a todo. Crecerían con una herida que tal vez nunca iba a cerrar, pero se adaptarían. En cambio, los padres... Se lo mencionó a Celmira y ella lo tildó de ogro, de engendro, renegó de haber sido su esposa alguna vez, le sacó en cara su relación con Clarisa, y culpó a la exfiscal de haberle contagiado la frialdad. Luego Celmira desapareció por más de seis semanas, y seguramente iba a guardar las palabras de Sergio, los niños se adaptan, se acostumbran, para cuando volvieran a atacarse y a herirse.

En este tiempo él ha envejecido un siglo. Ella igual. Otros han muerto. Nubia, la madre de Celmira, frágil como la escarcha, no aguantó la ausencia de su nieto ni el desmoronamiento de su hija, y se fue. Marco Tulio, siempre más fuerte, todavía deambulaba día y noche rezongando, blasfemando a ese dios que los había abandonado. Sergio lo visitaba de vez en cuando. Aún lo llamaba suegro. Se tomaban un café en silencio, o comentaban las noticias recientes, los desaciertos del Gobierno, el declive del país, o el viejo le preguntaba:

—¿Cómo va la novela, Sergio?

—Ahí voy, suegro. Dándole.

Dándole hace casi una década, abordándola, huyéndole, poniendo, agregando, borrando, rompiendo. Sergio no entraba en detalles no por egoísmo sino por miedo, por la inseguridad que lo asaltaba cada vez que ponía los dedos sobre el teclado, esperando el milagro de la lucidez. Era Clarisa la que insistía, no renuncies, sigue, no importa si es buena o mala, si te publican o no, lo que importa es lo que dejes en ella. Pero Sergio, riguroso en la crítica, odiado por tantos escritores, sabía que un paso en falso lo dejaría en ridículo, lo despojaría de toda autoridad. Con miedo y todo, ahí seguía. Dándole.

Al fin y al cabo, todo terminaba siendo ficción. Todos estaban perdidos, además. Él, Celmira, su hijo, el niño de la historia, el padre madre que lo cría, el escritor que no escribía, cada palabra que tecleaba se perdía en lo que tardaba en pasar de la idea al texto.

También gracias a Clarisa, el caso de Richi no se había cerrado, así nadie más siguiera buscándolo. Ella era ahora la presidenta del Tribunal de Menores, y hacía emitir comunicados, mensajes y advertencias junto al retrato de Richi, que también había ido envejeciendo bajo los supuestos cambios que tendría en cada edad. Y Sergio seguía yendo cada semana a la Fiscalía, a sentarse frente al mismo computador, con la esperanza de reconocer a su hijo entre la lista renovada de los niños perdidos.

Seguía viviendo en el apartamento que compartió con Celmira, y lo que veía desde la ventana solo había cambiado para peor. Más destrozos y más ruina, más vidrios rotos o cruzados por cinta adhesiva para evitar que reventaran hacia adentro. Cráteres, demoliciones, escombros de una ciudad, de un país vencido por el horror.

Cada encuentro con Celmira terminaba en un disgusto. El saludo no pasaba de un beso rápido, de una mirada a los ojos también rápida. Se juntaban para alguna diligencia en común, un papel para firmar, una entrevista para repetir su historia. Poco o nada les interesaba la vida íntima del otro. Sin embargo, en esos minutos que estaban juntos, contrariados y reprochándose el uno al otro por no hacer lo suficiente, sin sostener más de un segundo la mirada, cualquiera podría decir que aún se querían. O sería el lazo indisoluble del dolor compartido lo que hacía creer que todavía eran pareja.

41

El muchacho ya andaba en su cuento. Se tardaba en el baño más de lo normal, se daba duchas largas o se la pasaba encerrado en el cuarto, dizque leyendo, o estudiando, pero Uriel sabía lo que traía la adolescencia. Yo también fui joven, y se acordaba de los aprietos para encontrar un lugar íntimo en una casa atestada de gente, de bulla, de abusos, de pobreza. Por eso no afanaba al niño, qué digo niño, si ya tiene ¿qué?, ¿catorce?, ¿quince años?, y le permitía que se demorara en sus cosas, que se tomara el tiempo para conocerse de cuerpo entero, que para eso se está poniendo bonito este culicagado, más bonito de lo que siempre ha sido. Se ha estirado, los músculos se le han marcado y alargado, también le ha cambiado la voz aunque a veces lo traiciona un gallo, se le han redondeado las nalguitas y lo corona una melena envidiable. Hasta hace poco seguía orinándose en la noche, pero ya le perdió el miedo a levantarse solo, toca dejarle una lamparita encendida, eso no importa, la oscuridad nos incomoda a casi todos. De los encierros en el baño, lo único que le molestaba a Uriel era cuando tenía una urgencia. Es que no soy cuerpo glorioso, mi chiquito, sobre todo si voy a dar serenata con Los Hidalgos, uno no puede llegar a una casa ajena a pedir el baño, no está bien visto, a los tres nos toca tener vejiga de monja y aguantarnos hasta entrar en confianza con los anfitriones. Y sí podía ser cierta la sospecha de lo que hacía Ánderson cuando se encerraba, porque cuando Uriel regresaba en la madrugada, tenía la costumbre de entrar al cuarto del niño, pero qué digo niño, si precisamente lo que le llamó la atención fue encontrar a Ánderson dormido pero descobijado, y qué es lo que vio Uriel, por Dios santo, una erección a punto de romperle los calzoncillos al muchacho. Hacía ya tiempo que le había dado por dormir así, que la piyama dizque le daba calores y sofocos, y Uriel suspiraba, ah, la adolescencia.

Mientras se cepillaba el pelo y se limpiaba la cara, le pedía perdón al cielo, perdóname, Virgencita del Carmen, que haya puesto la mirada donde no debía, nunca miraría así a mi propio hijo, además Ánderson es la pureza pura así lo traicione su verguita mientras duerme, qué digo verguita, si lo que acabo de ver no parece de un niño, qué digo niño, por Dios, si ya se me está convirtiendo en todo un hombre. Ojalá pronto se consiga una novia. Sí, oíste bien, Virgencita malparida de mi corazón, dije novia, mujer, hembra, como tú, para que Ánderson no sea como yo, que no sufra como yo, que no tenga una vida de mierda como la mía, Virgencita primorosa, que no tenga que esconderse nunca para besar a alguien. Que algún día se case y tenga hijos, y que esta familia que empezó apenas con dos siga con muchos más, por los siglos de los siglos, Virgencita, amén.

El muchacho se destacaba en el colegio, sacaba notas sobresalientes, decían que era juicioso, disciplinado, colaborador, eso ponían los profesores en las notas de las calificaciones. Le iba mucho mejor en las Humanidades que con los números. Igual que a Uriel, aunque no entendía muy bien qué era eso de las Humanidades, le sonaba como a ayuda al prójimo, a que era comprensivo, muy humano, sí, a eso le sonaba y se alegraba. Que sea un hombre bueno, pedía Uriel, un hombre de bien.

El único «pero» de Ánderson, porque siempre los había, y que le dolía en el alma a Uriel, era que el muchacho evitaba a toda costa que él, o ella, o los dos juntos porque hay días que no se sabía quién o qué era Uriel, fueran al colegio, bajo ningún pretexto. Ni a las reuniones de padres de familia, ni a la entrega de notas, ni a los actos de fin de año o de cualquier cosa que se celebrara. Mucho menos que pasara a recogerlo en un día normal. Yo lo sé, yo lo sé, se decía a sí mismo Uriel, bañado en lágrimas, yo sé que soy raro, si hasta yo mismo me asusto cuando me levanto medio dormido y, de sopetón, me veo en el espejo. Pero qué le vamos a hacer; además, Ánderson era prudente y se lo había pedido de buena manera. No hace falta que vayas, Api, me va bien en todas las materias, no tienes nada que hablar con los profesores. Son reuniones aburridas, Api, y con todo lo que tú tienes que hacer, con tanto trabajo pendiente. No vale la pena ese show de fin de año, yo no participo, Api, ni canto ni bailo como tú, que lo haces tan bien. Uriel se atragantaba, forzaba una sonrisa, y apenas estaba solo, lloraba. No culpaba a Ánderson. La culpa es de todos esos hijueputas ignorantes de la vida, de sus prejuicios y de su ignorancia, sí, mándame derecho al infierno si quieres, Virgen, madre de Dios, pero no voy a dejar de considerarlos unos malparidos; si no fueran así, si el mundo no fuera así, Ánderson no tendría por qué avergonzarse de mí. Ese era su único «pero», ese es el único dolor que me queda porque los demás obstáculos ya están superados. Ya Ánderson no se despierta con pesadillas en la mitad de la noche, no se orina en la cama, ya no pregunta tanto sobre su historia ni pide fotos, ay, mi amor, casi todos los álbumes se quemaron en el incendio. ¿Cuál incendio?, preguntaba Ánderson, y Uriel se hacía el pendejo, ¿no te conté del incendio, mi amor? No, Api, no me has contado nada. Uriel se daba tiempo para organizar la historia y luego la soltaba, eso fue un poco después del accidente, y se nos quemó el cuartico aquel, en la pensión tal, por culpa de una hornilla vieja, si estamos vivos es de puro milagro, chiquito, tuvimos que salir corriendo contigo en los brazos, abría los ojos, gesticulaba, exageraba, cambiaba la voz, se valía de cualquier artimaña para convertir su mentira en una verdad. Aunque algunas veces ni su histrionismo lo salvó de meter la pata, de contradecir su pasado.

—Cuéntame del accidente, Api.

—¿Cuál?

—En el que murieron ellos.

—Te lo he contado mil veces. No te mortifiques con eso.

—Vuélveme a contar.

Uriel intentó recordar la última versión, que los dos salieron en la noche para una fiesta, que no sabe adónde, dijo Uriel, no les conocía a los amigos, y al regreso, como que venían pasaditos de tragos, ay, chiquito, no me pongas en estas que me duele recordar.

—Sigue, por favor.

—Como que venían pasaditos de tragos y él se le adelantó a otro carro, en plena curva, y no vio el camión que avanzaba hacia ellos.

—¿No era un bus?

—Sí, tal vez era un bus, ya ni me acuerdo, a mí lo único que me importaba era que habías quedado solo en la casa.

—¿Se fueron a una fiesta y me dejaron solo?

—No, pues estaba la niña esa, la que te cuidaba a veces, ¿cómo es que se llamaba? Yo apenas la conocía, y cuando la policía llegó a tu casa, ella se asustó, quién sabe qué entripado tendría, y salió en carrera, y como la puerta estaba abierta, yo entré y te tomé entre mis brazos y ahí fue cuando un policía me dio la noticia, ay, Dios, ay, Dios, no me hagas recordar más, Ánderson, por el amor de Dios.

Uriel lloraba y Ánderson se quedaba callado, pero lo envolvía una tristeza que le duraba días, enmudecía, le costaba dormir, no se concentraba en las clases, y suspiraba su orfandad a pesar de que apenas tenía una imagen diluida de ellos.

—¿Y mi familia?

—¿Qué familia, Ánderson? Yo soy tu familia.

—La de ellos.

—Ay, chiquito, no hurgues en la herida, mira cómo me pongo cuando me pones a hablar de eso.

Por el gesto de Ánderson, Uriel sabía que no se podría librar tan fácilmente. Y lo que en verdad le dolía era no poder recordar bien la última versión de la historia. Pusieron fotos tuyas por todas partes, mi chiquito, en la prensa, por la televisión, para ver si algún conocido, algún pariente, un amigo de la familia se ponía en contacto con la policía, pero nada, pasaba el tiempo y nada, y ya te iban a llevar a una institución cuando me les planté y les dije, ni institución ni ninguna güevonada de esas, este niño tiene quien lo cuide, yo he sido su vecino, y cuando sus papás salían me lo dejaban para que se los cuidara.

—¿Entonces nadie apareció a reclamarme?

Uriel le repitió que sus padres eran de otra parte, se les notaba en el acento, no digo que de otro país pero sí de otra ciudad, inventó Uriel, como yo, y por eso nos hicimos amigos. Se esforzó por precisar el grado de la amistad, lo suficientemente alto para que le dejaran el niño de vez en cuando, pero tampoco tan cercanos como para conocer sus intimidades, ¿sí me entiendes? Yo no me atrevía a averiguar más allá de lo que ellos quisieran contarme.

—Tal vez huían de su familia, como yo, Ánderson —dijo Uriel, en tono fúnebre.

Sabía que la mezcolanza de mentiras y verdades terminaba favoreciendo más a la mentira que a la verdad. Por eso combinaba recuerdos falsos con lágrimas reales, una anécdota inventada con un manoteo que le salía del alma. Así lo había hecho desde el día aquel, y así había logrado crear un pasado y una fractura en las dudas del niño, qué digo niño, si ya tenía pelos en las piernas y en el pubis, y que conste que yo no lo he fisgoneado, Virgencita, te lo juro por tu padre, Papá Dios, que si lo menciono es porque del ombligo ya le sale hacia abajo un caminito de vellos, que, pues, ajá, mejor no entrar en detalles para que no me mires así, María Auxiliadora, madrecita mía y de este muchacho mío, por favor no dejes de cuidarnos, protégenos siempre, mi Virgen linda.

—¿Por qué iban a huir? ¿Por qué huiste tú, Api?

Adoptaba un aire solemne, un coctel de dignidad y resignación, y le respondía que los motivos de ellos, si los tuvieron, no los conocía, nunca les pregunté si huían, no era de mi incumbencia. Luego tomaba aire y lo soltaba en un suspiro. Los míos, chiquito, saltan a la vista. Mis padres, mis abuelos, fueron mi peor pesadilla, por eso no los conoces ni los conocerás nunca. Para mí están muertos y para ti también. Punto.

—Pero...

—No hay pero que valga, querido.

Una verdad untada de mentira era una verdad a medias, tal como Uriel quería que fuera. Percepciones inexactas, revelaciones confusas, seres borrosos, indefinibles. Así también se lo había inculcado a Ánderson, no generalices, no juzgues, no señales, la verdad y la mentira tienen muchas aristas. Eran las normas que había aprendido en la escuela de la vida y con ellas mismas lo atormentaron, lo señalaron y lo juzgaron. Y eso que me falta el juicio mayor, ay, Dios, ay, Dios, perdóname, mírame este temblor y estas lágrimas de solo pensar en tu ira y en tu rigor, concédeme al menos la gracia del purgatorio, yo sé que hice mal pero también he hecho el bien, le he dado todo mi amor y mi tiempo a este niño, míralo convertido en un joven bueno, en un soldado tuyo, Diosito del cielo, tú que perdonas a los pecadores perdóname por cumplir mi sueño de ser padre y madre, mi empeño en formar con él una familia consagrada a ti. La culpa lo estremecía, sudaba frío y hasta convulsionaba, se escondía de Ánderson para padecer su pecado a solas y no tener que explicarle por qué temblaba y por qué lloraba.

Seguía yendo a misa con Ánderson todos los domingos, sin falta, aunque últimamente lo notaba más reacio, es que no he hecho la tarea de Biología, Api, tengo que entregar un resumen para Español, quiero quedarme leyendo, Api, pretextos que, hasta ahora, Uriel había podido derrotar con las armas propias de la religión, el miedo, la condena, el castigo divino, si te olvidas de Dios, mi chiquito, Dios se olvidará de ti, gracias a él tú no estabas en ese carro la noche del accidente, gracias a él salimos ilesos del incendio, todo lo decía Uriel en un tono dulce, para intimidarlo dócilmente. Ánderson cedía, hasta ahora, y mientras soportaba la misa, a veces pensaba que habría preferido haber estado en el carro en el que murieron ellos, o achicharrado en el incendio que se inventó Uriel. No sentía culpa al pensarlo, al desearlo, y, por el contrario, percibía un alivio y una puerta que se abría.

Date la bendición, chiquito, arrodíllate, y no te rías, Ánderson, ¿por qué te ríes en plena misa? Aguántate, por favor. A Ánderson se le había puesto dura y por eso se reía. Se metió la mano en el bolsillo para palpar su erección. Ay, Dios, míralo, perdónalo, ¿en qué o en quién se está convirtiendo este niño? Pero qué digo niño, si ya hasta se le para en misa, oh, mi Señor.

42

Celmira seguía en su tiempo y en su mundo. Pero desde el instante en que Carolina le propuso ¿por qué no nos acompaña un día?, no pudo seguir viviendo en paz. La propuesta le retumbó sin pausa, día y noche, en el cuerpo y en la mente, la sacudió en su duelo y le cuestionó lo incuestionable. ¿Podía ella, con un hijo muerto o perdido, darse el lujo, o el permiso, al menos, de involucrarse en un juego sexual? ¿Podía alguien que sufriera escaparse momentáneamente de su sufrimiento por la puerta de lo más primario? ¿Qué pensaría ese niño, perdido, robado o abducido, si se enterara de que su madre dejó de pensar en él por dejarse llevar del deseo? ¿Qué diría la gente que leía los carteles que imploraban por su hijo, si supieran que les había seguido el juego a la puta y al tullido? ¿Qué pensaría su padre, su exmarido, qué opinaría su madre desde ese lugar donde nos miran los muertos? Celmira sintió rabia al comienzo. ¿Cómo pudo atreverse esa sinvergüenza, cómo una prepago intenta igualarse a mí? A Boris también lo maldijo. ¿Cómo se atreve ese mariguanero ignorante? No llevo ni un año en esta casa y el confianzudo este ya se cree... ¿qué se está creyendo este maldito? No pegó el ojo esa noche, ya no por su niño sino por la impertinencia de aquellos dos. Se revolcó en la cama, a veces con calor y otras con frío. Al día siguiente, al despertarse, cayó en cuenta de que el día anterior no había sentido la mano invisible en el cuello. La revelación la dejó sentada en la cama, iluminada por el sol de la mañana, y llena de dudas, de ira, de indignación, de ganas, pero, sobre todo, llena de certeza.

Le costó hablarle del asunto a la doctora Tejada. Lo primero fue reconocer que había un después luego de la separación de Sergio. Aunque insistió en que no cabían las comparaciones. También le costó reconocer que había caído en el juego de ellos, de Carolina y Boris. Y, por último, admitir que lo había disfrutado, que había sentido placer en medio del duelo. Confesarlo, hablarlo, digerirlo le había tomado varias citas con la doctora. Y agradeció que ella siguiera ahí. No se imaginaba cómo habría aguantado la situación ella sola. Había dejado de ir al consultorio y solo regresó aquella vez, cuando murió Nubia, su madre. Y volvió porque sentía la presencia de Nubia en la atención que le ponía la doctora. Con su madre habló muy poco después del día aquel. Ella, como abuela, estaba herida y no quería agobiarla con más problemas. Cuando la visitaba, se podían quedar todo el tiempo calladas, mientras se tomaban un café, o si acaso hablaban de cualquier trivialidad, cosas del día a día. La doctora, entonces, llenaba un poco el vacío que le había dejado su madre. Con ella también se quedaba en silencio durante ratos muy largos, y a veces no abordaban los problemas sino que charlaban de cosas sin importancia. Celmira terminó reconociendo que era real el interés que le ponía la doctora Tejada. Real y solidario. Incluso recibía llamadas de ella para preguntarle, simplemente, cómo estaba, y ponerse a la orden si la necesitaba.

—A ver, la semana pasada... —dijo la doctora mientras revisaba algunas notas. Señaló una página de su libreta y le preguntó—: ¿Retomamos lo de Boris?

—¿Qué pasa con él?

—Eso dímelo tú. ¿Se siguen viendo?

—Vivimos en la misma casa.

—Sabes a lo que me refiero. Pero si no quieres hablar de eso...

Tantas vueltas le ha dado la vida que hasta Boris terminó involucrado en la terapia.

—Boris —dijo Celmira.

—Ajá.

Celmira se recostó y tomó aire profundo. No buscaba valor sino claridad en las ideas. Desde el primer momento que lo vio intuyó que él terminaría metido en su vida, así al comienzo lo hubiera negado con rabia. Cosas del dolor. Después Boris fue allanando el camino con su simpatía, con su amable insolencia, y, ahora lo reconocía, con los brazos musculosos que maniobraban ágilmente la silla de ruedas. Además, él se había apropiado de la tarea de pegar o reemplazar en la calle los carteles con la foto y datos de Richi. A Celmira se le olvidaba a veces por cosas del trabajo, pero Boris siempre aparecía para pedirle carteles y pegamento. Ella lo recompensaba con algunas cosas del mercado, o peluqueándolo gratis cuando pasaba por el salón de belleza.

—Pues sí.

—¿Sí qué?

—Sí nos hemos vuelto a ver —dijo Celmira—. Aunque nada ha cambiado.

—¿En qué sentido?

—En ninguno.

Al final, cuando Celmira pudo desahogarse de su miedo, vergüenza y confusión, y decidió compartirle a la psiquiatra los detalles de su aventura, la doctora le dijo:

—Lo único que no me gusta de todo esto es el juego.

Celmira bajó la cabeza y asintió en silencio.

—Es peligroso —añadió la doctora.

Celmira volvió a asentir, y dijo:

—Me pasó algo mucho más raro, algo que no entiendo.

—Cuéntame.

Celmira se acarició el cuello, como si tocara una herida que hubiera sanado.

—Ya no aprieta —dijo.

—No tiene nada de raro —dijo la doctora, y escribió algo en la libreta.

43

Te despiertas sobre un tapete y ves el vaso vacío de tu último trago. No reconoces el tapete ni el vaso, nada de lo que abarca tu mirada, y sientes un yunque sobre tu cabeza, un martilleo dentro del cráneo que te obliga a cerrar los ojos otra vez. Intentas recordar y lo único que sale a flote es la náusea. Te pones bocarriba para buscar aire, sientes los pulmones pesados como si el licor te hubiera inundado cada órgano de tu cuerpo. En realidad, eso es lo que ha pasado. Te has excedido una vez más y ya sabes lo que vendrá. Primero, tendrías que ir ubicando el baño y comenzar a reptar hasta el inodoro, no sea que trasboques ahí, en una alfombra extraña, si es que antes no te ahogas con tu propio vómito. Sientes ganas de llorar, de gritar, de morir, y te insultas por tu desmesura. ¿Dónde estoy? ¿Qué hago aquí? ¿Qué hora es? ¿De quién es este lugar? Lo intentas de nuevo pero colisionas con un agujero negro. Te devuelves varias horas hasta el último recuerdo. El lanzamiento del libro de Gómez Preciado, al que solo fuiste porque Sonia te lo suplicó, es autor de tu misma editorial, tu presencia engalanaría el evento, así consideres que el único lanzamiento que se merece el libro de Gómez Preciado sea el de arrojarlo por una ventana. Antes de llegar ya habías bebido para amortiguar las miradas y los runrunes, entraste al foyer y te sentiste como un toro recién salido al ruedo y en plaza llena, echaste mano de la primera copa que te ofreció un mesero, vino blanco o tinto, te daba igual con un trago tan barato. Te lo bogaste como si fuera agua. Ubicaste al autor y te enflechaste hacia él, mejor salir de esto de una, y de paso agarraste otra copa y te bajaste media antes de llegar a los brazos abiertos de Gómez Preciado. Se abrazaron como viejos amigos, Gómez Preciado, que ha hablado pestes de ti, y tú, Ánderson, que le has correspondido con otro tanto. Gracias por venir, querido. No, no, el placer es mío, felicitaciones por tu nuevo libro. Me honras con tu presencia, querido. Ni más faltaba, el honor es mío. Y así.

Los fotógrafos aprovecharon a las dos celebridades juntas y armaron corrillo, miren acá, por favor, y acá, y acá, y acá también, por favor. Los dos, como un par de reinas de belleza, sonrieron a cada lente, a cada clic, bañados en flashes y en flores que brotaban del jardín de sus egos. Tú, que detestas cualquier evento en el que haya más de un escritor, tuviste algunos minutos de reconciliación con un par, hasta que te volvió a invadir la desazón y deseaste desaparecer. Viste a Sonia y aprovechaste para escabullirte. Gómez Preciado no quedó muy contento cuando vio que varios fotógrafos se fueron detrás de ti. Ya se imaginaba que las páginas sociales iban a preferir una foto tuya con Sonia Wills, la majestad del mundo editorial, a una con él, Gómez Preciado, escritor cincuentón a punto de naufragar. Tú no te afanaste en posar y Sonia quebró un poco la cintura para marcar feminidad. Te volvió a agradecer por haber ido, habría apostado, Ánderson, que no ibas a venir, y tú le susurraste que te ibas a esfumar apenas todos entraran al auditorio. No soportarías lo que vendría, el festival de elogios entre el presentador del libro y el autor. A Sonia solo le importaban las fotos. Después puedes largarte a seguir escribiendo ese libro que estamos esperando ¿hace ya cuántos años, Ánderson? Le echaste mano a otra copa. Te gustaba Sonia por directa, ni te engañaba ni se engañaba, tenía claro que lo único que le importaba era vender, y en eso tú ya le habías hecho un buen aporte a la editorial. Sonia seguía exprimiendo el libro premiado y gracias a ella aún recibías regalías para gastar y vivir.

Recuerdas, entonces, cuando aparecieron las *groupies*. Ya las copas habían aplacado tu ostracismo y les sonreíste en medio de la euforia. En particular a una pelirroja, de rojo natural, aunque fantaseaste con la única manera de corroborarlo: desnudándola. Ahí, en el encuentro y la charla, comenzó a diluirse tu memoria. Recuerdas, entre sombras, que ellas te ayudaron a robar dos botellas de vino de la zona de servicio, y alguna sacó de su bolso una navaja con tirabuzón y tú mismo descorchaste la primera botella. Bebieron a pico mientras, en el auditorio, Gómez Preciado fingía humildad y gratitud ante las adulaciones del presentador.

Pero no recuerdas el bar que se les atravesó unas cuadras después de haber huido. También olvidaste cuántas eran ellas, las *groupies*, ni sus nombres ni lo que hacían en sus vidas. Ni a la pelirroja insinuándose con la boca pegada a la tuya. Ya para entonces habías entrado en el apagón. Quedaron embolatadas unas ocho o diez horas en las que sabría el diablo qué pudo haber pasado para que terminaras ahí botado sobre un tapete desconocido, en el salón de una casa, o apartamento, ¿un hotel?, donde, a primera vista, nunca habías estado antes.

Logras incorporarte, pero sientes que tus fluidos, órganos, vísceras y residuos romperán por boca y nariz. Quieres morirte para dejar de sufrir. Mientras mueres buscas un baño, tiene que haber un baño cerca de la sala, como en toda casa. Gateas hasta una puerta cerrada, intentando posponer el desastre. Fallas en tu primer intento: se trata de un armario con traperos. Te arrastras hasta otra puerta y te encuentras con los pies descalzos de un hombre. Lo miras y no lo identificas, está en calzoncillos y podría tener tu misma edad, Ánderson.

—Maestro.

Gruñes porque la voz no te sale. Odias que te digan maestro. Claramente, porque no lo eres, y menos en esas condiciones. Pero no estás para reclamos, y menos en casa ajena.

No solo desconoces el lugar donde te encuentras, sino que tampoco sabes quién es ese tipo que te mira desde arriba, entre burlón y compasivo, como si fueras un perro perdido en una iglesia.

—Te ves mal, maestro.

Asientes y resoplas, no logras pronunciar palabra, mucho menos ponerte de pie. Quieres suplicar que te ayuden, que te cuenten qué haces ahí, cómo llegaste, quién te trajo, quién es el hombre que te habla, dónde queda el baño.

—¿Un vaso de agua?

Niegas con la cabeza y sientes que te están arrancando el cuello a patadas. Blanqueas los ojos para intentar mirarlo. Si aceptas el agua te desbordas, ya con lo que bebiste quedaste rebosado, solo quieres un inodoro y una horca, o que te arrojen por la ventana, sin compasión ni respeto.

Tus párpados vuelven a quedar a la altura del suelo y a poca distancia de los dedos del pie del tipo. Calculas que el hombre puede llevar media vida sin cortarse las uñas. Tiene los empeines cubiertos de vellos. Vellos rojos. Recuerdas a la pelirroja y tratas de mirar hacia arriba. El hombre se agacha hacia ti.

—Déjame ayudarte, maestro.

Te toma de los brazos y sientes que te abraza un oso. Que sobre ti pasa un tren completo, que te devora un león hambriento. Te roza con su melena y lo confirmas: rojo. Dudas de si tu acompañante era mujer u hombre. Te levanta y te sacude. Ya no hay vuelta atrás, lo anunciado va a consumarse. No hay boca que pueda contener lo que sale a chorros, ni siquiera el piso adonde vuelves a caer aparatosamente. El pelirrojo te ha soltado y se le nota en una mueca que quiere matarte.

—Qué asco, maestro.

44

Ánderson no siempre se encerraba en su cuarto a hacer lo que Uriel se imaginaba. Para malpensados él, pero es que en su vida hubo tantos torcidos, tantos engaños y abusos, que lo sucio es lo primero que se le viene a la cabeza, al pobre Uriel, cuando se pone a conjeturar. Y porque eso era lo que él hacía a la edad que ahora tenía Ánderson, ¿catorce?, ¿quince? Eso, y también ponerse ropa de mujer, a escondidas. No tanto la de su mamá porque eran prendas de vieja, de señora gorda y mandona, en cambio saqueaba las de Yurani, la hermana del medio, y las de Liz, la menor. La otra, la mayor, cogió para la calle desde muy niña y poco se supo de ella por aquellos días. Luego la encontraron muerta en un basurero. Pero no más con el pasado. No existía nadie, no había mundo ni tiempo atrás en la vida de Uriel. Mil veces había dicho que su historia comenzaba el día aquel, y mejor aclarar ahora mismo a lo que se encerraba Ánderson en su cuarto, desde que llegaba del colegio hasta altas horas de la noche. El propio Uriel, que siempre terminaba tarde de serenatear, se había dado cuenta de que el niño, qué digo niño si ya hablaba ronco y tenía las piernas velludas, el joven seguía despierto, con la luz prendida, y aunque no se oía ni mu, alcanzaba a escuchar el baile de los dedos sobre el teclado porque al joven le había dado últimamente, qué cosa más rara, dizque por escribir.

A Uriel no le cuadraba eso de escribir con la cantidad de horas que se la pasaba Ánderson encerrado. ¿Qué tiene uno para decir en tanto tiempo? Es que ni los evangelistas se habrán gastado tantas horas en el Nuevo Testamento. Se mordía la lengua para no pedirle al joven que le mostrara lo que hacía, una vez ya le había preguntado ¿qué es lo que escribes, muchacho?, y Ánderson le respondió: cosas. Respetuoso como siempre, Uriel no preguntó más, aunque la curiosidad se lo carcomía, y como no sabía prender el bendito computador ese que le regaló la Marisela a Ánderson, ni modo de fisgonear cuando el muchacho se iba para el colegio. Lo tranquilizaba que, al menos, Ánderson no se la pasaba en la calle con los camajanes del barrio, mariguaneritos insoportables que hacían escándalo hasta la medianoche, dañaban la propiedad de los vecinos y hasta cometían robos para financiarse el vicio. Gracias a Dios, Virgencita mía, mi muchacho no anda en malos pasos, que escriba lo que quiera, que lea lo que sea con tal de que siga así, consérvalo sano y que nunca haga lo que hice cuando viví alejado de ti, Virgen del Agarradero, perdón, mil veces perdón, no más, Uriel no quería acordarse de lo que hacía para ganarse la vida, casi desde niño, ni de lo que se dejó hacer de otros para comprarse los caprichos que se le antojaban, ropa de moda, rara y diminuta, cremas y perfumes, y perico para los viernes. Sacudió la cabeza con fuerza para zafar los recuerdos. No más. Se persignó para exorcizar su historia y volvió a los quehaceres de la casa, que no eran pocos.

Sí, al muchacho le iba bien en el colegio, aunque descuidaba algunas materias por andar dizque leyendo. Los profesores lo apreciaban, los compañeros también, aunque no faltaba el que echaba el chiste, el que se burlaba, el del apunte destemplado para atormentar a Ánderson cuando a Uriel, a pesar de las advertencias, le daba por aparecerse por el colegio, no siempre vestido de Uriel, y tanto profesores como alumnos se hacían señas, fruncían la boca, contenían la risa. No faltaba quien imitara el contoneo de Uriel, ni el comentario fuera de tono que hacía hervir a Ánderson, avergonzarse y suplicarle a Uriel ¡por favor no vayas! Ante la súplica, a Uriel también se le soltaba alguna lágrima.

¿Te acuerdas, mi niño, del circo al que fuimos el año pasado, el de carpa roja y azul, el del tigre con los colmillos chatos, donde te empegotaste con algodón de azúcar? Ánderson asintió pues no había manera de que olvidara esa tarde. ¿Te acuerdas del payaso con calzones anaranjados y el sombrero roto? El niño volvió a asentir, mientras se sorbía los mocos. ¿Te acuerdas de que ese payaso se burlaba del trapecista, de su trusa, de sus poses, de su capa brillante? Sí, claro que se acordaba. ¿Y sabes por qué el payaso se burlaba de él? Obvio, ya Uriel se lo había explicado, por la trusa, por las poses y por el brillo de la capa... No, no. Uriel negó con la cabeza y le aclaró: se burlaba porque el trapecista podía volar, porque dominaba el espacio entre la tierra y el cielo, era dueño del aire, de los giros, dueño de sus decisiones y de la precisión con la que recuperaba la vida después de cada salto mortal.

—Sí —le dijo Uriel al niño, mientras le limpiaba la mejilla con el pulgar—, el payaso nos hizo carcajear, se robó todos los aplausos, se ganó la admiración del público, pero ¿qué preferirías ser tú? ¿Payaso o trapecista?

El niño lo miró perplejo. Ante sus ojos enormes y vidriosos había un ser humano con la cara pintorreteada y el pelo oxidado, un vivo ejemplo de lo que el propio Uriel le proponía descartar para la vida. Un payaso.

—Sí, sí, ya sé lo que estás pensando, chiquito —le dijo Uriel—. Lo que pasa, mi corazón, es que desde siempre les tuve miedo a las alturas.

Ahora Ánderson sabía que no era solo eso, que lo de las alturas era una excusa y que cada cambio que había tenido Uriel, su continua transformación, era parte de un proceso de búsqueda, de liberación, que hoy en día tenía nombre propio: Kiki Boreal. La dedicación al canto y al baile, su participación en el trío Los Hidalgos, las pelucas, las boas de plumas y sus aspavientos con los abanicos han sido parte de ese proceso liberador. Ánderson ya tenía la edad para entenderlo. No solo había sido testigo permanente de la evolución, sino el primer y único espectador que tuvo Kiki Boreal. Cuando Uriel ha cantado y bailado solo para él, Ánderson se ha limitado a observarlo, sin hacer comentarios. De niño hasta se reía emocionado. Ahora, si acaso le sonreía. No lo cuestionaba ni lo censuraba, mientras no apareciera así por el colegio. Solo una vez Ánderson le preguntó:

—¿Eres tú o es un personaje?

Uriel quedó lelo. No se había puesto nunca en la tarea de definirse. Pensó durante unos segundos y luego dijo:

—Creo que soy los dos.

Ánderson levantó las cejas.

—¿Acaso no se puede? —le preguntó Uriel, y luego renegó—: Ay, mi muchacho, te me estás volviendo preguntón, qué pereza.

Desde siempre, Ánderson le ha venido oyendo el cuento del cabaré, del show y de los discos que sueña con grabar. Al comienzo le parecía una posibilidad real como todas las historias que le contaba Uriel. Cuando lo veía hablándoles a las matas de la casa, Ánderson creía que en realidad lo escuchaban, o cuando conversaba con la Virgen, con los ojos entornados, le creía su relación con ella, y cuando le contaba de su familia, de cómo llegó hasta él, la historia del accidente, etcétera, etcétera, Ánderson se lo creía todo, a pesar de que Uriel tartamudeaba, vacilaba y sudaba frío.

Ahora no sabía si ese cabaré era una fantasía más de las que tenía Kiki Boreal para reafirmar su identidad. Porque volaron los años y Uriel no había dejado de repetir el mismo cuento, que un escenario así, que un bar asá, que el público hasta el techo, y la gloria y los aplausos; lo seguía diciendo y soñando desde el mismo apartamentico que a duras penas podía pagar, en el mismo barrio rudo donde lo silbaban, lo insultaban, le lanzaban latas vacías de cerveza y hasta piedras, rodeados, él y Ánderson, de una pobreza perpetua de la que el uno huía cantando, y el otro, escribiendo o refugiado en algún libro.

Uriel alegaba que era cuestión de tiempo. Tarde o temprano los sueños se cumplen, decía. No le mencionó que para sus sueños confiaba en Ánderson. Lo musitaba en los rezos para que el muchacho no lo oyera. Que llegue a ser un gran profesional, Virgencita, todo un doctor, de cualquier cosa pero doctor, que llegue a ser alguien importante y gane bien, a ver si al fin salimos de la inmunda. Por eso lo inquietaba que Ánderson estuviera con el embeleco de la escritura, y maldijo a Marisela por haberle regalado el computador, dizque lo necesitaba para hacer las tareas, si hasta vino personalmente a entregárselo y a Uriel le pareció raro que hubiera llegado tan arreglada y perfumada, la notó incluso muy manoseadora con Ánderson, y Uriel comenzó a atar cabos, ella que lo invita tanto a quedarse a dormir mientras el Rafa y yo serenateamos con Los Hidalgos, ¿será que lo quiere inaugurar la pendeja esta? ¿Será que ya lo estrenó, la muy puta? Uriel se echó la bendición y volvió a maldecir, no, Virgen del puto cielo, con esa no, aunque tampoco creo que Ánderson tenga tan mal gusto, pero ¿de cuándo acá esa mujer le regala un computador nuevo si a todos nos consta las dificultades que a ella y a Rafa les toca pasar? ¿Si viven casi tan jodidos como nosotros? ¿Se estará comprando a Ánderson, la sinvergüenza? Uriel resopló por todo el apartamento, con ganas de botar el computador por la ventana, ay, Diosito, ¿qué hace uno en estos casos? Al menos con la Marisela no lo puedo volver a dejar, ya está grandecito mi Ánderson, ya se puede quedar aquí mientras yo salgo, y que la otra mate la gana sola, que se meta en el chocho un racimo completo, que se desfogue con el Rafa que para eso es su marido, que deje tranquilo a mi muchacho que para eso lo estoy educando bien, para que cuando llegue el momento se relacione con mujeres distinguidas, con gente importante, él tiene clase en la sangre, no es sino verlo para darse cuenta de que es distinto a nosotros, al Rafa, con mucha más clase que la misma Marisela, más que Villoldo, que dizque porque es

215

argentino se cree la vaca que más caga, mi muchacho es fino, sí señor, y por estar pensando pendejadas se le cruzaron pensamientos que no quería pensar, rostros y gestos que solo buscaba suprimir. La mujer suplicante en los noticieros de televisión, el hombre abatido junto a ella, que ni siquiera podía levantar la cabeza, rogando que los consideraran, que se apiadaran de ellos, que les devolvieran a su, ahí Uriel apagó el televisor y lo vendió por lo que quisieron darle, y empacó maletas para tomar distancia, ay, María Auxiliadora, perdón otra vez, límpiame de este pecado que no es otra cosa que la mayor muestra de amor, eso lo sabes tú, Virgencita hermosa, que le entregaste tu hijo amado a la muerte para que pudiera salvarnos, así me ha salvado este niño bendito, qué digo niño, si hasta la Marisela ya se lo quiere comer, la malparida.

45

El centro comercial Aguamarina estuvo cerrado varios meses después del atentado. Al comienzo pasaban curiosos a mirar el desastre, otros a escarbar entre los restos con la ilusión de encontrar una billetera, una joya, y no faltaron los morbosos que se acercaban con ganas de ver una rodaja de cuerpo o un retazo de piel. Volvieron, como siempre lo hacen, los criminales a constatar el resultado de su tarea. Se mezclaban entre los intrusos o los investigadores para contemplar la destrucción que habían causado, con orgullo o arrepentimiento, o tal vez no sentían nada como nada sintieron antes de la detonación.

Luego vino la reconstrucción, volver a levantar lo que tomó un segundo destruir, el intento de limpiar el instante monstruoso, hacer borrón y cuenta nueva, levantarse para seguir andando. Y el dilema que trascendía y era común a cada lugar malogrado por una explosión: ¿dejamos los estragos en memoria de los caídos o empezamos de cero, como si nada hubiera pasado? No todos habían logrado reconstruirse y sus ruinas seguían ahí. El Aguamarina lo consiguió a pesar de las dificultades y después de mil discusiones. ¿Y qué hacemos con los juegos infantiles? ¿Con el carrusel de caballos que atraía a tantos al centro comercial? ¿Qué pensarán los sobrevivientes o los familiares de las víctimas cuando encuentren todo igual? ¿O todo diferente? El Aguamarina optó por un término medio, con algunos cambios drásticos en la plazoleta de juegos, pero con los caballos de vuelta al gran carrusel.

Sergio se estremeció cuando los vio girar de nuevo, subiendo y bajando al son de una melodía de feria. Lo habían invitado, junto con otros familiares, a destapar la placa de mármol que quedó como recuerdo de los fallecidos. Celmira no asistió. Había jurado, y cumplido, no volver a pisar el suelo del centro comercial. Y también porque tuvo una pelea fuerte con Sergio. Ella se negaba a incluir el nombre de Richi en la placa. Ahí solo están grabados los nombres de los que murieron, dijo, y Richi no está muerto. Sergio alegaba que si alguien simbolizaba lo que había pasado en el Aguamarina, era Richi, y que él, más que nadie, se merecía el homenaje. El homenaje es para los muertos, repitió Celmira, ya cansada de insistir en que, mientras no le comprobaran lo contrario, Richi seguía vivo. Sergio la refutó, tal vez algún día él mismo lea su nombre, se recordará y lo asociará con la edad en que desapareció. Y si no lo hace él, afirmó Sergio, tal vez alguien que lea su nombre en la placa sepa de un niño que salió de la nada y ate cabos. Celmira lo interrumpió:

—Muy linda la historia para tu novela, excelente la intriga —dijo con sarcasmo—. Seguramente inventarás que alguien lo cuidó...

—Si no sabemos nada, tenemos que conformarnos con las suposiciones —la interrumpió Sergio—, y mi sueño, al igual que el tuyo, es que Richi aparezca, pero...

—Pero nada —se plantó Celmira—. El nombre de mi hijo no va a estar junto al de unos muertos.

La discusión se calentó y terminó, como siempre, en un cruce de acusaciones que remataron con insultos.

—Haz lo que te dé la gana —concluyó Celmira—. A fin de cuentas es solo una puta placa que nadie va a mirar.

Sergio se llevó el punto y, además, convenció a los del centro comercial para que frente al nombre de cada víctima, pusieran la edad de cada uno, y que junto a Ricardo Cuéllar Medina escribieran, cinco años, y entre un paréntesis, desaparecido.

La placa se descubrió un año después del atentado con una ceremonia en la que Sergio leyó un texto breve sobre la certeza de la muerte y la incertidumbre de la desaparición. A muchos no les cayeron bien esas palabras. Alegaron que mientras hubiera vida había esperanza, que nada se comparaba al dolor de enterrar a un ser querido, y algunos hasta se atrevieron a insinuar que si el niño no aparecía ni vivo ni muerto era porque tal vez nunca había habido niño. Cada quien farfulló su propia teoría sobre la vida y la muerte, hubo lágrimas, abrazos, se tomaron fotos, y luego apareció un cura, de estola y casulla, que se instaló junto a la placa y ahí montó su altar para comenzar una misa.

Sergio se quedó hasta el final, y antes de dispersarse, todos se comprometieron a encontrarse cada año, en la misma fecha, ahí mismo junto a la placa. Sergio les contó que la búsqueda de Richi le permitía tener información sobre el atentado y estaba dispuesto a compartirla, pero nadie mostró interés, pues, como dijo alguno, los muertos, muertos están, los amputados se han ido acostumbrando a lo que les falta y los heridos solo quieren olvidar. Además, todos sabían quién o quiénes sembraron esa bomba. Los mismos de siempre, los señores del terror, los dueños del caos, los que hoy tienen un nombre y mañana otro, y cambian de rostro cuando les conviene, todos saben y nadie sabe quiénes son.

Al año siguiente, Sergio volvió al encuentro, en el que también hubo otra misa, y a todos los encuentros y misas que siguieron en los años posteriores. Cada vez asistían menos familiares y sobrevivientes. Algunos fueron muriendo por enfermedad o de viejos, y otros perdieron el interés por el atentado, en un país donde las explosiones eran el pan de cada día. Sergio cumplía con la cita porque era de lo poco que le quedaba para mantener el vínculo con Richi. Eso y ver fotos cada semana en la Fiscalía. Una vez al año hacía digitalizar el retrato de su hijo para verlo como, supuestamente, estaría en el presente. Foto en mano se lo mostraba a los otros, como un papá orgulloso, miren cómo ha crecido, cómo está de guapo, cómo se parece a mí, y los demás sonreían frente a un Richi imaginado por un computador.

Muchas veces Sergio se ha preguntado si reconocería a su hijo en caso de cruzarse con él en la calle. En varias oportunidades, tanto él como Celmira se quedaron mirando a un niño o, recientemente, a algún joven que les recordaba a Richi por su parecido físico, por la risa o la forma de caminar, por cualquier gesto que les hiciera creer que ese alguien podría ser Richi. Sin embargo, para ellos era peor el miedo de no llegar a reconocerlo, de rozarse el hombro en una acera, o coincidir con él en un vagón del metro o en el paradero de un bus y no distinguirlo. La idea los aterrorizaba, sobre todo a Celmira, porque Sergio digería mejor la posibilidad de la muerte.

También en estos años recibieron infinidad de llamadas y mensajes con información sobre el hijo perdido. Lo habían visto, supuestamente, en muchas partes, hasta en los lugares más remotos del mundo. Alguien desde Yakarta le envió a Sergio la foto de un joven con un morral en la espalda, en una estación de tren. Sergio vio la foto y ni se molestó en responder el correo. Mensajes así les han llegado desde Polonia, Madrid, Ciudad de México, Centroamérica, de los vecinos, los amigos, de cualquiera que aún no hubiera olvidado el caso de Richi. Clarisa, con su experiencia, era quien filtraba la información, y cuando consideraba que podría haber una posibilidad, una pista real, recurría a sus amigos en la Fiscalía para hacer un rastreo. Sin embargo, hasta ahora nada. Sergio y Celmira ni siquiera se ilusionaban cuando les llegaban datos de un probable Richi. Compartían la tortura de los sueños cuando, dormidos, cada uno por su lado soñaba con el niño. Imágenes vívidas, situaciones que parecían reales, olores, colores, sonidos de esos cinco años en que lo tuvieron. En sueños también se habían encontrado con Richi en el presente, el adolescente, el joven que les decía no se preocupen por mí, estoy bien, me cuidan; o el que les reclamaba ¿por qué permitieron que me perdiera?, ¿que me raptaran?, ¿por qué dejaron de buscarme? Lo veían en otro lugar, con otros padres, entristecido y desarraigado, viviendo en un mundo extraño una vida diferente a la trazada. Los dos se despertaban siempre con el corazón en la boca, bañados en sudor, asfixiados y sin el equilibrio para terminar de cruzar la cuerda floja, el despertar de un sueño con alguien que ya no existía.

Si acaso lo comentaban en alguna llamada. Anoche soñé con él. Yo también, anteanoche. Dijo que estaba bien, que no nos preocupáramos. A mí me dijo lo contrario, no está bien, nos extraña, quiere que sigamos buscándolo. En esas estamos, ¿no? Sí. Sí, pero nunca es suficiente. Si no se encuentra a quien se busca nunca será suficiente. Cada uno contaba cómo lucía Richi en su sueño, a pesar de lo difusos e inconstantes que son los rostros oníricos. Confiaban en recibir un mensaje revelador en la materia desordenada de los sueños. Lo vi en un bosque de eucaliptos. Estaba perdido y nos llamaba. Yo lo vi en un lago que parecía un mar y nadaba alejándose de la playa. A mí me habló con voz de hombre, ya no es un niño. Lo vi en un orfanato. A mí se me presentó vestido de mujer, con voz de mujer, y, además, esperaba un hijo. Lo vi muerto, bajo el agua, en un río. Cállate. Fue solo un sueño. Sí, pero cállate.

A la zozobra de soñarlo le sobrevino otro miedo.

—Sergio, ¿qué va a pasar cuando dejemos de soñar con él?

—Tranquila. Cuando eso pase, a lo mejor ya habrá aparecido.

46

Nadie la invitó, nadie le dijo que abriera la puerta y entrara, nadie le pidió que se desnudara y se metiera en la cama con ellos. Fue cosa de ella, que comenzó a humedecerse cuando sintió llegar a Carolina, con solo imaginar a lo que había venido. Y porque no logró desconectarse de la propuesta que le habían hecho, que la indignó al principio, la desveló varias noches y la desconcentró en el trabajo. Sin embargo, le pareció que los espejos del salón de belleza le estaban mostrando una Celmira distinta. Se vio rejuvenecida, aunque todavía era joven; y voluptuosa, a pesar de que había perdido mucho peso desde el día aquel; y sensual, porque si Carolina y Boris la deseaban, por algo sería. Sin relacionarlo con la propuesta, se aclaró el pelo con unos rayitos muy de moda, y ella misma guio a su asistente para que le hiciera un corte con más movimiento. Tampoco sabía si Boris sabía que ella sabía. Si Carolina le había contado que ya le había soltado la propuesta esa tarde en la tienda de la esquina. Suponía que sí porque percibía que Boris ya la miraba de otra manera. Él siempre había sido igualado, estaba en su esencia, pero de un momento a otro, empezó a notar algo dominante en su actitud, el macho que habitaba en cada hombre, que la miraba como si ya hubiera pasado lo que todavía no pasaba.

Entonces, entró Carolina a la casa saludando recio, igual que siempre, y a Celmira se le enfriaron los huesos, se le secó la boca y, sin esperarlo, se sintió húmeda. Oyó cuando la otra cerró la puerta y soltó una carcajada, después tronó la música. Celmira comenzó a acicalarse como si ellos contaran con ella. Se desvistió por completo y se echó encima la bata con la que salía a ducharse en las mañanas. Se puso las chanclas y luego se las quitó. Sintió el olor a mariguana, se puso de pie y salió descalza de su cuarto. Con pasos pegajosos llegó hasta la escalera, la bajó agarrada de la baranda, con la sensación de que era una escalera más larga y empinada que la de siempre. Antes de entrar al cuarto de Boris se aseguró de cerrar bien la puerta que don Gabriel dejaba entreabierta cuando venía Carolina. Luego, aunque temblaba, agarró con firmeza el pomo de la puerta de Boris. Como si lo hubieran acordado entre los tres, notó que no estaba asegurada.

Como si la estuvieran esperando, él y Carolina le sonrieron al verla. Boris estaba en calzoncillos, tendido en la cama. Carolina ya estaba desnuda de la cintura hacia arriba, apenas con una tanga que se tragaban sus monumentales nalgas. Él botaba humo de un cacho que se fumaba. De un parlante enorme salía una canción que Celmira jamás había oído en su vida. Gritos y empellones a una guitarra eléctrica del más puro heavy metal. Carolina se bajó de la cama, apartó la silla de ruedas y caminó contoneándose hasta donde Celmira.

—Tan rogada, ¿no? —le dijo, y soltó otra de sus carcajadas.

Boris le notó la turbación a Celmira y le pidió a Carolina que no la molestara. Mientras Boris se incorporaba, Carolina le agarró la mano a ella. Celmira notó que la musculatura del torso de Boris no guardaba relación con la delgadez de sus piernas. Sintió la mano de Carolina bajándole por la espalda y de reojo le miró las tetas, pequeñas y de pezón oscuro, firmes como de veinteañera. Boris se movió hacia un lado de la cama para abrir espacio, pero Celmira se detuvo.

—No sé si... —comenzó a decir Celmira.

—Tranquila —le dijo Carolina, muy pegada a su cara.

—Tal vez solo quiero mirar —dijo Celmira.

—Tal vez —dijo Carolina.

—Póngase cómoda, Celmira —le dijo él, y le extendió el cacho de mariguana. Celmira negó con la cabeza, y con la mirada nerviosa buscó dónde acomodarse. Solo estaban la cama y la silla de ruedas, y en ninguna se iba a sentir cómoda. Y vio que a los pies de Boris había varios objetos sin sentido y sin forma, cables y frascos que, supuso, serían juguetes sexuales.

—Así estoy bien —le dijo a Boris, y se quedó ahí parada, a un par de metros de ellos.

Carolina intentó quitarle la bata, con mucho arte, pero Celmira sacudió los hombros. La otra mujer volvió a la cama con una parsimonia que no iba con la estridencia de la música, y se acomodó encima de Boris. Se besaron, aunque Boris no dejaba de mirar a Celmira con el rabillo del ojo. La canción se terminó y Celmira guardó la esperanza de que no sonara nada más. Pero otra vez el rock, fuera de sí, estalló como una descarga. Por un instante, se le cruzaron dos nombres y dos caras, Sergio y Richi, y ella les suplicó, ahora no, este no es el lugar para ustedes. Luego apretó los ojos, y cuando los volvió a abrir vio a Boris bajándole la tanga a Carolina, que se meneaba para un lado y para otro hasta que la tanga quedó en manos de Boris. Carolina retomó el besuqueo, lisa y lampiña como una rana.

Celmira dejó de mirarlos y dio algunos pasos por el cuarto, dándose tiempo para ganar confianza, y se puso a mirar lo poco que tenía Boris en el cuarto. Fotos de la familia, supuso Celmira, los padres, los abuelos, un gentío de apariencia humilde pero feliz, al menos en las fotos. Otras de él con su uniforme de gala militar, elegante, de corbata, y otra de camuflado, armado hasta los dientes. Carolina comenzó a gemir y cuando Celmira volteó a mirar, la vio sentada en la boca de Boris. Celmira miró los afiches de Black Sabbath, AC/DC, Pantera. Tal vez alguna de esas bandas era la que sonaba al compás de los gemidos de Carolina. Volvió a mirar hacia la cama y se cruzó con los ojos de Boris, que la buscaban sin disimulo. Celmira lo esquivó fingiendo atención hacia unas revistas. Dio tres pasos más y llegó a la ventana. La tela de la cortina apenas velaba el solar, y pudo ver las sábanas que se secaban sobre un alambre entre dos palos. Si la señora Magdalena la descubría, con esa lengua, por Dios, al otro día sería la comidilla del barrio. Y aunque a Celmira ya poco le importaba lo que pensaran de ella, no quería mezclar esa experiencia viciosa con su misión de madre resuelta a encontrar a su hijo. Más le valía alejarse de la ventana, así la cama fuera el último refugio.

—Venga, mami —le dijo Carolina, con voz de poseída—. Ya empieza el trabajo duro. Ayúdeme.

Boris le estiró el brazo y Celmira le tomó la mano. Tanto tiempo conviviendo y era la primera vez que se tocaban. Su mano entre la de Boris les abrió la puerta a los sentimientos encontrados. Todo lo que había descartado antes se estaba dando en ese momento. Luego no pudo seguir pensando. Carolina le bajó los calzoncillos a Boris y frente a ella estaba lo que había imaginado: un monstruo muerto. Jugueteando con la verga, Carolina le dijo:

—Por culpa de este ya perdí la mandíbula. Venga, Celmira, entre las dos levantamos esto.

Celmira se arrancó la bata, y como si aun desnuda le estorbara la piel, les suplicó:

—Yo hago lo que quieran, pero por favor apaguen esa música.

47

A fuerza de viajar tanto, desarrollaste un radar para caminar a ciegas en los cuartos de hotel. Puerta, pasillo, clóset a un costado, baño al frente del clóset, escritorio, televisor, ventana. Al comienzo te despistabas y, por ir al baño a medianoche, podías terminar metido en el armario. Todavía te equivocas al correr las cortinas. Si quieres abrir, jalas siempre la cuerda que cierra. Y viceversa. Nunca atinas, pero no es tu culpa. Es la venganza de las cosas. Cuando algo pequeño cae al piso siempre va a parar al rincón más oculto. O desaparece. Que las cosas tienen vida propia es algo que también argumentas estando sobrio. El minibar es lo primero que detecta tu radar. Últimamente predominan las neveras vacías, para que las aprovisione el huésped. Tú solo necesitas hielo. La mitad de tu equipaje son botellas. Antes cargabas más libros y ropa. Luego eliminaste los libros. Los que te regalaban, los dejabas en el hotel. Necesitabas, siempre necesitas, espacio para las botellas. Antes del premio nunca habías estado en ningún hotel. Tu vida en los hoteles es tan vieja como tu libro.

Ring, ring.

—Soy Zoe, del equipo de logística del festival. Quería avisarle que pasaremos a recogerlo a las 9:00 para la cena, señor Posada.

—¿Cena?

—De bienvenida, sí. Espero que se haya recuperado del vuelo.

Cenar con extraños. Convivir con extraños. Desayunar con otros escritores. Los que se sirven como si no les fueran a dar más comida el resto del día, los que hablan mientras mastican, los que ni siquiera tuvieron la decencia de quitarse las lagañas, los que no se cambian de ropa, los que buscan lucirse en cada frase, o sea todos. Escritores. El año pasado, en un festival en Cartagena, uno de ellos te pasó un manuscrito para que se lo prologaras. Sin sonrojarse, te dijo, esta novela es tan grande como el *Quijote* o *Cien años de soledad*. Seguro que sí, le respondiste, gracias por permitirme leerla. Dedujiste que por «grande» se refería al número de páginas. Pero ni pudiste terminar el desayuno. Ni siquiera volviste a desayunar en el restaurante del hotel en los días que te quedaban de festival, ni el resto de tu vida.

—¿Y qué hora es, Zoe?

—Las 7:30. Le agradecería que estuviera en el lobby a las nueve menos quince.

Zoe, mujer belga con acento español de España. Lo habla bien. Intentas adivinar si es joven, guapa. Sientes que ya va siendo hora de un revolcón, aunque en esas situaciones recuerdas siempre a Fabio Rugeles, que embarazó a la chaperona que le asignaron en un festival en Lyon. Tuvieron dos hijos más y Rugeles nunca regresó a su país. Tú, por borracho que estés, tratas siempre de tener sexo seguro.

—¿Ya conoce Bruselas, señor Posada?

—Sí, Zoe. Y dime Ánderson.

Crees que si vas a tener algo con ella, es mejor que empiecen por tutearse. Sigues tratando de imaginarla por la información que obtienes de su voz. Por lo general, todas las *bénévoles* son jóvenes, y los escritores casi todos viejos. Viejos verdes, así muchos aleguen que en el arte no hay edad. Un eufemismo para sus vergas tristes. Sabes que en pocos años serás como ellos y corretearás a alguna voluntaria, convencido de que tu exotismo, tu rareza, tu talento infinito son motivos suficientes para que ella se acueste contigo sin chistar. Tendrás boina y bufanda y te acariciarás la barbilla mientras sueltas frases que suenan entrecomilladas, y mirarás coquetamente a la voluntaria para que ella crea que es la que te inspira, la musa provinciana que desaparecerá de tu vida apenas termine el festival. Si para muchos ya eres un escritor decadente, ¿cuánto más decaerás cuando te tropieces con la vejez? ¿Te disfrazarás, como muchos, de «sabio de la tribu» o seguirás en tu camino de alicoramiento hasta la fermentación total?

—Todos los escritores son decadentes. Todos.

—¿Qué? —te pregunta Zoe.

—Perdón, no sabía que seguías ahí.

—*D'accord, à bientôt, Ánderson.*

¿Qué intentas hacerle creer? ¿Que te gusta cavilar con el auricular pegado a la oreja?

¿Por qué mejor no le pediste que subiera? Que suba para que confirme que todos son decadentes. No importa si apenas comienzan o si ya no tienen más para decir, como tú. Dedicarte a algo que no sirve para nada ya te convierte en un habitante de la ruina. Y aparte, te tienes que vender, te exhiben en una tarima como la rareza de un circo, mientras juegas nervioso con un bolígrafo entre los dedos, y la gente pasa y te mira, como si fueras un león viejo que ni ruge, ni salta, ni ataca, y al que solo le queda la melena para mostrar quién es. Llamas al *room service* para no mortificarte más.

—¿Me puede subir una cubeta de hielo, por favor?

—*Pardon?*

—*Eh, comment dit-on... Est que vous s'il vous plait... Pouvez-vous me apporter un seau à glace, s'il vous plait?*

Anotas en tus notas de hotel: escritores que se han lanzado desde la ventana del cuarto. Alguno que no soportó el rechazo de una voluntaria, o de la camarera que le llevó el club sándwich, o porque no puede dormir cada noche en un lugar diferente, o hasta porque se hartó de comer club sándwich una y otra vez. Razones sobran para botarse desde lo alto. Mejor cuenta tu aldea y olvídate del tema. Mejor te das una ducha antes de salir. Mejor sigues borracho por si en la cena escasea el trago.

Ring, ring.

—Estoy abajo, Ánderson.

—¿Quién habla?

—Zoe. Son las 8:45.

—¿De la noche?

—*Oui.*

—Ah, es que me quedé leyendo. Ya bajo.

Te quedaste dormido. Sientes la lengua seca y la remojas en un resto de whisky con hielo derretido. Tienes los ojos abultados y el pelo no te peina y no sabes qué ponerte, aparte de la coraza, para una noche con colegas. ¿Por qué te despiertas así cada vez que sueñas con un carrusel de caballos vivos? Quietos, como si fueran de resina, pero vivos. Quietos incluso cuando comienza a girar el carrusel a la velocidad de un tornado. La velocidad no coincide con la música. Te echas otro shot de whisky para ahuyentar el aturdimiento.

Ring, ring.

—Ánderson, disculpa, ya son las nueve y quince y los demás ya están en el bus.

Los demás, ha dicho Zoe, y el asco se apodera de ti. ¿Y si no vas? ¿Si te quedas?

—Ya bajo, Zoe. En un minuto.

¿Por qué te despiertas así cada vez que sueñas con la mujer que te busca?

48

Uriel sabía que, tarde o temprano, el momento iba a llegar, y hacía fuerza para que tardara, o incluso para que nunca sucediera, pero también sabía que en esta vida no era sino que uno quisiera algo para que pasara exactamente lo contrario. Lo que desconocía eran las andanzas de su muchacho. Suponía que se encerraba a leer o escribir, y no estaba equivocado. Pero ignoraba que no se encerraba solo, no con alguien, porque Ánderson no se metía al cuarto con ninguna mujer, hombre, animal, monstruo o quimera. Uriel se habría dado cuenta de inmediato. El apartamento era diminuto y no aguantaba secretos. Sin embargo, cuando Uriel salía para el trabajo, Ánderson quedaba a sus anchas y aprovechaba, no para entrar a alguien, sino para chalequear a Uriel, hurgar en los bolsillos de su ropa en busca de monedas o billetes, juntar lo que encontrara para comprarse una botella de aquella porquería. Tapetusa, chicha, trespatadas, guariloco, cualquier bazofia fermentada en un garaje, porque para nada más le alcanzaba lo que lograba robarle a Uriel.

Fue así como a los ¿quince?, ¿dieciséis?, se pegó Ánderson su primera borrachera, qué digo borrachera, si parecía más un viaje interplanetario con mareo incluido, y vómito, con llanto y golpes. Uriel andaba serenateando y el muchacho alcanzó a reponerse, a limpiar el desastre, tuvo tiempo hasta de bañarse, y cuando Uriel volvió a la madrugada, cansado y afónico, encontró a Ánderson dormido, con la boca abierta, como un bebé. Gracias, Virgencita de Lourdes, por cuidarlo y alejarlo de todo mal y peligro, ya quisiera yo quedarme aquí todo el tiempo con él, pero si no trabajo, entonces qué comemos.

Uriel pensaba que bastaba con dejarlo en manos de la Virgen para que el chico no cayera en vicios ni en malas compañías, y por eso se sorprendió tanto la otra noche en la que se fue a dormir temprano. Era domingo, ¿o lunes?, no había serenatas pendientes, ni show ni nada, y cuando estaba en pleno duermevela, sintió que una tromba entró a su cuarto. Uriel gritó y prendió la luz.

—Ay, casi me matas, niño, me iba dando un infarto, ¿cómo se te ocurre entrar así? —le reprochó a Ánderson, y al instante detectó al demonio en la mirada del muchacho, que resoplaba y tambaleaba frente a la cama—. Ay, Dios, ay, Dios —exclamó Uriel.

Se incorporó y forzó una sonrisa, y con voz maternal le preguntó:

—¿Qué te pasa, mi corazón?

Pero el diablo, que se había adueñado de la voz de Ánderson, y de todo él, le respondió con otra pregunta:

—¿Quién soy? —Y comenzó a repetirla hasta la desesperación—: ¿Quién soy, quién soy, quién soy?

Uriel sacó los pies de la cama y, sentado, buscó las pantuflas tanteando con los mismos pies.

—¿Estás dormido, mi vida? ¿Tienes una pesadilla? Despierta, Ánderson. Aquí estoy, tranquilo.

Ánderson se le acercó, lo agarró del camisón y lo zarandeó con ira. Entre babas y llanto le dijo:

—¡Estoy despierto, maldita sea, pero quiero saber quién soy!

—¡Suéltame, mi niño! —le suplicó Uriel, intentando zafarse, y tan cerca de Ánderson que alcanzó a sentir el tufo a porquería.

—¿Qué hiciste, Ánderson? ¿Qué te dieron, qué tomaste, Ánderson?

El muchacho ya lo sobrepasaba media cabeza y lo levantó del camisón, que no aguantó la sacudida y se rasgó, y luego empujó a Uriel a la cama, como escupido por un dragón. Ánderson soltó a los gritos su suplicio:

—¿Quién es mi mamá?, ¿dónde está?, ¿por qué me dejó?

Ay, Dios, ay, Virgencita, ilumíname, ay, malparida vida.

—Pero si de esto ya hemos hablado mucho, mi niño, yo ya te conté toda la...

Otro grito, otro manotazo y la lámpara de la mesa de noche fue a dar al piso, el bombillo se rompió y quedaron en la oscuridad total.

—¡No te creo, Api! ¡No te creo nada! A mí me abandonaron. ¿Quiénes son ellos, Api?

A gatas, arrastrándose por el piso hasta donde suponía que estaban la puerta y el interruptor de la luz del cuarto, se escurrió Uriel con el poco aliento que le quedaba.

—No te he mentido, mi Andy, siempre te he dicho la verdad, yo sé que tu historia es muy dura, pero he hecho todo lo que ha estado a mi alcance para que no te falte nada, corazón.

—No sé por qué, pero no puedo creerte, Api.

Uriel tropezó con algo y después con otra cosa, no tenía cabeza ni tiempo para pensar contra qué se daba. Lo importante era alcanzar la pared y trepar por ella hasta dar con el interruptor.

—Te lo juro, no te he dicho mentiras, te he contado todo lo que yo sé —insistió de dientes para fuera, porque por dentro le pedía perdón a su dios, perdóname, Diosito, por mentir, por jurar en vano, perdón, Virgencita del Socorro de mi alma, que si miento es en nombre de mi amor de padre, de madre, tú puedes dar fe de mi entrega, Jesús del cielo, que perdonaste a Pedro cuando mintió tres veces, perdóname a mí por una mentira salvadora.

Tanteó, suplicó, rezó y palpó hasta que encontró el suiche y prendió la luz. El demonio jadeaba en el piso, enroscado y vencido por sí mismo. La porquería le retorcía las tripas y, entre gruñidos, Ánderson se lamentaba, no sé nada de mí, no sé quién soy, ¿cómo es mi historia? Uriel se acercó de a poquito, con miedo de otro ataque pero decidido a rescatar a Ánderson de las zarpas del malvado.

—Cálmate, chiquito, podemos hablar, no te pongas así, ¿qué te dieron, hijo mío?

En lugar de calmarse, Ánderson se alteró más y se incorporó enfurecido.

—¡Yo no soy tu hijo! Óyelo bien —y repitió marcando cada sílaba—: no soy tu hijo.

Herido de muerte, Uriel recordó cuando Ánderson, de unos ocho, ¿nueve años?, todavía muy niño, le había dicho en medio de una pataleta tú no eres mi papá, y Uriel, que esa vez andaba vestido de Uriel, mecánicamente sacó la mano y le estampó una bofetada en la boca, con la advertencia de jamás, jamás me vuelvas a decir eso. Ánderson estalló en un llanto que hizo volver a Uriel de la calentura, y, remordido, abrazó al niño suplicándole que lo perdonara. Ánderson no aprendió la lección y en muchas otras rabietas volvió a sacarle en cara lo mismo. Tú no eres mi papá. Uriel nunca volvió a reaccionar con una cachetada y solo lo repelía con un silencio digno.

Hasta esa noche, cuando perdió el control y el miedo, y se abalanzó con el puño en alto sobre Ánderson.

—¡No más! —le gritó—. ¡A mí me respetas, carajito de mierda!

Sin importarle que Ánderson estuviera endiablado, le soltó una tanda de puños que el muchacho trató de eludir, cubriéndose con los brazos. Pero como el muchacho estaba ya por los ¿qué?, ¿dieciséis?, ¿diecisiete?, también sacó las garras y a manotazo limpio se cruzaron golpes en la cara, en el cuerpo, se dieron patadas entre gritos y llanto. Varios objetos cayeron al piso, portarretratos con las fotos del niño, otras de Uriel con Los Hidalgos, un perchero con sombreros, una Virgen con traje de tela, y tres perritos de porcelana que quedaron hechos añicos.

—¡Te largas, te vas de mi cuarto y de esta casa, desagradecido! —dijo Uriel, tratando de sacar a Ánderson a los empellones.

El muchacho gruñía sin saber si quería golpear, salir o quedarse. Uriel aprovechó que Ánderson se tambaleaba por la borrachera, y lo empujó fuera del cuarto, pero el muchacho se colgó de la cola de caballo de Uriel, ay, ¡jueputa!, y los dos rodaron hasta la mitad del pasillo. Uriel, adolorido, y en vista de que Ánderson no le soltaba el pelo, le encajó todos los dientes en el brazo. Ninguno de los dos cedió. Ni Ánderson soltó el pelo ni Uriel aflojó el mordisco. Habían olvidado quiénes eran, cuál era su vínculo, por qué se estaban odiando, casi matando, si unas horas antes se habían dado las buenas noches con un beso.

Cuando ya sentía los dientes flojos, a Uriel le pareció que Ánderson estaba cediendo en el tirón del pelo. Como si se hubieran puesto de acuerdo, si me sueltas te suelto, cada uno fue liberando al otro. Ánderson sangraba por la marca del mordisco, y Uriel se palpó el cráneo, convencido de que le había arrancado todo el mechón. El muchacho comenzó a convulsionar y blanqueó los ojos, que de blanco poco tenían en ese momento. La porquería se los había enrojecido, y sumado a la furia y al llanto, parecían carne cruda bajo los párpados. Uriel se arrodilló a su lado y les volvió a suplicar a los santos, a la madre de su dios y al dios mismo, no se lo lleven, por favor, no permitan que mi niño se muera, no me lo quiten, ayúdanos, Virgen del Carmen, en el nombre del Padre, del Hijo, del Espíritu Santo. Las plegarias hicieron efecto porque apenas terminó de mencionar al tercero de la Santísima Trinidad, Ánderson, exorcizado, vomitó al demonio en una masa oscura, apestosa y espesa, que casi lo ahoga. Uriel se apresuró a voltearlo sin dejar de vociferar sus súplicas, eso sí.

—¿Qué fue lo que pasó aquí, Dios mío?

El amanecer lo agarró limpiando y organizando el caos, tembloroso y estremecido. Yo sabía que esto podía pasar, pero no de esta manera, qué desconcierto, qué locura, qué pesadilla, pobrecito mi chiquito, ¿quién habrá sido el malparido que me lo envenenó? Ponía cada cosa en su sitio y pasaba el trapero una y otra vez por donde habían caído babas, lágrimas y vómito.

Ánderson dormía en su cama ajeno a la tarea de Uriel y a su desazón. Tal vez al despertar no iba a recordar nada, la porquería esa siempre le borraba el cerebro, lo hastiaba hasta el día siguiente cuando le volvían a dar ganas de otro trago, de pegarse otra borrachera, pero ¿de dónde iba a sacar plata para siquiera media botella?

Dicho y hecho, Ánderson se levantó como si nada hubiera pasado, solo con una horrible resaca. Seguía con los ojos rojos y un tufo hediondo lo envolvía como un halo.

—Hola, Api —saludó con ganas de desayuno.

A Uriel le dolían las manos de retorcer trapos.

—Hola, mi amor —le dijo, con la voz cortada.

Él, que se había perdido en mil laberintos, que había caminado media vida en el puro filo de una navaja, identificó ya en su niño la irremediable vocación al extravío. Pero qué digo niño, si desde entonces al pobre Uriel le ha tocado lidiar, sin pausa y con resignación, con un borracho insufrible.

49

Celmira subió la loma a pie, acompañada de Boris, pero le costaba seguirlo. Él iba como impulsado por un motor, aunque eran sus brazos los que le daban la velocidad que necesitaba para llegar adonde lo esperaban sus viejos compañeros de combo. Eran media docena de holgazanes que se ganaban la vida en el mundo del crimen, tropeleando para el mejor postor en cualquier tipo de tarea. A diferencia de Boris, los seis andaban a pie. De puro milagro, porque se habían metido en tantos tiroteos y recibido tanta bala y puñalada que podrían haber corrido la misma suerte de Boris. Una silla de ruedas, unas muletas o una cama de por vida. Pero estos malandros habían sido más afortunados que el mismo Boris Tinoco, herido en combate por una bala de fusil, en su venerable compromiso de defender la patria, y ahora condenado a una discapacidad. A estos, los que fueron de su combo, les remordía un poco su buena estrella y trataban de minimizar la invalidez de Boris. Para qué piernas con esa chimba de ruedas. Andas más rápido que nosotros. Y siempre tienes dónde sentarte. Le agarraban los bíceps y comentaban, estás hecho una viga, en cambio nosotros... Parecían zombis, les decía Boris a los seis cadavéricos, esqueléticos de tanto chuzarse, de meterse por boca y nariz cuanta sustancia se les atravesara. Por eso los dejó, porque tocó fondo con ellos, y en eso Boris sí tuvo suerte. Sus piernas, aunque muertas, le sirvieron para impulsarse del fondo hasta la superficie, y logró salir a flote.

De vez en cuando Boris subía y se tomaba algunas cervezas con ellos hasta que se ponían pesados o comenzaban a meter basura. Ahí Boris se les esfumaba calladito y rodaba loma abajo de regreso a su barrio. O como hoy, que los buscó porque quería tantearlos para pedirles un favor, encomendarles una tarea a los bochincheros estos, aunque los encontró un poco tocados y no entendían muy bien de qué bomba les hablaba Boris, ni de cuál centro comercial. ¿Aguamarina? ¿Y eso dónde queda? ¿Hay que volarlo? No, ya alguien se les adelantó unos años. ¿Cuándo fue eso? Ni el mismo Boris lo sabía, entre tantas voladuras la memoria también detonaba, pero ahí intervino Celmira para decirles el día, el mes y el año en que desapareció su hijo, y los zoquetes se emocionaron al oírla hablar. ¿Esta quién es? No es de por aquí, ¿es tu mujer, Boris? Pongan atención, malparidos, les refutó Boris, en ese atentado se perdió un niño, no apareció ni vivo ni muerto. Los seis chirretes se santiguaron, además de malos eran creyentes, supersticiosos, agoreros. Eso salió en todas las noticias, les contó Boris, ¿no se acuerdan? Qué se iban a acordar si para ellos no había más noticias que los mensajes de muerte que enviaban o les llegaban, los chismes de pandilla que terminaban siempre en reyerta, con muertos que bien podrían haber sido ellos, aunque todavía no les tocaba. ¿Tenemos que buscar al niño?, preguntó uno de ellos. No, no, el niño desapareció por completo. Así habrá sido el cimbronazo, dijo uno. ¿Ni rastro?, preguntó otro. Como que se lo tragó la tierra con rastro y todo, les dijo Boris. ¿Y nosotros qué, entonces? ¿Qué tenemos que hacer? Ella quiere saber quiénes fueron, les comentó Boris y señaló a Celmira, queremos ajustar cuentas, enfatizó. ¿Con nosotros? No, imbécil, con los que sembraron la bomba, a menos que hayan sido ustedes. Celmira intentó frenar a Boris. Boris, yo creo que es mejor que... ¿Dónde fue que fue?, la interrumpió uno de ellos. En el Aguamarina, atembados, ya se los dije, repitió Boris. Se miraron entre ellos, se rascaron la cabeza, los brazos o por donde les picara el sarpullido que los desesperaba. Los seis estaban forrados en eczema, ya fuera por lo que se inyectaban, por promiscuos o por falta de baño. Yo no me acuerdo de haber dejado ningún paquete en ningún centro comercial, dijo uno y los demás lo copiaron. Yo tampoco, ni yo, ni yo. Pues ahí tienen su misión, chichipatos, si desean aceptarla podría haber buena plata para todos, les prometió Boris, pero ni así los seis dejaron de rascarse.

Bombardearon a Boris con preguntas para poder considerar la oferta. Dizque tenían muchos pedidos, la agenda copada, y que no se podían tomar las cosas a la ligera. Celmira insistió, Boris, Boris, yo creo que mejor... ¿Quién es esta jeva?, volvieron a interrumpirla. ¿Por qué la conoces, Boris? ¿Te la estás comiendo? ¿Cuánto nos vas a pagar, señora? Entre pregunta y pregunta rasparon lo que quedaba de coca en un envoltorio, armaron un bareto, pidieron un anticipo para comprar media de ron. Boris los mandó callar. Silencio, cabezones, aquí el que hace las preguntas soy yo, yo soy el cliente, el que pago, yo pongo las condiciones. Uno de los seis reviró, nosotros somos profesionales, man, si nos comprometemos, cumplimos. Los demás volvieron a copiarlo, yes, man, sí que sí, y le sacaron en cara que la plata no era de él. No aceptamos intermediarios, vamos a negociar directamente con la doña, pero ¿quién es ella?, ¿se lo estás hundiendo, man? Los seis se rieron en coro y a Boris no le hizo gracia. No, pues tan profesionales, los maricos, para que les quede claro de una vez, ella no está metida en esto, es una dama, y yo no soy su intermediario, soy su amigo y me interesa que el malparido que ordenó esa bomba salte a la puta mierda cuando ustedes le metan una carga de azufre por el culo. A Celmira la conmovieron la seguridad de Boris, la defensa que hacía de ella y su complicidad. Lo miró con gratitud. Luego él sacó unos billetes y se los entregó a uno de ellos, a ver, bola de mugre, tráete un frasco de ron para que afinemos el negocio, y otro del combo agregó dale un par de barras más para que nos consiga media docena de papeletas. Boris negó con la cabeza. No, no, los necesito lúcidos para que me firmen con sangre que por la memoria de ese niño van a dar con el hijueputa que dio la orden.

Juraron por Cristo y la Santísima cumplir con el sagrado deber de la venganza, y hasta conjeturaron algunos nombres. Eso está entre tres o cuatro de los Gordos, si es el que sabemos te va a salir caro, o a lo mejor no fue uno solo sino varios, ¿cómo es que se llama el parque? ¿Cuál parque?, preguntó Boris. Donde explotó el niño. Fue en un centro comercial, carechimba, y que se sepa, el niño no explotó. ¿Entonces por qué es el desquite? Porque no aparece, repitió Boris, y añadió, el Aguamarina tiene una torre de color como... aguamarina, ¿lo ubican? Tu novia tiene que pagarnos por adelantado. No es mi novia, aclaró Boris, y nadie les va a pagar por adelantado. Es un trabajo muy peligroso, dijo uno de ellos. Mucho, reiteró otro. Pero ustedes son profesionales, les precisó Boris. Los más, dijeron en coro, y chocaron sus puños huesudos y tatuados.

Al rato volvió el que se había ido a comprar ron. Regresó con trago y pastillas, y los ñeros celebraron a punta de coscorrones. Este negocio pinta bien, dijo uno. ¿Qué es lo que hay que hacer?, preguntó otro, y Boris comenzó a impacientarse. Celmira se alejó del grupo y, sentada sobre una roca, se puso a mirar la ciudad abajo, devastada y plomiza como todo campo de guerra. Para rematar, uno de los flacos dejó caer la botella de ron, y aunque no se rompió, se ganó una tanda de patadas de sus compinches. ¡Bueno, ya!, les gritó Boris, vuélvanse serios, gorsofias, si ustedes no le jalan a la vuelta, sigo subiendo, que allá arriba lo que sobra son malandros. Los seis se molestaron con el comentario de Boris. Me extraña, brother, que desconfíes de nosotros, dijo uno y los demás asintieron dizque ofendidos. Se pasaron la botella y bebieron a pico, se la ofrecieron a Boris, pero la rechazó con un gesto. ¿Quién es la doña?, preguntó uno. ¿Es una narca?, preguntó otro. Es una mamá dolida, les explicó Boris, y le vamos a entregar la cabeza del hijueputa que le tumbó a su hijo. ¿Entonces el pelado sí se murió?, preguntó uno. Boris levantó los hombros. No se sabe, dijo. ¿Y si aparece y ya nos hemos quebrado al malparido?, volvió a preguntar el mismo. Los compinches aprobaron al unísono, aplaudieron al que parecía el más inteligente de ellos. Pirobos, les dijo Boris, esa bomba la sembraron debajo de un carrusel repleto de niños, por cualquiera de ellos tendría que pagar el hijueputa ese. Ahí la aprobación se la ganó Boris. Los seis afirmaron, envalentonados, el mierda ese se tiene que morir, con los niños nadie se mete, alguno mencionó a un hijo y se le cortó la voz, otro habló de su hermanito hasta que otro volvió a poner el tema de la plata. ¿Entonces cuánto nos van a dar?

Boris los miró con ganas de arrepentirse. Por ellos y por todo. A los seis raquíticos bastaba con verlos, seis polillas revoloteando sin control alrededor de una botella de ron. Podían arrastrarse por el bajo mundo y desempolvar el caso del Aguamarina, podían acercarse a la cúpula del terror sin despertar sospechas porque eran tan poca cosa que no provocaban desconfianza. Podían tumbarse al que ellos consideraban que dio la orden, fuera o no fuera, eso era lo de menos, y en el intento podrían quebrarlos a ellos, a uno o a los seis, y nadie, absolutamente nadie en el mundo iba a extrañarlos, ni a llorarlos, ni siquiera les darían un entierro digno. Pero ¿valía la pena? Era lo que se preguntaba Celmira mientras los seis langarutos se bajaban las pastillas con lapos de ron. ¿Vale la pena el ajuste de cuentas? ¿De qué le serviría a ella la venganza? Esas preguntas se las hizo a sí mismo Boris, muchas veces y hace ya más de una década, cuando quedó sentenciado a la silla de ruedas. También quiso matar a medio mundo y se enfrentó con rabia a todo el que le dijo que el desquite no le iba a devolver sus piernas. Tardó mucho en superar la ira y en descartar la justicia por mano propia. Cayó al bajo mundo buscando apaciguar la desesperanza, se volvió más violento, autodestructivo, empeñó su silla infinidad de veces para consumir droga, hasta que le pusieron el tatequieto, que se arrastre, que lo alcen las seis pifias con las que se la pasa metiendo y bebiendo, que se muera si eso es lo que quiere. Y un día, cuando despertó de puro milagro, después de una sobredosis de todo, les comentó a las seis momias a lo mejor ya está muerto el malparido que me disparó. Aunque los otros no le pusieron atención, ese fue el comienzo del fin del infierno. Mucho lo habían sermoneado con el cuento del perdón y él acabó de resolverlo suponiendo la muerte de quien le disparó. Se miró el tatuaje en el brazo y leyó las tres causas perdidas. Mayra lo había dejado cuando él comenzó a caer en el vicio. Patria ya no había, no la sentía, no la llevaba ya en el corazón como cuando fue soldado. Y ahí, en medio de la resaca temblorosa, buscó un cuchillo, una navaja, un pedazo de lata, cualquier cosa que le sirviera para arrancarse de la piel la palabra vendetta, y por ahí derecho, Mayra y patria de un mismo tajo. Por suerte no encontró nada y era tal la agonía que salió dando tumbos del cambuche donde llevaban tres días drogándose, con la idea firme de no volver a juntarse con aquellas seis bazofias.

Ahí seguían ellos en su cuento, golpeándose, escupiéndose y delirando, cuando Celmira se acercó y le dijo:

—Vámonos, Boris.

Él miró a los otros, a los seis descerebrados, y tuvo que darle la razón:

—Sí, vámonos. No es buen momento para hacer negocios.

50

Había noches en las que Sergio no dormía bien, y no por la razón de siempre, sino por otras que surgían desde que se dedicó a escribir. En la construcción de toda historia eran normales las noches de insomnio, intentando salvar un obstáculo o buscando la palabra precisa. Así, Sergio sufría los rigores del oficio. Un punto y coma podía hacerlo revolcar durante horas en la cama. Las decisiones rápidas y consecutivas que había que tomar en la mera disposición de una frase. Clarisa, que dormía a su lado, padecía las inquietudes de Sergio aunque él, casi siempre, salía de la cama y se ponía a andar por el apartamento oscuro. También se quedaba mirando la pantalla del computador, quieto, con la boca abierta y los párpados pesados, alumbrado por la página en blanco. Sabía que Clarisa tenía que madrugar para ir al trabajo y que ella no tenía por qué soportar sus crisis con el libro.

No todas las noches dormían juntos. Ella había conservado su apartamento de cuando estuvo casada, y después separada, donde metió a un par de novios que tuvo después pero que no cuajaron, y donde se acostó con Sergio por primera vez. Muy en secreto porque ella todavía era la fiscal asignada al caso de la desaparición de Richi. Legalmente no había conflicto, sin embargo a ella la mortificaban los comadreos en la Fiscalía, sobre todo a ella, que era percibida como una fiscal ejemplar. Aparte estaba el drama personal de Sergio. Un hijo ¿muerto?, ¿perdido?, ¿robado? Un matrimonio que reventó, pero ¿para siempre? ¿Qué ocurriría con ellos si, de un momento a otro, el niño apareciera? ¿Volverían a intentarlo aunque fuera para no perjudicarlo?

El tiempo se encargaba de resolver sus dudas. El niño no apareció, al menos en los dos años siguientes, hasta cuando ella renunció a la Fiscalía y pasó a la presidencia del Tribunal de Menores. También en ese tiempo, el matrimonio de Sergio y Celmira se desbarató por completo, sin posibilidades aparentes de recuperación. Por si acaso, Clarisa decidió conservar su apartamento porque, ella sí que lo sabía, cualquier cosa podría pasar. No hablaba directamente con Sergio del tema de Celmira, y se limitaba a arañar lo que había entre líneas cada vez que Sergio mencionaba a su exesposa. Para todos era claro que el matrimonio no se había disuelto por falta de amor sino por exceso de ansiedad y sufrimiento. El niño se llevó muchas cosas con él. Quienquiera que se los haya quitado, hombre o dios, los dejó sin el mínimo aliento.

La duda de Clarisa era común a todos los cercanos a Richi. ¿Cómo les cambiaría la vida si volviera? ¿Si lo encontraran? ¿O si confirmaran que había muerto en el estallido? Padres, abuelos, tíos, amigos vivían, unos más que otros, en un vilo permanente. Alrededor de una luz que titilaba débil sin alumbrar ni apagarse.

Mientras tanto, Sergio escribía su libro y las reseñas literarias para el periódico. Lo primero por gusto, lo segundo para ganarse la vida. Y dormía mal, por su hijo o por el libro. Había días en que le comentaba a Clarisa no voy a publicarlo nunca, es una mierda. Otras veces le decía creo que no está tan mal, me hace bien escribirlo, a lo mejor algún editor se interesa. Así a diario, a veces sí, a veces no, a veces no sé, a veces la alusión a la mierda. Como el día que le preguntó a Clarisa:

—¿Crees que se van a creer la historia? ¿Que un niño desaparezca así, de la nada, sin dejar rastro?

Ella le respondió de inmediato:

—Te pasó a ti. Tienen que creerlo.

—Pero si ni yo mismo me lo creo a veces.

—Puedes anunciar que está basada en hechos reales —le sugirió Clarisa.

—No quiero que parezca una crónica de nuestro caso —dijo él, y precisó—: Lo que necesito es una razón verosímil para que el niño no hubiera aparecido. Tal vez tú, que conociste tantos casos...

—Ni siquiera la realidad es verosímil, Sergio —le dijo ella—. Aquí pasan cosas tan raras, sin explicación, como si de verdad hubiera una fuerza oculta. Si el resultado es favorable, entonces lo llaman milagro.

Sergio se quedó pensativo un rato. Luego dijo:

—No sé. Creo que me van a destrozar.

El miedo permanente de convertirse en un juez juzgado. El crítico literario que publica una novela mediocre, y, para colmo, improbable.

—No tienes que justificar nada —le dijo Clarisa—. Para ti no es verosímil porque, en la realidad, tampoco lo es. Cualquier lector sabrá entenderlo.

Él lo sabía: la vida era más rara que el más raro de los libros. El dilema, entonces, no era más que miedo. El crítico que teme a la crítica. Un entresijo más dentro del misterio que es toda escritura.

—No puedo dormir bien.

—A medio mundo le pasa lo mismo.

—Eso no es un consuelo.

—Saberlo ayuda.

—A dormir, no.

Clarisa lo miró con condescendencia. Casi más como madre que como amante.

—Tú solo escribe —le dijo ella—. Lo demás es azar.

Sergio le obedeció como un niño juicioso. Se puso a redondear este capítulo y lo cerró con esta misma frase.

51

Los tres acordaron que solo lo harían cuando estuvieran juntos. Ni un jugador más, ni uno menos. No es que a Carolina le dieran celos de que Boris se acostara solo con Celmira; en cuestión de celos ella estaba curada de espantos, si es que alguna vez le preocupó ese tema. A Celmira, sin embargo, le costaba asumirlo de la misma manera como lo hacían los otros dos. Para Carolina el sexo era su rutina. Para Boris, la oportunidad que le daba a su animal para despertar. En cambio, Celmira se sonrojaba si se encontraba a Boris en la calle o en la cocina, y se cohibía aún más si en el cruce se topaba también con la señora Magdalena.

—No le pare bolas a esa señora que es más dañada que nosotros —le había dicho Boris.

Dañada o no, a Celmira la intimidaba esa mirada de lo sé todo de la señora Magdalena. Celmira la evitaba o bajaba la cara. Sentía que cada comentario de la señora, cada pregunta, era para confirmar lo que sospechaba, o para engolosinarse con la culpa de Celmira. De nada sirvió que Boris le contara que, a punta de porros, se había conquistado la complicidad de Magdalena.

—¿Magdalena fuma mariguana? —le preguntó Celmira, entre sorprendida y escandalizada.

—Más que yo —le confirmó Boris.

Celmira se rio a las carcajadas.

—Entonces el olor a yerba no siempre sale de aquí —comentó.

—No siempre —le confirmó Boris.

Celmira recordó las tardes y noches en que veía a Magdalena sentada en el solar, rodeada de gallinas y de sábanas colgando, acompañada de un radiecito y fumándose, creía Celmira, un Pielroja sin filtro, que la ponía a escupir pizcas de tabaco. Pero la información no le bastó a Celmira para sacudirse la culpa, y cierta vergüenza, cuando se encontraba con la señora. De este tema ya había hablado con la doctora Tejada, y después de muchas hipótesis, surgieron las preguntas que la mortificaban: ¿podía una víctima concederse el regalo de la lujuria? ¿Podía una mujer martirizada olvidarse de su hijo perdido, o muerto, y jugar el juego en el que esos dos la metieron? ¿Y además disfrutarlo hasta terminar extasiada y satisfecha? Antes de que Celmira pudiera rumiar las preguntas, la doctora Tejada se había apresurado con otra, aunque no esperaba una respuesta de Celmira:

—¿A quién decepcionas si no cumples con tu rol de madre dolorida? ¿A ti misma, a tu familia, a la sociedad?

Era muy pronto para que Celmira lo supiera. Siguió clavando la mirada en el piso cuando se encontraba con Magdalena, y cuando se reunía con Sergio trataba de terminar rápido el asunto que los había juntado. Lo mismo cuando visitaba a su papá, como si cualquier gesto fuera a delatar el juego que practicaba con aquellos dos. La culpa era tan real que la misma Carolina lo notó la primera vez que lo hicieron.

—Como todo en la vida, la primera vez es la más difícil —le susurró Carolina.

Celmira había abandonado la cama, se puso rápidamente la ropa interior y se sentó en el piso, recostada contra una pared. En ese instante, ella había descartado una próxima vez.

—Me imagino que así es cuando uno mata, ¿o no, Boris? —continuó Carolina.

Boris estaba adormilado, respiraba duro y le brillaba la piel por el sudor.

—¿O no, Boris? —repitió Carolina, pero él apenas hizo un ruido con la garganta, que no sonó ni a sí, ni a no.

—Ya vas a ver que en la próxima le vas a meter más ganas —le dijo Carolina a Celmira—. Eso sí, la otra semana. Ese man me deja la mandíbula reventada —añadió.

Ni la otra semana ni nunca, pensó Celmira mientras buscaba su bata con la mirada, en medio del reguero de ropa y fastidiada por el olor a sexo que inundaba el cuarto. La perturbaba, además, la alusión a la muerte que había hecho Carolina, como si tirar y matar fueran la misma cosa. Quería salir corriendo, bañarse y tomarse un Xanax. Por primera vez pensó en qué diría la señora Magdalena si la viera salir del cuarto de Boris. ¿Habría oído los quejidos, el alboroto, el ruido de todo lo que se cayó en medio de las maromas? ¿Qué tal el bramido de Boris cuando logró venirse? A lo mejor Magdalena ya estará acostumbrada, a lo mejor este juego ya lo han hecho antes con otra que también se dejó echar el cuento, pensó Celmira. Tal vez Magdalena andará trabada con los porros de Boris, a lo mejor ni está en la casa, con lo callejera que es esa señora.

—Estuvo bonito, vecina —le dijo Boris, echado de lado y mirando a Celmira.

—¿Qué?

—Que estuvo bonito —repitió Boris—. Muchas gracias.

Lo que le pareció bonito a Celmira en ese instante fue la sonrisa de Boris. No fue capaz de devolverle la expresión y se quedó callada, esquivando la mirada. Carolina caminaba en pelota por el cuarto, tomándose una gaseosa. Paseaba su desnudez con frescura. Celmira recordó la primera vez que le leyó a Richi el cuento de un emperador al que le habían cosido un traje invisible. Revivió la cara de Richi, desbordada de picardía, a medida que ella le contaba cómo el emperador se paseaba desnudo por el castillo y el pueblo, sin que nadie se atreviera a decir ni mu. Volvió a la realidad cuando Carolina les preguntó:

—¿Cuál de los dos me va a pagar hoy? —dijo, con una mano en la cintura y con la gaseosa en la otra.

52

Le pides a Jeffrey que comience a negociar los anticipos del próximo libro. ¿Qué? Cualquiera habría preguntado lo mismo, con idéntico gesto de incredulidad. *Really?*,
preguntó en inglés, como si necesitara que se lo confirma-
ras en varios idiomas.

—Voy a enviarte otra tanda —le dices.

—¿Cuántas páginas?

—No sé, Jeffrey. Muchas.

—La última vez me enviaste quince páginas. Quince.

—Ahora son más de doscientas.

Jeffrey te mira con recelo. ¿Anticipo? ¿Doscientas páginas? Es mucha información para un solo día.

—¿En qué momento avanzaste tanto?

Tú no lo sabes.

—Este año he tenido más tiempo —dices.

Es cierto. Ya no te invitan a tantos eventos y las pocas
invitaciones que te hacen, las rechazas. Tu libro se sigue
vendiendo, aunque más en los colegios y algunas univer-
sidades, y ya no es raro no encontrarlo en las librerías.
Hace mucho tocó el techo de las traducciones, y muy de
vez en cuando resulta una oferta para publicarlo en una
lengua que ni sabes que existe. La última fue para el mace-
donio.

—*Seeing is believing* —te dice Jeffrey.

Parece que por fin has aterrizado en la realidad. Si no
publicas pronto podrías convertirte en un pobre escritor
olvidado. Pobre en el sentido literal, sin el dinero suficiente para sostener tu nivel de vida. Tu pereza, tu vagancia, tu
alcoholismo. Todo eso le cuesta al bolsillo. Más lo que le

envías a Uriel, más los polvos con la colombiana, los libros que compras y no lees, las películas, en fin.

—Algo podrás negociar con las páginas que te he enviado —le dices a Jeffrey.

—Voy a revisarlo, pero me van a pedir una fecha.

Hasta ahí te llega el entusiasmo. Te rascas el pelo, te sirves otro trago. Cada año es lo mismo, calculas unos seis meses hacia adelante, y te arriesgas. ¿Agosto? ¿Septiembre, tal vez? Y llegan agosto y septiembre, o los meses que hayas dicho, y tienes que arreglártelas para volver a quedar mal. Es que ha sido un año movido, no he logrado sacar el tiempo que necesito, es que la historia dio un giro que no esperaba y me ha tocado investigar otros temas, y así. Jeffrey, Sonia, tus colegas, tu agente, tu padre, todos te conocen y hasta hacen chistes con tus excusas. Esta vez tampoco te creerán, así Jeffrey se haya sorprendido con la petición de negociar los anticipos.

—¿Marzo te parece bien? —le preguntas.

—Marzo está a la vuelta de la esquina, querido.

—Yo sé, pero voy a concentrarme, voy a encerrarme, estoy a unas cincuenta páginas de terminar.

Te bogas el trago y te sirves otro. Le insistes a Jeffrey para que se tome algo. Esto hay que celebrarlo, le dices, pero notas en la mirada que todavía no te cree.

—Voy a pedirle a Gemma que retomemos el documental —dices—. Podemos preparar una campaña de expectativa. Me imagino un reloj digital, como los que marcan los días para que se acabe el año, o se acabe el mundo.

—Mira, Ánderson, para la campaña hay tiempo. Mejor envíame esas páginas.

—Podemos buscar tomas de apoyo para el documental, mi participación en eventos, conferencias, lo que he hecho en todos estos años. Más el material que tiene Gemma.

—Cálmate, Ánderson.

Asientes y te echas un trago largo. Jeffrey se pone de pie, se para frente a ti y te dice:

—En todos estos años no he dejado de quererte, Ánderson. No se te olvide.

Las palabras te suenan a regaño. Quieres preguntarle qué quiso decir, pero ya Jeffrey está de salida. Se pone la gabardina y se marcha. No te quedan dudas de que está molesto. Como un niño te preguntas ¿y yo qué hice? Te sirves otro vaso. Todavía no son las dos de la tarde y ya te has bajado media botella. ¿Quién se cree, Jeffrey?, le reclamas al aire, repasas lo que te dijo, ¿a qué viene ese cuento de que me quiere? Es distinto a lo que una vez creíste, muy al comienzo y en medio de otra borrachera, tú y Jeffrey en la barra de un hotel, y Jeffrey te puso una mano sobre el hombro y se quedó mirándote. Sacudiste el hombro y le reclamaste, no, Jeffrey, estás equivocado. Jeffrey meneó la cabeza, visiblemente decepcionado, y te dijo eres tú el que está equivocado, te venció el prejuicio. Jeffrey pagó las bebidas y se fue a su cuarto, mientras tú te quedaste en el bar, sintiéndote una mierda y lengüeteando los restos del vaso. Lección aprendida.

Ahora que han pasado tantos años, puedes dar fe de lo equivocado que estabas. En este tiempo has podido confirmar que Jeffrey te respeta y te quiere casi como un padre, a pesar de lo que te cuesta definir esa figura. No lo has tenido en términos de sangre, no lo has conocido, y esa imagen ambigua de lo que representa Uriel, o Kiki, o Api, aunque te brinde cariño, también ha sido la culpable de tu confusión. Y tanta confusión te ha convertido en piedra. Por eso no entiendes lo que te ha dicho Jeffrey. Por eso tendrías que cumplirle y entregarle las páginas que le prometiste, y sentarte a terminar la novela, asumir el riesgo que tiene escribir un libro, jugártela, desacralizarte, porque tú, Ánderson, no eres nada más que uno más, un mortal más en este puto mundo.

Ahora lloras. ¿De verdad estás triste o simplemente estás borracho? ¿Las dos cosas? Siempre que estás así terminas en lo mismo. Levantas el teléfono y llamas a Gemma, sin importar la hora. ¿Y si ella también está cansada de no saber qué quieres? Terminas la botella y afinas la puntería del dedo para marcar el número.

—¿Gemma?

53

Los pocos que conocían a Uriel daban fe de todo lo que había hecho por Ánderson. Nadie sabía la historia completa, pero les constaban la dedicación, la entrega, el cuidado y la dicha que tenía porque, en pocos días, se iba a graduar de bachiller. Y eso que en el último año Ánderson había cambiado mucho y para mal. Uriel buscó hasta el cansancio a quién culpar, porque no creía lo que le decía Ánderson, que el único responsable de su conducta era él mismo, lo que era cierto, porque, a ver, ¿cuándo me has visto salir con alguien por ahí a la calle hasta tarde en la noche?, ¿cuándo has visto que alguien entre aquí a la casa? Ánderson salía de la casa al colegio en las mañanas y en las tardes regresaba haciendo el mismo recorrido, aunque a veces, y ahí estaba el pecado, ahí estaba la culpa, a veces, al regreso, se desviaba tres calles hasta un moridero donde, después de un santo y seña, lograba que le vendieran la porquería que bebía a diario, y que si no lo había matado era por las oraciones que Uriel elevaba al cielo. Eso sí, no molestaba a nadie, ni siquiera volvió a enfrentarse a Uriel, no hacía escándalos, no hablaba solo ni ponía la música duro. Lo único que podía delatar su estado era un trama-cazo, un golpe o un traspié cuando caía al piso y que aler-taba a Uriel, ay, Virgencita del Perpetuo Socorro, ya em-pezó otra vez este muchacho, pero ¿de dónde sacará plata este culicagado para comprar ese bebedizo?, ¿quién será el malparido que le alcahuetea el trago? Las suposiciones y los malos pensamientos atormentaban a Uriel, que se acercaba despacio a la puerta del cuarto, ¿estás bien, mijo? A veces Ánderson le respondía, le gruñía un sí, ¿puedo entrar, mijo? Ahí le gruñía un no. A veces ni respondía, entonces Uriel esperaba unos segundos y entraba, porque ya suponía lo que había pasado, podía encontrar a Ánderson inconsciente, tendido en las poses más raras y apestando a la porquería que se tomó. Uriel intentaba hacerlo reaccionar con un par de cachetadas, ni suaves ni duras, apenas para lograr que balbuceara algo, y descartar la intoxicación o la muerte. Luego lo levantaba según la posición en la que hubiera quedado, lo arrastraba a la cama, siempre rezando, llorando, ay, Diosito del cielo, en las garras de quién ha caído mi niño, ayúdame a que retome el buen camino, y apenas lo dejaba acomodado se ponía a mirar alrededor en busca de una pista, revisando cada detalle del pequeño mundo de Ánderson, que no era más que un escritorio, un computador, una impresora, si al menos yo supiera prender este maldito aparato, renegaba Uriel del computador, para ver qué es lo que ve mi muchacho, y le echaba una mirada a los papeles que había por ahí dispersos, ¿qué son estas cosas tan raras? Les daba un vistazo a los libros amontonados en busca de algún título diabólico o una portada con la foto del demonio, cualquier cosa que le confirmara que detrás de la conducta de Ánderson estaba el mismísimo Patas.

Ni hablar del desaliento que invadía a Uriel cuando le daba por suponer de dónde sacaría Ánderson la plata para comprar la porquería. Los refranes, que son sabios, lo remitían a su propio pasado. El ladrón juzga por su condición. Ay, Dios, ay, malparida vida. Con lo antojado que era Uriel de niño, porque ni la miseria le impidió desear la ropa que veía en las vitrinas, ropa para jovencitas, prendas diminutas, falditas vulgares como las que usaba Irene, la hermana mayor, la que nunca volvió a ver porque se la tragó la calle. Desde esa época se emocionaba con lo que no tenía, porque, además, no le correspondía, pero a escondidas se probaba los vestidos de Liz y de Yurani, que no tenían nada que ver en atrevimiento y colorido, en textura y brillo, con lo que se ponía Irene cuando salía con sus novios, porque eso sí, se ufanaba de tener algunos, qué digo algunos, si cada día salía con uno diferente. Luego vino el pecado, ay, Virgencita del Despeñadero, perdón, perdón, pero de dónde más iba yo a sacar plata si no era dejándome tocar de mis parientes. De dónde más iba a sacar para esa ropa suntuosa que, dicho sea de paso, me quedaba regia, y luego para el perico, que más que gustarle, Uriel lo necesitaba para mantener activa su fuente de ingresos. De ahí el vahído cuando se imaginaba a Ánderson en las mismas, vendiéndose quién sabe cómo y a quién para mantener su vicio, ay, no, no, no seas tan malparida, Virgencita de los Dolores, con mi Ánderson no te metas por ese lado, que todo quiero en la vida menos que se parezca a mí, y tuvo que abrir la ventana del cuarto para que le entrara aire, y se sentó en la cama del muchacho a esperar a que la intuición perversa le devolviera la calma.

La brisa sanadora que entró por la ventana, además de mecer bellamente las cortinas, hizo que Uriel descartara de plano la suposición que lo había dejado bañado en llanto. Al que anda en eso se le nota a leguas, se dijo Uriel, que sí sabía del asunto. Mi muchacho no es como era yo cuando era muchacho. Si en la misa se le van los ojos por esas niñas elegantes y puestecitas que también lo miran con afán. Y en la calle, y en el cine. Uriel reaccionó y se puso a fisgonear entre una pila de revistas, si hasta tendrá alguna escondida por aquí con viejas en pelota, todos los muchachos las tienen, y volvió a mirar el computador, apuesto a que las ve en ese puto aparato, con razón lo deja apagado cada vez que sale, él sabe que yo soy negado para esas cosas. Pero, entonces, Dios del Cielo y de la Tierra, ¿cómo hace este muchacho para conseguir semejante porquería?

A Uriel ya no le quedaban dudas de que alguien, uno o más, le estaba suministrando el trago a Ánderson. A cambio de qué, eso todavía no lo sabía, aunque descartó lo que él mismo hacía antes. También descartó que Ánderson vendiera o empeñara cosas de la casa. Tenían tan poco que lo habría notado al instante. Un televisor, una licuadora, una estufa, todo se limitaba a un objeto, nada sobraba, nada se repetía, un reloj de muñeca, un solo perfume, un juego de sábanas por cada cama, cualquier cosa de sobra sería un lujo. Recorrió el apartamento para constatar que estaba en lo cierto y no faltaba nada. ¿Les robará a sus compañeros de colegio? De solo pensarlo, Uriel tuvo que tomar agua y se sentó de nuevo. Ay, no, por favor, que por ahí no sea la cosa, Virgen mía. Claro que entre ladrón y puto... Se dio la bendición y le suplicó a su santoral que el muchacho no estuviera metido en líos por robarles a los amigos. ¿Y a los vecinos? Ay, no, tampoco. A nadie. Que sea correcto como siempre he querido, que para eso mi trabajo ahora es honrado, que ser vedette no es pecado, y mucho menos cantar, así lo haga con coquetería. Ni más faltaba, pues.

Estuvo cerca de adivinar cuando pensó en el colegio. Por ahí sí era la cosa, pero no robándole a nadie sino haciendo un poquito de trampa, solo un poquito, así lo pensaban Ánderson y sus compañeros. A él le iba muy bien académicamente. Podía ser raro, introvertido, misterioso, borrachín, pero las notas eran sobresalientes. Las tareas las despachaba en veinte minutos y terminaba los exámenes mucho antes que los demás. ¿Cómo era el negocio entonces? Pues ofrecía sus servicios para hacerles las tareas y los exámenes a los que estaban dispuestos a pagarle, y las tarifas dependían de la materia, del grado de dificultad y de la urgencia. Los exámenes, por supuesto, eran más costosos porque implicaban más riesgo que las tareas, devolverle la hoja llena al bruto o al vago que no quiso estudiar. Y no es que ganara mucho dinero porque en el colegio todos eran tan pobres como él, pero juntando aquí y allá, y ajustando con lo que le sacaba a Uriel, una que otra moneda que se le hubiera quedado en el bolsillo, un billete arrugado de alguna propina dejado en su chaqueta, pequeños olvidos de cantidades tan mínimas que se le escapaban a Uriel de la memoria, pero que Ánderson, paciente y observador, rescataba para ajustar su compra.

Plata en mano, entonces, Ánderson se desviaba cuando salía del colegio, no más de tres cuadras porque, para su suerte, el moridero ese quedaba cerca. Allá lo atendía, muy de prisa, un barrigón sin camisa que destilaba su propia porquería en la trastienda de la casa, donde tenía un alambique oxidado y mugroso, si es que así se les podía decir a una olla destartalada y a un balde de plástico pringoso en el que preparaba el bebedizo que había mandado a muchos al hospital y dejado ciegos a otros tantos. El hombre lo empacaba en cualquier botella que encontraba en la calle, luego de darle una rápida y descuidada enjuagadura, y lo vendía no por peso ni por contenido sino por el grado de necesidad, ansiedad o nervios que le notaba al desventurado cliente. No le importaba, tampoco, si el comprador era niño, viejo, si era una mujer embarazada, nada le importaba mientras le pagaran de contado. Porque, eso sí, a nadie le fiaba.

A Ánderson lo conocía bastante y había tenido la gentileza de perdonarle, algunas veces, un par de centavos que le faltaban. Lo despedía siempre con un «cuídese joven», seguramente previendo una posible intoxicación. Ánderson camuflaba la botella dentro del morral, entre libros y cuadernos, y retomaba el camino a la casa. Hola, Api, saludaba apenas cruzaba la puerta. Si estaba en casa, Uriel le respondía ¿cómo te fue mi Andy?, ¿tienes hambre?, ya te preparo algo. Si nadie le respondía, el mismo Ánderson se hacía algo para comer, no sin antes esconder la botella en el cielorraso, donde a Uriel aún no se le había ocurrido buscar.

De ahí el dilema que tenía Uriel con la celebración que quería hacerle a Ánderson para su grado de bachiller. Por su lado, no tenía mucha gente a quien invitar. Los otros dos de Los Hidalgos, Rafa y Luis, y Marisela, que aunque no se la tragaba le tocaba invitarla por Rafa, y tal vez doña Silvia, la del quinto, y tal vez buscaría a la malparida de Vilma, al fin y al cabo fueron muchos años los que pasaron en su pensión. Y para que ella viera, además, el buen trabajo que él había hecho por Ánderson, con lo recelosa que fue siempre la Vilma. Por el lado del muchacho, quisiera invitar a sus compañeros de curso, los que él considerara, ojalá no muchos porque ajá, no está el palo pa cucharas, con lo caro que está todo, y al profesor de Historia, que les caía tan bien, y tal vez a la de Química, que tanta paciencia le tenía a Ánderson, porque a pesar de todo el alcohol que se bogaba, el muchacho nunca pudo entender lo de la cadena carbonada con no sé qué grupo ni nada de esas cosas. Menos Uriel, que nunca pudo ayudarle con ninguna tarea, aunque tampoco tuvo la necesidad. Ánderson fue sobresaliente desde chiquito y ahora se iba a graduar con méritos especiales.

¿Cuál era el dilema de Uriel, entonces? Pues el asunto del trago. ¿Cómo pretende festejar el grado sin ofrecer al menos una copita? ¿Y cómo ofrecerla con el problema tan gordo que tenía Ánderson con el trago? No podía acolitarlo. Pensó en inventarse un ponche bien adornado que no tuviera alcohol, a fin de cuentas los invitados eran de confianza. Ay, Virgen, pero con las ganas que tengo de echar la casa por la ventana, que la Marisela y la Vilma vean lo orgulloso que me siento de Ánderson, y de mí, modestia aparte, que a punta de trasnochos, canto y baileteo voy a poder graduar a este muchacho de bachiller, ya está listo para la universidad, pero, ay, Dios del puto universo, ¿eso cuánto vale?, y este culicagado que todavía no se decide, dizque no le gusta nada, solo escribir y leer como si eso sirviera para algo, o sí, con toda seguridad sirve para morirse de hambre, debe ser la porquería esa que se toma lo que lo mantiene atolondrado y no lo deja pensar, ay, Virgencita, ayúdame con él, ilumínalo, encarrílalo.

Uriel se concentró en lo del grado, consciente de que cada día traía su afán. Hacía meses había dejado de trabajar en Trucco pero mantenía algún contacto con los meseros que allá seguían padeciendo al argentino. Uriel, no. Afortunadamente ha podido mantenerse a flote con Los Hidalgos, y como era juicioso para el ahorro, también ha venido guardando para lo del cabaré. La fiestecita para Ánderson lo descuadraba un poco, aunque la ayuda de los meseros de Trucco le sirvió para no desbordarse en gastos. Sabía de los lotes de vino picado que el restaurante tenía que descartar a cada rato, y de los quesos y jamones que se pasaban de un día para otro, qué lo van a notar estos, Rafa o Luis, o las otras, si lo que tienen es estómago de gallinazo, con que les saque dos o tres tablas bien puestas, que de eso sí sabía Uriel luego de su paso por Trucco, con eso quedan descrestados, y el vino, pues el vino mientras más rancio más aparentón, yo me los transo con una mueca de experto y ellos, con tal de dárselas, se van a beber lo que les ponga, pero, ay, ay, ¿y si se emborracha mi Andy? Ahí sí quedo como un culo, Virgencita, ¿qué hago entonces?

La situación prometió aclararse cuando Ánderson le preguntó:

—¿Quién vas a ser ese día, Api?

—¿Cómo así? No te entiendo, corazón.

—¿Uriel o Kiki?

Uriel, atolondrado por la pregunta, le respondió con otra:

—¿Tienes alguna preferencia?

Ánderson asintió.

—Sí, Api. Mejor que seas Uriel, todo el tiempo, por favor.

«Todo el tiempo» quería decir durante la ceremonia en el colegio y luego en la fiesta en la casa. Y aunque habría querido incluir «toda la vida», limitó la petición a ese día. Uriel, que no era tonto, aprovechó el momento y le dijo:

—Hagamos una cosa, mi Andy. Yo me comprometo a ser muy Uriel, pero tú tienes que prometerme que no te vas a acercar al trago. De Trucco me van a regalar unas botellitas...

Él mismo se interrumpió cuando notó que a Ánderson se le iluminaron los ojos.

—¿Sí ves? ¿Sí ves?

—No, no, Api. Te lo prometo, te lo juro, sanidad total ese día.

—Ni una gota —le advirtió Uriel.

—Ni una gota —reiteró Ánderson.

Los dos se dieron un abrazo, muy seguros de sí mismos, y muy convencidos de que cumplirían sus promesas.

54

Qué fue aquel despertar, Dios mío, qué pasó anoche que ni Uriel ni Ánderson querían recordarlo, en qué momento se desmadró la celebración si eran tan pocos los invitados y tan de confianza que todo parecía bajo control. El muchacho y sus compañeros en un corrillo, hasta tres o cuatro niñas asistieron, muy bien puestas, vestidas como correspondía asistir a los grados, y Uriel se las ingenió para prepararles un ponchecito sin alcohol, endulzado con gaseosa y fruta picada, la apariencia no era agradable, el sabor tampoco, mejor así, pensó Uriel, para que creyeran que estaban tomando algo fuerte. A los adultos los atendió con el vino descartado en Trucco, porque ajá, pero nadie de los invitados tenía por qué saberlo. Ninguno conocía de vinos y a todos les consta que los tragos son amargos; desde el aguardiente hasta la champaña la gente hace un gesto avinagrado cuando los beben. Todo iba bien, entonces. A medida que entraba la noche la conversación subió de volumen, la de los muchachos por un lado, la de los adultos, por otro. Fue Marisela la que le dijo a Uriel póngase una buena musiquita, compadre, y él, ni corto ni perezoso, ya con sus copas en la cabeza, rebuscó entre los discos algo animado. Julio Iglesias, no; Los Chalchaleros, tampoco; Olga Ramos, la señora del cuplé, mmmhh, su favorita, pero no les va a gustar a los chicos; ¿Los Panchos?, menos, ya es suficiente con lo que tenían que aguantarse ellos mismos como trío; mejor arranquemos con unas cancioncitas suaves de Toña la Negra, puso la aguja sobre el disco y regresó adonde los invitados dando pasitos de baile y un giro sobre el talón que les arrancó un par de aplausos. No pasó mucho rato para que Rafa y Marisela se decidieran a abrirse espacio y comenzaran a bailar.

No es que con el baile hubiera empezado todo lo malo, sino que por bailar, que era lo que más le gustaba, Uriel se distrajo. No se dio cuenta cuando se dispersó el corrillo de los muchachos, unos por aquí, otros por allá, de pronto Ánderson ya no estaba, luego aparecía, volvía a desaparecer, y así. Uriel no solo se distrajo sino que también, al son del baile, se animó a beber más, él y los otros, y hasta zapateó con la vecina del quinto, y con Vilma que le caía tan gorda, pero los tragos les fueron borrando los rencores e incluso terminaron todos, como siempre sucede, vociferando lo mucho que se querían.

Mientras tanto, los muchachos por aquí y por allá, saliendo y entrando; a veces Uriel lograba ubicar a Ánderson y a veces lo perdía. Uriel no quería molestarlo, era su grado, era su noche, y como pavo real Uriel se había ufanado del esfuerzo para sacar bachiller al muchacho, sin tanta lucha porque, para qué pero sí, Ánderson era inteligente, hábil y concentrado. Uriel agotó todos los calificativos para ponderarlo, y entre un elogio y otro les daba las gracias a sus vírgenes y santos, porque, además, apenas iban a mitad de camino, todavía les quedaba la otra mitad hasta convertir a Ánderson en un insigne profesional. Marisela recalcó que ella también había hecho su aporte, el computador, y Uriel exclamó, ay, bendito demonio, ese aparato se prende y se apaga solo, me pega unos sustos terribles, y eso que no mencionó sus suposiciones de que los males de Ánderson venían de ese aparato.

—Bueno, ¿y ahora qué va a estudiar Ánderson? —preguntó Vilma, como si la muy socarrona sospechara de los dolores de cabeza de Uriel de los últimos meses.

—Por el momento anda muy dedicado a mejorar la escritura —dijo Uriel.

—¿Cómo así? —exclamó la del quinto piso—, ¿y es que todavía no sabe escribir?

—No, mi señora, no es eso —le explicó Uriel—. Mi muchacho quiere aprender a escribir como los escritores, los que publican libros.

—¿Entonces no va a ir a la universidad? —preguntó Marisela, un poco decepcionada—. Y con lo caro que me salió ese computador.

—Pues claro que sí va a ir —dijo Uriel—, pero tiene que preparar no sé qué cosas, una cantidad de cosas para que lo acepten.

—Ay, qué maravilla, ¡escritor! —recalcó Vilma—. ¿Pero de qué va a vivir?

—Pues de los libros —respondió Luis, el otro de Los Hidalgos.

A Vilma la cogió la respuesta con el vino en la boca y duchó a todos con una carcajada explosiva.

—Ay, perdón, perdón —dijo.

Para cortar por lo sano, Uriel decidió cambiar de tema y propuso que hicieran un trencito bailable por toda la casa.

—Esperen cambio la música —dijo, y añadió en voz alta—: Atención, chicos, vamos a hacer un trencito.

Antes de que Uriel hubiera terminado de pronunciar la última letra, los muchachos huyeron en carrera, como tocados por un rayo. Ni afuera, en la calle, los muchachos se sintieron a salvo de semejante terror. Un trencito bailable, ¡a quién se le podía ocurrir! Fue tan grande el pánico que los invadió que, para pasar el susto, todos aceptaron beber del potingue que Ánderson había escondido entre las matas. Ya quedaba apenas media botella y la amenaza del trencito los hizo bogarse la otra media. En minutos ya estaban convertidos en zombis. Ánderson los convenció de ir a comprar más, él no podía ausentarse y tampoco tenía plata, pero hicieron una recolecta entre los amigos y varios de ellos salieron a hacer la vuelta. Ánderson se quedó con una de las niñas, una tal Samara, que le preguntó ¿qué pasa si tu papá se entera de que estamos tomando? Él no es mi papá, le dijo Ánderson, y añadió, él no tiene por qué enterarse. Por el tono de la respuesta, Samara entendió que no debía preguntar más, aunque babeaba por saber quién era ese señor tan raro, pero tan simpático, que a todas luces parecía ser el papá de Ánderson. Samara se sintió culpable por la intromisión y se lanzó a darle un beso a Ánderson, en la boca y con lengua, que él recibió sin mucho entusiasmo, aunque le metió la mano, palpó y hurgó sin que Samara se alterara. El que sí brincó de la emoción fue Uriel, que se había asomado afuera para ver en qué andaban los chicos, y encontró a Ánderson engarzado con Samara. Ay, Virgen querida, gracias, mi María Auxiliadora, gracias, mis Ánimas del Purgatorio, mi muchacho no es como yo. Se volvió a entrar para no interrumpirle la faena a Ánderson, que siguió besándose y toqueteándose con Samara hasta que regresaron los otros con la porquería que fueron a comprar.

Cuando los muchachos volvieron a entrar a la casa, ya ninguno conservaba la compostura, ni la mirada limpia y brillante como cuando habían llegado. Uriel andaba envuelto en una boa, cupleteando al son de las guitarras de los otros dos Hidalgos. Los adultos, también tragueados, no le dieron importancia a que los muchachos siguieran de largo para la cocina, donde atracaron las botellas de vino que quedaban. Samara, que hervía por el toqueteo, se acostó en la mesa auxiliar y tiró de Ánderson para montárselo encima. Los demás muchachos celebraron a Ánderson con aplausos, gritos y exaltaciones para que se la comiera. Él, virgen hasta entonces, no necesitó de muchos ruegos para complacerla. A pesar de estar delirante, casi inconsciente, la penetró, y los otros, arrechos con el espectáculo, comenzaron a tocarse y besarse todos con todos.

Así los encontró Vilma cuando fue a la cocina a buscar más vino. A Ánderson con las nalgas al aire y metido entre las piernas abiertas de Samara. Los demás estaban medio en pelota, en un cuadro que Vilma calificó como «lo peor que he visto en mi vida». El grito de ella alertó a los que seguían en la sala. Uriel y los demás corrieron a la cocina y encontraron a Vilma lívida, apoyada contra la pared, mientras que los muchachos, a las carcajadas, trataban de acomodarse torpemente la ropa.

—¿Qué es esto? ¿Qué está pasando? —preguntó Uriel, confundido por el desorden.

Vilma lo enfrentó y le dijo:

—Todo esto es culpa suya, viejo marica.

Ella salió dando tumbos y vociferando que en su vida había visto nada peor. Enseguida, todos entendieron lo que había pasado y, por supuesto, la fiesta se dio por terminada en ese instante. Uriel, con los sentimientos encontrados, sollozó en su cama. Ya no le quedaban dudas: su niño, su muchacho, su Ánderson, ya le pertenecía más a la vida que a él.

55

—¿Cómo se llama su marido? —le preguntó Carolina.

—Exmarido —le aclaró Celmira, y agregó—: Sergio.

—¿Y qué hace?

—Es periodista cultural y crítico literario.

—¿De eso vive? —preguntó Carolina.

—Ajá —respondió Celmira, y estiró el brazo para recibirle a Carolina la cerveza que compartían.

Boris dormía bocabajo, exhausto, como quedaba siempre después de echarse un polvo. Esa tarde había tenido que recurrir al electroestimulador y la faena lo dejaba agotado. Celmira seguía desnuda, sentada en la silla de ruedas, bebiendo cerveza a pico de botella. Carolina estaba tendida a los pies de Boris y comenzó a abanicarse con uno de los carteles con la foto de Richi.

—Con eso, no, Carolina —le pidió Celmira. La otra no entendió y Celmira tuvo que señalar el cartel.

—Ah —dijo Carolina, y puso el aviso en el suelo.

—Gracias.

Celmira le devolvió la botella. Todavía le quedaban dos o tres sorbos.

—Tienen que pagar por esto —dijo Carolina.

Celmira soltó un bufido resignado, y hasta irónico. Empuñó las ruedas de la silla y retrocedió un poco.

—En serio —insistió Carolina—. Tienen que pagar por lo que hacen.

—No sabemos quiénes fueron.

—No importa. No estoy diciendo que haya que buscar a los que mataron a su niño, sino que...

—Richi no está muerto.

—Lo que haya sido —continuó Carolina—. Alguien tiene que pagar, cualquiera de ellos. Son los mismos, están en todas partes.

Carolina se terminó la cerveza y volvió a inclinarse sobre la cama para dejar la botella en el piso. Boris soltó un ronquido ahogado y se removió. Carolina y Celmira se cubrieron la boca para reírse.

—Él y yo podemos ayudarla —dijo Carolina, y señaló a Boris.

—El año pasado estuvimos con unos tipos que dizque iban a ayudarnos —dijo Celmira.

—Yo conozco otra gente.

—¿Qué gente?

—Pueden dar con ellos y hacerles pagar.

Celmira recorrió el cuarto en la silla, era la primera vez que se sentaba en ella. De hecho, era la primera vez que se sentaba en una silla de ruedas. Pasó junto al arrume de avisos con la foto de Richi, convertido ahora en un adolescente. Lo miró como si estuviera ahí presente. Como si siempre hubiera estado ahí.

—Hace unos años quería matar a medio mundo —dijo Celmira.

—No deje que eso se quede así —le pidió Carolina.

—No sé.

Carolina se levantó, juntó su ropa y comenzó a ponérsela. A Celmira le gustaba mirarla, el desparpajo con el que se mostraba desnuda la hacía ver sublime. Era mucho más joven que Celmira, y la diferencia resaltaba, además, por una Celmira envejecida antes de tiempo. Ella se levantó de la silla y empezó a recoger su ropa. Se vestían sin afán, al son de la respiración pesada de Boris y del murmullo del barrio. Carolina levantó el brazo y se olió la axila, buscó su bolso, sacó un perfumito en espray y lo roció por su cuerpo.

—¿Y su marido qué opina?

—Exmarido.

—Ay, sí, sí, sí.

—Nunca hemos tocado ese tema —dijo Celmira—. Él cree en la justicia de los jueces, tanto que hasta terminó en amoríos con la fiscal.

Carolina soltó una carcajada.

—Ahí están pintados —dijo—. Se enredan con la odontóloga, la secretaria, la gerente del banco, con la que se les atraviese.

—Pero ya nos habíamos separado —le aclaró Celmira—. Ella le ha ayudado mucho, gracias a ella el caso sigue vivo.

—O sea que usted no siente celos —comentó Carolina.

—Uno siente celos si quiere a alguien, y yo no quiero a nadie.

Carolina, todavía con las tetas al aire, se le pegó de frente a Celmira y le preguntó:

—¿Ni a mí?

Celmira se rio incómoda.

—Ay, Dios, ¿cómo se le ocurre? Esto es un juego.

—¿Ah, sí? —le preguntó Carolina, todavía muy pegada a Celmira.

—¿No lo es?

—Pues él se muere por estar solo con usted, sin mí.

—¿Y a usted no le darían celos?

—¿A mí? —preguntó Carolina, riéndose. Y añadió—: En eso usted y yo somos iguales: yo tampoco quiero a nadie.

Celmira se alejó para terminar de subirse el pantalón.

—Baje cualquier día, y lo sorprende —dijo Carolina.

—Me da miedo.

—¿De Boris?

—De estar sola con él. Tres es juego, dos son pareja.

—También dos pueden jugar, solamente —dijo Carolina—. Pregúntemelo a mí.

Celmira le sonrió y negó con la cabeza. No había caso. Ya con los tres se sentía excedida. Terminó de vestirse y le preguntó a Carolina:

—¿Puedo acompañarla?

—Tengo que ir a la agencia. Acompáñeme hasta el paradero.

Celmira necesitaba salir a la calle y caminar un poco. Salieron como dos de esas que dejan a su cliente dormido, resignadas a seguir con la tarea, aunque solo una lo haría.

—¿Qué le pasa? —preguntó Carolina.

—Es la hora —le respondió Celmira, miró al cielo y agregó—: A veces siento una mano apretándome el cuello.

—Son ellos.

—¿Quiénes?

—Los que le hicieron el daño —le explicó Carolina—. Si no les cobra, la van a seguir asfixiando.

Celmira se quedó callada. Tomó aire profundamente a pesar de que era un aire sucio de humo y de combustible.

—Usted no tiene que hacer nada —le dijo Carolina—. Usted es distinta a nosotros. Déjenos hacer el trabajo sucio.

—¿Por qué insiste tanto?

Estaban a media cuadra del paradero y Carolina se detuvo.

—Será que soy una puta justiciera —dijo.

—A lo mejor ya pagaron por eso —dijo Celmira, y comenzó a quedarse sin aire para completar las últimas palabras.

—Tranquila —le dijo Carolina—. Respire. Si quiere nos sentamos.

Celmira negó.

—Ya estoy acostumbrada. Váyase a sus cosas —le dijo—. Nos vemos la otra semana.

—¿Segura?

Celmira asintió. Ya se acercaba el bus. Por primera vez se despidieron con un beso en la mejilla.

56

Al niño lo modificaban cada seis meses y ahora era un adolescente con granos y brillo en la piel. El programa de computador proyectaba los posibles cambios, y Sergio, sentado al lado del programador, le hacía sugerencias de acuerdo con las fotos que llevaba de los abuelos, de Celmira, de sobrinos con una edad cercana a la de Richi. Tal vez los ojos más achinados, más gruesas las cejas, la nariz solo un poco más respingada, como la de Celmira, los pómulos un poco más como los míos, el mentón del abuelo materno y una sonrisa, por favor, que Richi no paraba de reírse, tenía una sonrisa que relucía.

Así vieron crecer a su hijo, a partir de la genética que les proporcionaba un computador. Sin poder confirmar si estaban cerca o lejos de la verdadera apariencia de Richi. Era la única opción que tenían para visualizarlo. Eso y los sueños, aunque el rostro en los sueños se disolvía apenas abrían los ojos. Era un rostro esquivo que podía cambiar de aspecto varias veces en la misma pesadilla. A veces coincidía con el que había hecho el computador, otras veces Richi era un desconocido, y, casi siempre, un niño; el último Richi que los dos vieron.

Sergio le hacía llegar a Celmira las impresiones con la foto retocada, actualizada, para que ella cambiara los carteles que seguía pegando por donde pasaba. El mismo nombre, Ricardo Cuéllar, el mismo número de teléfono y la misma fecha de desaparición. Pero otra cara, con un año más en su gesto. En Sergio y Celmira el dolor intacto, la espera en vigor.

Hacían dos versiones de Richi para no descartar la posibilidad de un niño en malas condiciones. Como si lo tuvieran mendigando, o explotado en el tráfico sexual. Pero era tan atroz esa versión que Sergio no se atrevía a mostrarle esos retratos a Celmira. Era solo una conjetura, entonces para qué atormentarla. Él sí acompañaba a supervisar la transformación de su hijo en la versión de la calle, la explotación y el abuso. Un niño desnutrido, golpeado, con los dientes podridos y el pelo podado a tijeretazos. Sergio se derrumbaba, no había manera de soportar la imagen, por más hipotética que fuera. Luego vino el adolescente sin techo, el esperpento consumido por la heroína, la mirada perdida de un desechable. Una versión apocalíptica de Richi, pero necesaria, según Clarisa, para seguir en la búsqueda.

—Si está así, lo prefiero muerto —dijo Sergio.

La versión buena, en cambio, lo llenaba de ilusión. Tan hipotética como la otra, le permitía imaginar a su hijo rozagante y guapo, y conectarse con una mirada llena de luz.

—Cómo ha crecido —exclamaba cada vez.

Celmira recibía esa versión con amor, pero también con incredulidad. Cuánta gente no se parece en nada a cuando eran niños. Ella misma era un buen ejemplo, solo le quedó la mirada, lo único que resta, de la niña que fue. Decía que la vida nos va moldeando de acuerdo con la forma en que vivimos. La miseria hace ver a los niños como viejos. Un niño amado adquiere otra forma, y su Richi, mi Richi, decía, a él nadie lo va a querer como nosotros.

—Pero es lo único que podemos hacer —le decía Sergio—. Inventárnoslo.

Cada seis meses, cuando Sergio le dejaba el arrume de carteles recién salido de la imprenta, Celmira se apresuraba a romper el envoltorio para reencontrarse con el hijo que había dejado de ver desde la versión anterior. En el papel, seis meses; en la realidad, dos, seis, diez, dieciséis años.

—Llegará un momento en que no cambie tanto —le advirtió Sergio—. Si acaso cada año, cada dos años, podrá tener un cambio notorio.

A él se lo habían advertido en la Fiscalía. Celmira lo miró con desánimo, como si el mismo Richi le hubiera dicho que ya no lo vería tan seguido.

—Yo sé —le dijo Sergio—. A mí tampoco me gusta la idea.

A ella también la vería en tiempos más distanciados, y no es que siguiera apegado a ella, no como al principio, pero Celmira era su cómplice en la búsqueda. La prensa ya se ocupaba poco del caso. A veces reaparecían con un especial, algún programa morboso al estilo de «El gran misterio de...», «¿Qué pasó con...?», «La historia oscura de...». Un giro hacia lo metafísico, lo oculto o fantástico en la desaparición de Richi.

Frente a un panorama desolador, Sergio se refugiaba en el libro que escribía, que engordaba con cientos de páginas. Ya le había perdido el miedo al hábito y escribía a diario. «Sin esperanza y sin desesperar», como lo sugería la escritora Isak Dinesen, o Karen Blixen, a veces hombre, a veces mujer, un poco como uno de los personajes de la novela de Sergio. Así, sin esperanza y haciendo de tripas corazón para no desesperar, se sentó frente al computador y tecleó:

«Capítulo 57».

57

Qué raro que te ves ahí sentado, frente a una laptop que le ha dado la vuelta al mundo, y que has usado, más que todo, para fisgonear en las redes sociales, para las videollamadas que le haces a Uriel, para ubicar puteaderos cerca del hotel o pedir licor a domicilio. Ahora vuelves a teclear como cuando escribías día y noche, antes del premio, sin esperanza y sin desesperar, concentrado en esas páginas que relees, que corriges, caracteres, palabras y páginas que, al menos, ya dan para lomo, ya estarás a unas ¿qué?, ¿cincuenta?, ¿ochenta páginas del final? Imposible saberlo aunque lo intuyes, sí, estoy cerca, te emocionas, te aterrorizas, sientes el llamado de un trago y las ganas de contarle a Gemma que has retomado el oficio, pero se dibuja ante ti el círculo vicioso: necesitas beber algo fuerte para coger el valor de llamarla, y ella notará que has bebido y te rechazará, como siempre.

Así pasó cuando te decidiste a contarle lo que sentías por ella. Una decisión que te tomó semanas, noches de insomnio, caminatas en la madrugada. La relación no podía seguir siendo la de una documentalista y su documentado, además ya quedaba poco que grabar, muy poco que agregar de tu existencia sosa. Gemma ya no iba a ser necesaria en tu carrera, aunque ya lo era en tu vida. Tenías que decírselo. No podías darte el lujo de perder lo poco que habías logrado, que entrara y saliera a su antojo de la casa, que preparara café antes de que te levantaras, no podrías vivir sin que te despertara el burbujeo subiendo por la cafetera, el aroma llenando el apartamento y la presencia limpia de Gemma, recién bañada, fresca como el pan que te llevaba en las mañanas, todo lo contrario a ti, recién despertado con tufo a trago y con la erección que correspondía al imaginarla por ahí en la casa. No podrías vivir sin esa rutina, tenías que pedirle que se quedara para siempre, admitirle que estabas dispuesto a todo para que ella fuera feliz a tu lado. ¿A todo? ¿De verdad? Adivinaste las condiciones que ella te impondría. ¿Dejarías de beber? ¿Te dedicarías a escribir? ¿Suprimirías a Dana y a las demás putas? ¿Le revelarías cuál era el gran vacío de tu vida? Te respondiste que sí a todo, a eso y más estabas dispuesto.

Y llegó el día. De hoy no paso. Destapaste una botella de whisky irlandés que tenías guardada para ocasiones especiales. Una botella negra con leyenda incluida, que compraste dizque para una celebración especial. ¿Para celebrar otro premio más? No. Ya te habías acostumbrado a los premios, si hasta se los inventaban con tal de premiarte. Ni siquiera la abriste cuando Uriel inauguró su cabaré, su gran sueño, pero ni te dignaste a viajar para acompañarlo. La ocasión era ahora, entonces, tu declaración a Gemma, el comienzo de una nueva vida al lado de una mujer maravillosa, la consolidación de una familia hasta con los hijos que nunca quisiste tener.

Te echaste el primer sorbo. Sangre de dragón y humo. Nadie podía negar que habías adquirido un buen paladar, así te vieran a veces con un vaso de whisky repleto de hielo. Lo hacías para aguantar, o cuando no te importaba lo que bebías con tal de beber. El irlandés te acarició con fuego, cerraste los ojos para disfrutar del lengüetazo del dragón, su aleteo en la boca y el asalto a tus entrañas. Ya tenías en la mano el teléfono, listo para la llamada, nadie más se merecía ser la primera persona en saberlo. No miraste la hora ni caíste en cuenta de si Uriel estaría durmiendo. Había noticias que no daban espera, no admitían contextos, había que darlas y punto.

—¿Api?

Uriel rezongó. Dicho y hecho, estaba dormido. Para ti Uriel siempre está en la misma ciudad que visitas.

—¿Te desperté?

Te temblaba la mano que sostenía el vaso, bebiste sin saborear, de los labios al estómago como si tuvieras una manguera, justo lo que necesitabas para el empujón final. Si con Uriel estaba resultando complicado, con ella sería peor.

—¿Te pasa algo, mi Andy?

—Sí, Api, va a pasar algo muy importante.

Dabas zancadas por el apartamento, te detenías un segundo frente a una de las ventanas y al segundo siguiente ya estabas frente a otra. Entre sorbo y sorbo pudiste contarle que le ibas a confesar a Gemma todo lo que sentías por ella.

—No sabía que estabas enamorado —dijo Uriel.

En un abrir y cerrar de ojos volviste al salón. El silencio breve de Uriel te pareció una eternidad.

—¿No te alegras, Api?

—Claro que me alegro, mijo. Bueno, lo máximo que uno puede alegrarse cuando lo despiertan a las cinco de la mañana.

Seguía sin importarte la hora. Le contaste que la habías invitado a almorzar para decírselo, que estabas estrenando ropa, que ayer te habías cortado el pelo. Uriel te interrumpió:

—No bebas mucho. No la cagues.

Te llevaste el vaso a la nariz y aspiraste los vapores de Irlanda. El silencio tan largo te delató.

—Ya empezaste, ¿verdad? —dijo Uriel.

—No, Api, aunque estoy muy nervioso.

—¿Por qué? Eres guapo, inteligente, exitoso...

—No, tú sabes la verdad.

—¿Cuál verdad? Ella ya te conoce muy bien. ¿Acaso no está haciendo una película sobre tu vida?

—No es una película, Api.

En lugar de calmarte, la conversación con Uriel te aumentó la ansiedad. Necesitabas volver a llenar el vaso sin que Uriel se diera cuenta.

—Voy a terminar de alistarme, Api. Te vuelvo a llamar esta noche.

—Padre, Hijo y Espíritu Santo, mijo, y no te preocupes que todo va a salir muy bien.

Saliste en carrera para el baño a cagar tu pánico. En la hora que te quedaba antes de verla tendrías que evacuar hasta el último de tus miedos, no fuera que te traicionaran las tripas en plena declaración. En una hora todo quedaría resuelto, volverías a nacer, según tus cálculos, y tu vida se partiría en dos.

Como un ave pasó frente a ti la palabra que no existía, que no estaba en tu acervo pero que tenía que hacer presencia en un momento tan importante como el que vendría. Madre. La palabra «madre», la imagen imposible y desconocida. Angustiado, te limpiaste el culo, te lavaste las manos, te pusiste más perfume y vaciaste en tu boca lo que quedaba en el vaso.

Llegaste tarde, como de costumbre. No era una manía sino una carencia. Por más que lo intentabas no lograbas entender la esencia del tiempo, algo tan simple pero tan complejo como que avanza. Eres de los que piensan que el ritmo del tiempo es variable, que a veces marcha más rápido y otras más lento. Eres de los que miran la hora y creen que se quedará ahí, quieta, hasta que decidas dar el siguiente paso. Habías revisado el reloj y te dijiste todavía hay tiempo, y pasó el tiempo y te quedaste con la hora que habías mirado una hora antes. Decidiste caminar hasta el restaurante porque no había prisa, en tu cabeza permanecía la hora vista hacía ya un buen rato, y hasta paraste en un café que apareció entre una y otra calle, llegaste a la barra y, en el colmo de los colmos, pediste ¿qué?, ¿un café? Pediste un brandy dizque para endulzar la boca, ese de la etiqueta colorida, un Cardenal Mendoza.

Lo oliste, hiciste todo el papelón, saboreaste un primer trago, a fin de cuentas todavía, para ti, había tiempo. Con el segundo trago enjuagaste el paladar y el tercero te lo echaste de un envión, sin sacudirte.

—Voy a proponerle a mi novia —le contaste al barman.

—No me digas. ¿Ahora mismo?

Asentiste altivo, maldito mentiroso. El barman se dio media vuelta y volvió a tomar la botella.

—Pues este es cortesía de la casa —dijo, y te echó otro trago de brandy—. Enhorabuena.

Incluso el barman te comentó que tu cara se le hacía conocida, tal vez te he visto por aquí, anteriormente. Sí, dijiste, vivo muy cerca, a veces paro aquí. Lo decías como si pudieras recordar cada bar, cada café al que has entrado por un último trago. Cuando la verdad es que, por entrar adonde has creído que podrían vender licor, te has metido en lavanderías de moneda, cajeros automáticos, saunas gay, a cuanto lugar hayas visto iluminado tras una vitrina. O tal vez el barman reconoció al flamante escritor, foto de portadas, estrella de realities, sí, tu cara me suena, ratificó el barman, y tú, por levantar el mentón, te topaste con la hora en un reloj de pared.

—Gran puta vida —dijiste, pagaste y saliste en carrera.

Llegaste sin aire y tambaleando. La viste borrosa, no solo a una sino a varias Gemma. Hiciste lo que cualquiera en tu estado habría hecho: fingir compostura, intentar caminar derecho y directo hacia la mesa, sonreír y ofrecer disculpas por la tardanza. A algunos les sale mejor que a otros. A ti te salió mal. Tropezaste, perdiste la elegancia, y es que, además, la sonrisa de un borracho es delatora. Y a toda tu descompostura había que sumarle los nervios.

—Perdón, perdón, perdón, me puse a contestar unos correos cuando vi la hora...

Gemma, en cambio, sonrió radiante. Para ella se trataba de un almuerzo más, y tus tardanzas eran algo habitual. Las borracheras, ni se diga. Ya te conocía bien. Tan ajena estaba ella a tus planes que te preguntó si vendría alguien más.

—No, solo tú y yo.

Deberías de haber ido al baño a componerte, pero no, te decidiste por una botella de cava y algunas tapitas, intentando fingir control de ti mismo y a la espera del momento oportuno para arremeter con la propuesta. Pero el momento no llegaba, pasaba el tiempo, lo percibías rápido ahora, comían y bebían sin que la puerta mágica se abriera. No llegaba la luz prodigiosa, no encontrabas la entrada a la madriguera ni al conejo que te guiara al mundo que habías fantaseado con Gemma. Ella reía, saboreaba, paladeaba la cava mientras tú esperabas que al menos te preguntara para qué la habías convocado. Sin embargo, ella no suponía nada diferente a lo que había pasado tantas veces. Querías salir a comer a un buen restaurante, y eso era todo.

Decidiste jugarte la última carta con el último trago, algo fuerte para cerrar, ¿una grappa? Gemma dijo que pasaba, tenía trabajo pendiente y ya había bebido bastante cava. Se levantó para ir al baño y tú pediste la grappa y dos cafés. Volvieron al tiempo Gemma y el trago, y ella hizo un ademán de partida que disparó tus alarmas.

—Pedí café para los dos.

Volcaste la copa en tu boca, como cuando de muchacho bebías de la porquería aquella. Gemma abrió mucho los ojos y sonrió. Ahora o nunca, decretaste.

Pero no hablaste tú sino el diablo, habló el borracho y habló el miedo con frases retorcidas, incomprensibles, y entre una chorrera y otra, Gemma logró entender lo que querías decirle. Ella te agarró la mano y te pidió que te calmaras.

—Déjame hablar, Ánderson.

Miraste a los lados buscando al mesero. Sudabas a mares. Gemma te apretó más la mano y te dio las gracias. Luego te la soltó y dijo:

—Hay alguien más, Ánderson.

—¿Qué?

—Hay alguien más, lo siento —confirmó Gemma—. Pero te lo agradezco de corazón.

Tuviste arcadas, náuseas, escalofríos; por suerte llegó el café y lo llenaste de azúcar. Pero ya era muy tarde para que hiciera algún efecto positivo. Todo comenzó a volverse olvido. Ya todo era confusión y dudas, no era admisible que hubiera alguien más en el corazón de Gemma, ella no podía olvidar quién eras, que tu libro había sido considerado en el mundo entero como una de las obras más representativas, importantes y puras de este siglo, quién era ella para desestimar a una celebridad literaria como tú, dónde se había visto semejante descaro. Estuviste a punto de barrer la mesa con el brazo, de partir en trozos cada silla, pero te quedaste paralizado, asintiendo en silencio con la cabeza, diciéndole «sí» a la nada, «sí» a tu derrota, «sí» a tu frustración.

Lo que siguió continúa siendo una bruma hasta el sol de hoy, un vacío en tu insondable vacío. Horas sin memoria ni rastro, sin un testigo que pueda contar qué pasó después, cómo, cuándo y por qué despertaste a la madrugada del día siguiente en una de las rampas del planetario, en el parque Tierno Galván. Quién sabe en qué antro te metiste a seguir bebiendo, qué basura consumiste para borrar de tu cabeza el «hay alguien más» que te soltó Gemma, qué habrás hecho para haber despertado vuelto añicos y con el traje nuevo sucio y roto.

Ahora que lo has contado a tu manera, sientes la necesidad de decírselo a ella. Mírame, he vuelto, me he reconciliado con la escritura, trabajo día y noche, sin esperanza y sin desesperar, reconsidera mi proposición, he cambiado, este libro será mi renacimiento. Quisieras que ella fuera la primera en leerlo para que viera tu alma, tu abismo, el pozo que habitas, y, sobre todo, para que se vea en ti.

58

Penas no faltan, no faltan, le comentó Uriel a alguna de sus Vírgenes, mientras regaba las plantas, sin hacer mucho ruido para no despertar a Ánderson a pesar de que ya era casi mediodía, pero quién sabe a qué horas se durmió el pobre, si, como dijo, tenía mucho para estudiar, falta a ver si es cierto, Virgen de Guadalupe, si mi muchacho estudia de verdad o se pone a perder el tiempo en el computador. Y es que desde la fiesta de grado, si es que se podía llamar fiesta a ese encuentro de cinco gatos que terminó en orgía, en insultos y en sacar a todos a las patadas, desde esa noche a Ánderson le había dado por ponerle seguro a la puerta cuando se encerraba, como si Uriel fuera de los que entran sin tocar, él, que conocía la importancia de la privacidad, él, que nunca la tuvo en medio del hacinamiento en que vivió su infancia, que tenía que esperar a que todos se durmieran para jalársela debajo de las cobijas, que ni en la ducha encontraba un minuto para juguetear con él mismo porque no era sino que entrara al baño para que comenzaran a apurarlo para que saliera. Cuando necesitaba hablar con Ánderson, siempre daba un par de toquecitos en la puerta, ¿puedo entrar, mijo? Si Ánderson no le contestaba, entonces no insistía, estará oyendo música con sus audífonos, o concentrado en el embeleco de la escritura, o haciéndosela.

¿Pero las mías sí serán penas?, le preguntó Uriel a un anturio de falo amarillo, mientras le echaba agua, ¿o me estaré excediendo en quejas? A un helecho hembra le comentó yo es que a veces me pongo en plan reina del drama y a lo mejor no es para tanto, ahí está mi muchacho dormido, un poco flaco porque se está pegando el estirón, a esa edad yo andaba en cosas peores, ay, Divino Rostro, Ánimas Benditas del Purgatorio, yo no era malo sino muy pobre, hice lo que hice por jodido que estaba, y me dejé hacer lo que me hicieron, al principio por inocente y después por puto, eso sí eran penas, le dijo a una cheflera raquítica, que por más que la abonara no pelechaba, ¿cuál es tu pena, querida?, te cuido más que a las demás, malparida desagradecida, y todavía pareces un chamizo, le reprochó mientras le escurrió lo que quedaba de agua en la regadera.

Arrastró dos materas hasta donde pegaba el sol. Hizo un poco de ruido para que Ánderson se fuera despertando. Se le van a juntar el desayuno y el almuerzo, y mientras más duerma en el día menos duerme en la noche. Carraspeó y canturreó a media lengua, ¿será que de tanto verme trasnochar él también se volvió trasnochador? Sí y no. Uriel nunca supo que el niño no pegaba el ojo hasta que lo sentía entrar, incluso cuando compartían el mismo cuarto y la misma cama. El niño parecía dormido cuando él regresaba al amanecer, pero en realidad estaba despierto. Desde siempre, desde la época en que se despertaba sobresaltado por las pesadillas, cuando todavía Uriel era un extraño, el niño temía quedarse solo, no en las noches sino en la vida, moría de terror de pensar que lo abandonarían otra vez, cualquiera que haya sido su percepción de lo que sucedió el día aquel.

Salpicó con agua la penca que tenía colgada detrás de la puerta del apartamento, y le preguntó ¿pero quién puede dormir tranquilo en un mundo como este?, ¿quién se aguanta la vida sin cuestionarla mientras llega el sueño, si es que llega?, a propósito, querida, le dijo a la penca que colgó para que no le dejara entrar las malas energías a la casa, te me distrajiste, penca malparida, y me dejaste entrar al demonio, aquí anda instalado el muy hijo de puta, estoy que traigo al padre Saúl para que me lo expulse con rezos y agua bendita, pero con lo usurero que es... ay, mi

Virgen del Socorro, socorredme y sácale el demonio a mi muchacho, aprovecha que está dormido, y les echó poquita agua a las matas de yerbabuena. Sintió que Ánderson había cerrado la puerta del baño, ya despertó, lo confirmó al oír la meada larga del muchacho.

Frente al espejo, Ánderson descifraba los efectos de la resaca, los ojos enrojecidos y la boca seca, los escalofríos y la náusea, la escena diaria que lo deprimía y lo hacía jurar que no volvería a beber en su vida, juramento que le duraba hasta cuando entraba la noche y se sentía atiborrado de soledad, y volvía a beber. De otro lado, le llegó el sonido de las ollas, de la mantequilla rechinando en una sartén, el batir del chocolate, el eco de un desayuno que no había pedido pero que Uriel le preparaba con devoción. Nada podría quitarle la sensación de derrota con la que se despertaba todos los días. Nada, absolutamente nada le ponía piso al vacío que sentía a diario bajo sus pies.

Uriel le avisó desde la cocina que el desayuno estaba listo, venga rápido que se le enfría, y en lugar de sentirse agradecido, a Ánderson lo consumió la rabia, no tenía hambre, no quería comer por comer, y para colmo, a Uriel le dio por canturrear. No tenía cabeza para entender que la culpa de su molestia no era de Uriel ni de nadie, sino de la resaca, o sea, de él mismo.

Pero no todos los días se despertaba aborrecible, porque hasta los que desprecian la vida tienen también sus días buenos. Todo dependía de lo que hubiera bebido la noche anterior, y de la cantidad, por supuesto. También influía lo que secretamente estuviera escribiendo, de cómo sobrellevaba la historia que contaba, si había conseguido el impulso para escribir sin pausa. En esos días buenos desayunaba con ganas y hasta disfrutaba del canturreo de Uriel. El bienestar se le notaba en la cara y Uriel aprovechaba para hablarle y lo ponía al tanto de las serenatas de la noche anterior, la jornada estuvo floja al principio por culpa de la lluvia, tuvimos que escampar debajo de un balcón, pero a la medianoche comenzaron a llegar los clientes al parque, ya hasta llegan derecho a preguntar por nosotros, que quiénes son Los Hidalgos, ojalá algún día podamos comprar nuestra propia furgoneta para no tener que gastar en taxis, aunque yo preferiría dejar de callejear tanto, no pierdo la esperanza de montar mi propio bar, bendito sea mi Dios, yo sé que sí. Cuando lo notaba de buen genio, Uriel también le proponía planes, ya fuera para ir al cine o hacer un paseo el domingo, cualquier cosa con tal de despegar a Ánderson del computador, de alejarlo de la porquería que seguía comprando quién sabe con qué plata, se preguntaba siempre Uriel. No sabía que Ánderson les seguía cobrando a sus amigos por hacerles trabajos que les pedían en la universidad. Biografías, resúmenes, tareas que podía hacer con un mínimo de investigación y esfuerzo, y no era que ganara mucho pero tampoco necesitaba de tanto para solventar su vicio.

¿Y qué hay de la niña esa, la que vino a tu grado, la carebonita aquella?, le preguntó Uriel, así tuviera que revivir el episodio de esa noche que los dos querían olvidar. Pero cualquier cosa era válida con tal de saber del mundo de Ánderson, y de encarrilarlo en una vida normal. ¿Samara?, Sí, Samara, ¿qué hay de ella?, ¿han vuelto a hablar?

—Api —le dijo Ánderson—, la sacaste a empujones de aquí, y Vilma le gritó puta mil veces, hasta que se ahogó de tanto decírselo.

—Mi Andy, mi corazón —dijo Uriel—, esa noche fue un desastre, todos nos sobrepasamos, pero no tenían que romper por lo que pasó.

—¿Romper?

—Sí, lo de ustedes, mi amor.

—No pasó nada, Api, apenas fue algo...

—No entres en detalles, por favor —lo interrumpió Uriel, y se llevó la mano a la frente.

Ánderson se rio.

—No te rías, que no fue gracioso —le reclamó Uriel. Luego de un silencio, le insinuó—: Podrías invitarla a salir, o que venga a comer acá.

Ánderson negó con la cabeza.

—Estoy muy ocupado ahora.

—¿Ocupado en qué?

—Escribiendo.

—Pero si tú escribes rápido, corazón, yo te oigo teclear a millón, sácales un rato a tus amigos, y a ella, estás en la flor de la juventud, mi Andy.

Ánderson había perdido la virginidad con Samara, y nunca olvidaría su nombre ni su cara ni lo que sintió. Pero no le nacía volver a verla. No puedes volverte un ser solitario, mi Ánderson, se lamentó Uriel, yo sé lo que es eso, yo quería tragarme el mundo pero me tocó excluirme para poder ser lo que quería ser, y miró hacia arriba para invocar, ay, mi san Sebastián Mártir, tú que también fuiste perseguido por los paganos sabes de los insultos, de las piedras que me tiraron, de las cuchilladas que siguen marcadas en mi cuerpo, iguales a las tuyas, santo mío, malditos los que nos persiguieron.

Sin embargo, Uriel no mencionó en sus jaculatorias el destierro al que sometió a Ánderson desde el primer día. Tal vez desde entonces comenzó a encerrarlo para siempre, ya fuera por miedo, por el afán de conservarlo, y aunque había llorado a mares su pecado y se había dado mil golpes de pecho, nunca se atrevió a compartir la falta con nadie, ni siquiera en su confesión semanal en la iglesia. Sí, sí, yo me encargué de encerrarlo, lo sobreprotegí para que fuera mío, pero, ay, todavía está joven y a tiempo, ay, que deje la güevonada esa de la escritura y se vuelva una persona normal.

A los ataques de culpa les sacó el cuerpo cambiando de tema, ya te lo he dicho, Ánderson, la platica que tengo ahorrada para el cabaré podemos usarla para tu universidad, lo mío puede esperar, es muy importante que termines de educarte.

—Gracias, Api, pero por ahora tengo otros proyectos, quiero probar suerte...

—¿Suerte? —lo interrumpió Uriel—. Si tu futuro depende de la suerte estás jodido, mi amor.

—Me gusta escribir —dijo Ánderson—. Quiero ver si tengo talento.

—Pero ¿cómo no lo vas a tener si te la pasas escribiendo? Ya hasta podrías hacerlo con los ojos cerrados, ¿o me equivoco? Hasta te he visto escribiendo con las dos manos al tiempo.

—Dale con tu cabaré —le insistió Ánderson—, yo puedo esperar a ver qué pasa.

Uriel hizo de tripas corazón, imploró al cielo y sintió que le enviaron una buena idea: buscar a la tal Samara. Un par de tetas jalan más que dos carretas, yo conozco a los hombres cuando se encoñan, y más cuando son primerizos, parecen conejos, quieren hacerlo a toda hora, y a la culicagada esa se le notaba a leguas lo casquivana, si hasta se le abrió de patas delante de todos, pero yo me trago ese sapo con tal de que rescate a mi muchacho de las garras de ese computador.

Uriel fue a preguntar por ella al colegio donde estudió Ánderson, a fin de cuentas fueron compañeros, y también le preguntó a cuanto muchacho se encontró en la calle, no creo que sea difícil dar con su paradero, se habrá acostado con todos estos, la malparidita, pero no importa, me le aguanto lo puta con tal de que me saque a Ánderson de su encierro.

La buscó y dio con ella. Samara se petrificó cuando vio a Uriel, que, para rematar, ese día andaba bastante ambiguo. Tal fue el susto de Samara que lo saludó buenas tardes, doña Uriel, y ni cayó en cuenta de la equivocación ni a Uriel le importó de lo acostumbrado que estaba a que lo confundieran. Uriel intentó disipar la aprensión de Samara, buenos días, niña, qué gusto verte de nuevo, te preguntarás qué estoy haciendo por aquí, pero es que últimamente he visto a mi Andy tan mal que decidí hacer...

—Ay, qué vergüenza —lo interrumpió Samara—. De verdad no fue culpa mía sino de esa cosa que nos tomamos.

—No, no, eso no fue nada. Fueron cosas de muchachos, yo entiendo, yo también fui joven, querida —dijo Uriel, y añadió—: Ánderson está mal porque está enamorado.

—¿Ah, sí? ¿Y de quién? —preguntó Samara.

—¿Pues por qué crees que estoy aquí, bobita? —preguntó Uriel, y dijo—: Desde esa noche Ánderson no hace otra cosa que pensar en ti.

—¿En mí?

—Y no es para menos —dijo Uriel—. Ahora que te veo bien, a plena luz del día, eres una lindura. Debes tener novio, supongo.

—No, señora. Perdón, quiero decir, señor. No tengo novio —dijo Samara.

—Ah, no tienes, qué bueno —comentó Uriel. Volvió a mirarla de arriba abajo, y carraspeó para bajarse el sapo que lo atragantaba.

Samara siguió achantada y confundida, y quedó más enredada cuando Uriel le propuso ¿entonces qué estamos esperando?, ven conmigo, niña, y le damos una sorpresa a Ánderson. Samara no sabía qué hacer. Uriel le sonrió y para sus adentros pensó qué digo niña, si en este momento la carajita ya debe de estar mojada. Le extendió la mano a Samara y le dijo ven, apúrate que el amor te espera, mi amor.

59

Después de cinco llamadas, Celmira se decidió a contestarle a Sergio. Él nunca era tan insistente. Si ella no le respondía la llamada, él colgaba y lo intentaba más tarde. Esta vez él insistió porque el motivo no daba espera: el padre de Celmira, Marco Tulio, acababa de morir. Lo que había comenzado como una fuerte depresión fue el anuncio de una demencia senil que se desbocó en muy poco tiempo. La depresión no los alarmó porque empezó poco después de la muerte de Nubia, algo normal para un viejo que por más de cincuenta años vivió y durmió con la misma mujer. La depresión fue, además, un trastorno común entre los más cercanos. A Nubia la mató la tristeza, se fue consumiendo de tanto llorar, y después ni lloraba ni se quejaba, ni volvió a pronunciar más de tres frases al día. Luego se metió en la cama y no salió de ahí hasta cuando la sacaron muerta. Celmira y Sergio creyeron que Marco Tulio iba por el mismo camino, y que el desorden del apartamento, la dejadez y cierta incoherencia en lo que decía eran síntomas de una depresión severa, como la que ellos también padecían. Pero luego Marco Tulio no fue capaz de ejecutar las tareas básicas para vivir solo, ni las de su casa ni las de su cuerpo, y lo internaron en un hogar geriátrico que Celmira le pagaba.

Luego Celmira dejó de habitar en su memoria. Muy pocas veces la reconocía y en esas veces siempre le hizo las mismas preguntas, ¿cómo está el niño?, ¿por qué Richi no viene a visitarme? Celmira siempre tuvo una excusa para responder, está en el colegio, en una fiesta con los amigos, salió con Sergio. Pero Marco Tulio seguía con la preguntadera, ¿quién es Sergio?, ¿quién es la mujer que viene todas las mañanas?, ¿quién eres tú? Cada visita se convertía en un interrogatorio tedioso que ella trataba de responder con paciencia, a veces con la verdad y otras con respuestas inventadas para que Marco Tulio no se alterara y terminara llorando, o los dos llorando, como en casi todas las visitas.

Ella fue espaciando los encuentros, igual a como lo hizo con Sergio. El deterioro de Marco Tulio se aceleraba entre cita y cita, y así como a veces le daba por preguntar, otras se quedaba mudo desde que ella llegaba hasta que se iba, ni siquiera le respondía el saludo o se despedía de Celmira. A ella la desconsolaba verlo extraviado, pero lo que realmente la alejó de él fueron las constantes y extrañas menciones del niño, que nunca dejó de hacer por más demente que estuviera.

En uno de sus últimos encuentros, Marco Tulio, muy emocionado, le preguntó:

—¿Adivina quién vino a visitarme anoche? —Y él mismo se respondió—: Sí, Richi. ¡Cómo ha crecido! ¡Ya es un hombre hecho y derecho!

—¿Vino acá? —le preguntó Celmira. La cabeza le daba vueltas.

—Sí.

—¿Hablaste con él?

—Claro. Un rato.

—¿Y qué te dijo?

Si Celmira hubiera podido moverse, habría salido en carrera de ahí, pero estaba soldada al piso.

—Que lo abandonaste —le dijo Marco Tulio.

—¿Qué?

—Sí, en el carrusel, eso dijo. Que huiste después del grito.

—¿Cuál grito? Para ya, por favor.

—Alguien gritó que iba a ocurrir algo horrible en el mundo —dijo el viejo, con la voz rota y a punto de ponerse a llorar. Ella ya estaba llorando—. ¿Dónde está el niño? —preguntó Marco Tulio, tan confundido como Celmira.

Ella logró sentarse y consideró decirle la verdad, pero ¿le creería él que ella no tenía ni idea de dónde estaba Richi? ¿Cómo iba a procesar algo tan absurdo en el laberinto de su cabeza? Mejor que para Marco Tulio todo siguiera igual.

—Cuando vuelva, por favor pregúntale dónde está —le pidió Celmira.

—¿Quién? —preguntó Marco Tulio, ya con un pie en las tinieblas.

Se murió, entonces, el viejo sin saber más de su nieto. No volvió a mencionarle a Celmira otras visitas de Richi. Ella decidió no regresar tanto. No era capaz de soportar el peso de dos dolores tan grandes. Cuando Sergio le dijo se murió tu papá, me acaban de avisar, ella estaba tan prevenida que entendió que se trataba de Richi. Era la noticia que había temido durante tantos años. La llamada que no quería recibir, finalmente se estaba dando. Entonces, la mano invisible del final de las tardes le apretó el cuello sin importar que apenas fuera mediodía. Solo cuando Sergio comenzó a consolarla con palabras como estaba viejo y perdido, sufría, tú misma te diste cuenta de que siempre parecía angustiado, su muerte es un premio, el descanso que se merece, solo ahí la mano comenzó a ceder y Celmira entendió que el muerto había sido Marco Tulio.

Se soltó a llorar pero no por su padre sino por el alivio de saber que no se trataba de Richi. Como en las decenas de veces cuando Sergio fue a la morgue para identificar algún cadáver que coincidía con las señas de su hijo. Ella lloraba apenas Sergio la llamaba, inmediatamente después de corroborar que, al menos, esa vez tampoco había sido Richi. Lloraba para desahogarse y también por ese cadáver que no había visto, que no sabía quién era, que habría muerto íngrimo, y porque entreveía que esa circunstancia podría ser posible para su propio hijo.

Sergio le dijo que se iba a encargar de adelantar la gestión para el funeral de Marco Tulio, y de lo que fuera necesario. Ella se lo agradeció con cierta vergüenza. El exmarido seguía ejerciendo de marido y ella no le correspondía. Ni siquiera con un trato amable. Siempre con rabia contenida como si él fuera el culpable.

Cuando Celmira se enteró de la muerte de Marco Tulio bajó a buscar a Boris pero no lo encontró. No quería estar sola en ese momento, temía que la mano en el cuello volviera a aparecer. Fue por agua a la cocina y vio que la señora Magdalena estaba en el solar, intentando escurrir una toalla grande en el lavadero. Celmira se le acercó.

—¿Le ayudo?

—Ah. Usted —dijo Magdalena, sin emoción.

Celmira agarró un extremo de la toalla, Magdalena el otro, y comenzaron a retorcerla.

—Está muy pálida, Celmira, ¿le pasa algo? —le preguntó la señora. Celmira parecía entregada a dejar la toalla sin una gota de agua.

—No —le respondió.

Entre las dos sacudieron la toalla al viento y luego Magdalena la colgó en el alambre para secar la ropa.

—¿Usted por qué sigue aquí, Celmira? —volvió a preguntar Magdalena.

—¿Dónde es «aquí»?

—Aquí en la casa. A usted le va bien con su salón de belleza, ya podría tener su propia casa, o al menos arrendar un espacio más grande.

—Ah.

La señora Magdalena volvió al lavadero por más ropa mojada.

—No me diga que es por él —dijo, y señaló con la boca hacia la casa.

—¡Por Dios! —exclamó Celmira, y agarró un par de fundas de almohada para escurrirlas—. Aquí estoy bien —dijo—. No necesito más espacio.

Era cierto. Nunca fue ambiciosa. Pudo haber estudiado una carrera con más vuelo, como le dijo alguna vez Marco Tulio; sin embargo, prefirió algo sencillo, que sin ser fácil encajaba con su personalidad tranquila. Mejorar el aspecto de cualquier persona la hacía sentir muy bien con ella misma. Se embellecía embelleciendo a los demás. Cuando consiguió el puesto en el canal de televisión sintió que había llenado sus expectativas, no aspiraba a más, le gustaban la rutina de un horario fijo y la variedad de cada cara que le llegaba para maquillar. A veces le cambiaban su turno y le tocaba trasnochar o madrugar. Nada complicado, nada que no pudiera acomodar con Sergio para que Richi nunca estuviera solo.

—Cómpreme la casa —le dijo la señora Magdalena.

—¿Qué? ¿La está vendiendo?

—Se me acaba de ocurrir.

—¿Por qué quiere vendérmela?

—Porque usted puede comprarla —dijo Magdalena—. Tiene con qué. Aquí podría poner su peluquería y se ahorraría el otro arriendo. Y podría dejar a Boris de ayudante, y sacar al otro viejo depravado.

Celmira se rio a pesar de que seguía con el corazón apretujado. Le hizo gracia la manera como Magdalena le planeó la vida en un dos por tres.

—¿Y usted, Magdalena?

—Yo quiero viajar. Nunca he salido de esta ciudad. Nunca he montado en avión, ni en barco, ni siquiera en bicicleta. —Le pasó a Celmira un extremo de una sábana para que le ayudara a retorcerla, luego añadió—: Tengo tres pesos ahorrados, y con lo que usted me pague por la casa, con esto tengo para un viaje largo. Creo.

—Y cuando vuelva, ¿qué va a hacer?

—¿O sea que sí me la va a comprar? —preguntó Magdalena, con chispas en los ojos.

—No. Solo estoy suponiendo.

—Por ahí dicen que usted tiene tanta plata que hasta mantiene a Boris y a la otra muchacha.

—Mentiras.

—Eso dicen.

Entre las dos colgaron la sábana en el alambre. Magdalena sonriente. Celmira malencarada. A la señora la extasiaba el chisme y a Celmira la enardecía.

—No bote la plata —le dijo Magdalena—. ¿Fue Boris el que le dañó la cabeza?

—No, él no —respondió de tajo Celmira.

—¿Él es el que la tiene así?

—¿Así cómo?

—Con esa cara de lloradera. Y como un rejo de flaca.

Celmira ni la miró y se fue a buscar más ropa para colgar.

—Ay, los hombres —exclamó Magdalena—. Y quién se iba a imaginar eso del Boris. —Soltó una risita y luego preguntó con malicia—: ¿Y si es cierto lo que se dice de él en la calle?

—¿Qué se dice? —preguntó Celmira, desde el lavadero.

Magdalena la miró esperando que el gesto fuera suficiente para que Celmira entendiera. Pero se quedó callada, concentrada en los trapos que retorcía. Magdalena la apuró:

—Cuente usted, Celmira, cuente.

Soltó otra de sus risitas chinchosas y volvió a mirar a Celmira, por si le respondía.

—Dizque tiene dos piernas malas y una buena —comentó Magdalena—. Yo casi no entiendo el chiste, ja, ja, ja.

Celmira dejó sobre el alambre un trapo enrollado y se secó las manos con su propia ropa.

—No puedo ayudarla más. Tengo que irme —le dijo a Magdalena.

—Ay, mija, qué geniecito el suyo. Yo no le pedí que me ayudara, pero de todas maneras, gracias —dijo Magdalena, fastidiada.

Cansada de ser vista como víctima, Celmira no le explicó que no estaba para chistes. Por la misma razón, tampoco quiso contarle de la muerte de su padre. Volvió a asomarse al cuarto de Boris. Nada. No había regresado. Sergio todavía no la llamaba para informarle del funeral. Entró al cuarto y le olió a lo que quedaba oliendo ella cuando se encerraba con él y Carolina. Se acostó en la cama de Boris y tomó aire con fuerza.

—Huele rico —pensó.

60

Te arqueas como un gato y te metes una raya por cada fosa. El polvo amargo te sacude, te infla, te electriza y vuelves a creerte el mejor escritor del mundo. No duermes, casi no comes, hace cuatro días que no te bañas, no contestas el teléfono, ni a Jeffrey, ni a tu agente, ni a Uriel, que te ha llamado infinidad de veces, ni siquiera le respondiste a Gemma, que te llamó una vez, y la salvadoreña que hace la limpieza en el apartamento tampoco ha podido entrar y hasta le cancelaste una cita a Dana para echarte un polvo. Con lo que has metido y bebido ya ni se te para, toda tu energía, tu concentración y tus fuerzas están puestas en el teclado que golpeas con palabras para formar frases, ideas, situaciones, diálogos en la página blanca de tu computador.

Así no fue como escribiste tu único libro, tu joya literaria, tu consagración. Bebías día y noche de la porquería esa, o de algo más pulcro cuando te alcanzaban los pesos, pero no te desconectaste del mundo. Comías con Uriel, salías a comprar tu botella, y si te cruzabas con un conocido en la calle le ponías conversación y hasta te echabas un primer trago con el susodicho. Llegaste incluso a cuentearte a alguna muchacha para meterla al cuarto cuando Uriel no estaba. Escribías y leías, alternadamente, hasta el fin de las noches, hasta el comienzo del día o hasta cuando la porquería te lo permitiera, antes de que te envenenara el cerebro y la consciencia. Pero volvías al texto con la misma obsesión del día anterior. No sabías muy bien para dónde iba la historia, así como tampoco sabías para dónde iba tu vida. Eras joven y eso lo hacía todo diferente.

Ahora escribes para no quedar en el olvido, como que te agarró el miedo al anonimato. ¿Fue el rechazo de Gemma lo que te empujó a recordarte quién eras? ¿O la reducción de tus ingresos? ¿O que ya no se habla de ti como antes? Tampoco hay que descartar que haya resucitado en ti el monstruo de la escritura. Por la forma como escribes ahora no hay que desechar que el animal adormecido haya despertado hambriento de letras. Intentas lograr en meses lo que no hiciste en años. No importa. El tiempo es lo de menos. No olvidas que Faulkner escribió *Mientras agonizo* en cuarenta y siete días, maldito genio. Tú no eres Faulkner ni nunca lo serás, pero te consuela saber que el tiempo no importa. Lo que importa ahora es que tienes las ganas, la energía, el motor trabajando al máximo de sus revoluciones y mentirás, como todos, cuando te pregunten cuánto tiempo te tomó escribir este libro. Dirás en tono solemne que fue un parto de años, cinco, diez, porque ha sido el reto más grande de tu vida, estabas enfrentado a algo muy potente y fuiste minucioso al extremo, al punto de levantarte en medio de la noche solo para cambiar un punto y coma. El documental que te hizo Gemma puede dar fe de tu entrega. Nadie sabrá que te sangra la nariz de tanto meter perico, que todos los días te llega un pedido con botellas de cualquier cosa, que deambulas desnudo por el apartamento cuando te atrancas en un punto de la historia, y fumas mariguana para bajarle a la ansiedad, y te empetacas de somníferos para echarte un par de horas de sueño. Si no es porque aquí está quedando constancia de lo que haces, tus lectores se van a creer lo que mostrará Gemma en el video. El escritor de las conferencias, el intelectual que hace prólogos, el autor disciplinado que escribe ocho horas diarias, el que habla pausado y a veces suelta chistes ácidos. Lo que ignoran los demás es que detrás de un autor hay un ser humano, despreciable en la mayoría de los casos, vanidoso y sobrevalorado, porque el mercado de la cultura es tan vil como cualquier otro mercado.

Andas suelto del estómago y te extraña porque casi no comes nada. Piensas lo peor, en un cáncer, en el sida, y no tendré tiempo para terminar este libro, moriré antes de llegar al punto final, Gemma no podrá leerlo, quiero vida, suplicas, porque aseguras que si Gemma lo lee va a quererte más, dejará a quien esté con ella para irse contigo. Pides a la farmacia cualquier cosa que te pare la cagadera y te tomas el frasco entero.

Ahora estás estreñido. Un tumor, piensas, una masa maligna me tiene bloqueado el intestino. No viviré para contarlo, Jeffrey se aprovechará y publicará una novela inconclusa y póstuma, se quedará con las ganancias y no le pasará ni un centavo a Uriel. No puedo morirme ahora, imploras de nuevo. Pides a la farmacia cualquier cosa para el estreñimiento, laxantes, fibras sólidas y líquidas, bebes dos litros de café a diario. A los dos días no puedes levantarte del baño. Cagas como si no lo hubieras hecho en toda la vida. Pasas tanto rato en el inodoro que hasta te llevas el portátil para escribir mientras evacúas. Y así te la pasas. Un día suelto, un día amarrado, aturdido por la idea de una muerte súbita, tú, que has vivido en el filo del abismo, sin miedo a rodar, atraído por el vacío.

Uriel te deja otro mensaje. Ha perdido la cuenta de las veces que te ha llamado. Está preocupado por ti. Pasaste de llamarlo todos los días a ignorarlo indefinidamente. ¿Estás enfermo, mijo? ¿Qué te pasa, corazón? Uriel te conoce bien y sabe que ni en los peores momentos has dejado de devolverle una llamada. No me mates, amor, llámame, por favor. Te compadeces y le escribes un mensaje, estoy bien, Api, ando metido de lleno en el trabajo, escribo todos los días, sin esperar..., cómo es, se te enreda la frase de la escritora danesa, con esperanza y desesperado, cómo es, borras tu galimatías y solo le dices que estás bien, escribiendo mucho. Le envías un corazón. Lo quieres y lo extrañas. Cuando escribiste el libro anterior, Uriel estaba siempre por ahí rondando, sin interrumpirte. Lo oías can-

303

turrear, regañar a las plantas, sentías el taconeo de sus bailes, y a veces te irritabas porque te hacía perder la concentración, pero, en el fondo, sabías que era un alivio tenerlo cerca. Te haría mucho bien tenerlo ahora a tu lado. Te prepararía las comidas, te arreglaría la ropa, el afecto representado en cosas tan simples, tan inmediatas y necesarias, y hasta tú podrías contagiarte de su buen ánimo. Excéntrico, incomprensible y todo lo que se diga, pero Uriel ha sido tu único vínculo con el cariño.

Preparas otro par de rayas, picas, deslizas, amontonas, esnifas el polvo que en un principio no era para ti sino para Dana, para la tirada que no se dio. Te zarandeas como un perro mojado, bramas cuando sientes el polvo en tu cabeza, bebes de lo que tengas a la mano, miras la hora y de inmediato la olvidas, vuelves al teclado y a tu texto impenetrable, nacen palabras, frases, ideas imposibles. Tú, todos han buscado cambiar el destino de la literatura mientras escriben, y a pesar de que solo dos o tres lo han conseguido, tú y todos insisten, perseveran, aunque la gran mayoría ni se aproxima. Sin embargo, tu mayor esfuerzo ahora es esconderte bien detrás del personaje, no quieres que ningún lector te identifique, que nadie diga que ese niño perdido eres tú, que el monstruo tierno que te crio es Uriel, que nadie descubra tus miedos, tu inseguridad, que quede claro que cualquier parecido con la realidad es fruto de tu invención, de tu genialidad, del don que te dio la vida y por el que ahora aporreas un teclado, mientras un hilo de sangre te brota de la nariz y rueda hasta tus labios resecos.

61

Logró que el muchacho saliera por fin del cuarto, lo convenció de suspender su trabajo, aunque para Uriel escribir no era propiamente trabajar, lo hizo vestir y arreglarse para mostrarle el local que había arreglado para su cabaré, un barcito con tarima y un par de reflectores con luces de color, un camerino donde los artistas podrían cambiarse y maquillarse, al principio solo cantaremos Los Hidalgos, boleros románticos, musiquita suave para que la clientela se vaya entonando, después vendrá algo más movidito para que la gente entre en calor, y a la medianoche, ¡ta-ta-ta-tá!, la gran bailadora, cupletista, la exquisita vedette recién llegada de Las Vegas, Nevada, y ahí Uriel le guiñó un ojo a Ánderson para evidenciar la mentirilla, en un segundo se transformó por fuera y por dentro, brincó y aplaudió como si fuera la mismísima Liza Minnelli, y apuró a Ánderson para que terminara de alistarse, tengo cita con el carpintero, el maldito me hizo tres mesas cojas y así no se las voy a recibir, y también va a ir el señor del aviso de afuera, a ver si por fin lo conecta ya que nos pusieron la luz. Ánderson estaba amarrándose los zapatos y Uriel aprovechó la palabrería para fisgonear en el cuarto, en busca de alguna pista que revelara una pizca de la misteriosa vida de su muchacho. Muchos libros, papeles regados sobre la cama, y en el suelo, el endemoniado computador con unas figuras rarísimas en la pantalla, pero ninguna botella, ni rastro de colillas, ni estampas satánicas, ni la pata disecada de algún animal, ni siquiera revistas pornográficas, nada que justificara, a simple vista, el encierro continuo de Ánderson.

Se agachó para recoger del piso algunas hojas de papel, pero Ánderson lo detuvo, ah, ah, deja eso ahí, por favor. Uriel intentó leer cualquier cosa rápidamente, ahí está el tapado, ¿por qué no quiere que me acerque?, pero la letra era muy pequeña para un Uriel sin gafas, qué desorden, mijo, le dijo a Ánderson, tengo que hacer limpieza general aquí. El muchacho se puso de pie y le dijo listo, Api, vamos pues. Extendió el brazo para que Uriel saliera primero, lo siguió y luego cerró la puerta del cuarto.

¿Te acuerdas de lo que era esto cuando decidí tomarlo?, le preguntó Uriel apenas llegaron al local, que ya desde la fachada presentaba otro aspecto diferente al de la bodega abandonada que Uriel se arriesgó a arrendar por muy pocos pesos. La inversión grande fue restaurarla y adaptarla para que cumpliera como cabaré. Ya habían pasado ¿qué?, ¿cuatro años?, ¿cinco? Ni él lo recordaba y mucho menos Ánderson, que nunca le paró muchas bolas porque de dónde con tanta pobreza, con lo apretados que vivían, si a duras penas les alcanzaba para terminar a ras el mes. Pero Uriel había sido juicioso y organizado, de eso sí Ánderson podía dar fe. No metía vicio ni bebía más de la cuenta, no le gustaba el juego, y sobre el sexo... de eso no se hablaba, era algo que Ánderson no quería saber, eso de ahondar en la vida sexual de los padres resultaba incómodo, ni siquiera en la de la gente mayor, qué pereza pensar en eso. Además, Ánderson prefirió ignorar hacia qué lado se inclinaba Uriel, porque de constarle algo, nada le constaba.

—Esto era un cuchitril a punto de caerse —le recordó Uriel—. Ratas, murciélagos y palomas por todas partes. Rafa y Luis me dijeron que estaba loco.

No querían asociarse con Uriel, aunque, un año después, cuando vieron que el local ya empezaba a tener otra cara, se entusiasmaron con la idea y acordaron invertir lo que ganaban en propinas para terminar la adecuación. Así, poco a poco, poniendo aquí y quitando allá, con centavos y con las uñas, lograron lo imposible, que tres feos y pobres serenateros tuvieran un negocio propio para su propio espectáculo, El Varieté, como los convenció Uriel de que lo bautizaran, y donde también el mismo Uriel, a la medianoche, ya despojado de su traje de guitarrista triste, se convertiría en la verdadera atracción del lugar: Kiki Boreal, la doña de la noche.

—¿Ves ese cuartico allá al fondo? —le preguntó Uriel a Ánderson, y le dijo—: Ven te lo muestro.

No medía más de tres metros cuadrados, no tenía ventanas y para ganar espacio tuvieron que poner la puerta abriendo hacia afuera.

—Yo estaba pensando —dijo Uriel— que vamos a necesitar un administrador. Yo soy el encargado de la parte artística, pero alguien tiene que responsabilizarse de las compras, de pagar los servicios públicos, a los proveedores, en fin.

Ánderson se olió para dónde iba la cosa, y se le adelantó a Uriel.

—Rafa o Luis pueden hacer eso —dijo.

—¿Rafa? ¿Luis? —le respondió Uriel—. Rafa se la pasa tragueado, y Luis, el pobre Luis es tan poquito... será bueno para la guitarra pero el pobre no sabe ni sumar.

—¿Y Marisela?

—¿Esa? Esa es una arpía, dime si no, tú que la conoces bien. Desde que eras niño te lleva ganas.

—¿Qué? ¿Ganas de qué, Api? —preguntó Ánderson con una carcajada incrédula.

—¿Pues de qué va a ser, mi amor? —dijo Uriel, y luego fue directo al grano—: Mira, Andy, tú eres muy bueno con los números, eres muy entendido, fuiste el mejor del colegio, todo lo agarras al vuelo, tú podrías administrarnos el cabaré, no es nada complicado...

—No, no, no —lo interrumpió Ánderson—, yo no sé administrar nada, no sé nada de negocios.

—Pero es que no hay que saber mucho —insistió Uriel—. Yo manejo la parte comercial y tú solo haces los pedidos y llevas la contabilidad, que es sumar y restar. Y punto.

—Pues si es tan fácil, que lo hagan tus socios.

—No, mijo, yo necesito a alguien de confianza, alguien despierto, inteligente, que no se deje meter gato por liebre. Tú eres esa persona, Andy, y todo lo puedes hacer acá, por teléfono, comprar el licor, las gaseosas, pagar los servicios...

¿Licor? ¿Dijo licor?, pensó Ánderson, pero no se atrevió a confirmarlo para que Uriel no le notara la curiosidad. ¿Me va a encargar a mí de la compra del trago?, pensó de nuevo y miró hacia otro lado para que los ojos no delataran su entusiasmo. Uriel siguió intentando convencerlo con cien argumentos extra, aunque Ánderson ya estaba más que convencido. Le preguntó a Uriel si podía llevar el computador para escribir en los ratos libres.

—Pero claro, mijo —dijo Uriel, emocionado—. Además, toda oficina que se respete tiene que tener un computador. Pero eso sí, no me vas a descuidar el trabajo por estar güevoneando con ese aparato. Primero lo primero —le enfatizó Uriel.

—Tranquilo, Api. Hasta puedo llevar todo en planillas de Excel para que quede más organizado.

—¿Planillas de qué?

Ánderson no alcanzó a responder porque Uriel vio que había llegado el carpintero, ya llegó este inútil, le susurró a Ánderson, no le voy a recibir esas mesas chuecas, ven conmigo, mijo, para que vayas aprendiendo, ¡buenas tardes, don José!, saludó al otro, y, torciendo la boca, volvió a cuchichearle a Ánderson, ¿por qué será que todos los carpinteros se llaman José?

Ánderson se quedó atrás, calculando el tamaño del escritorio que necesitaría, cerró la puerta y confirmó que el cuarto era apenas más grande que un ascensor. Volvió a abrir la puerta porque le faltó el aire, y alcanzó a escuchar los reclamos que Uriel le hacía al carpintero, mire esta, don José, baila para aquí y baila para allá, me encantaría poner a bailar a la clientela, pero las mesas se me tienen que quedar quietas, quién se aguanta la quebrazón de vasos y botellas. Ánderson cerró otra vez la puerta y pensó tal vez es mejor así.

De vuelta a la casa, Uriel le dijo:

—Con la experiencia que vas a coger no vas a necesitar ir a ninguna universidad, la vida es la mejor escuela, la vida bien, valga la aclaración, la vida próspera, mijo, la positiva, a lo mejor lo tuyo es la administración, y, además, vamos a estar juntos, Ánderson, ya no tú solo en la casa ni yo andando en la calle hasta el amanecer. Esto va a ser un negocio de familia que va a crecer y te hará crecer.

Y para sus adentros: gracias, Virgencita de los Milagros, mi señora milagrosa, por fin voy a poder vigilar a este muchacho día y noche, y va a tener una responsabilidad que lo va a volver responsable, gracias, Divino Rostro, por escuchar mis peticiones y darme la oportunidad para que mi muchacho agarre por el camino correcto. Siguió hablándole a Ánderson, que aprobaba y asentía a todo lo que decía Uriel. Bendito sea el Creador, si ya hasta se le nota un gesto de tranquilidad a mi Ánderson, de paz, de armonía, bendito seas creador de este malparido mundo, ¿será que por fin me voy a librar de todas mis angustias, Dios bendito?

En el mismo camino, Ánderson intentó recordar cuál escritor famoso había dicho que un burdel era el lugar ideal para escribir. Tranquilo de día, divertido de noche. Se rio para sus adentros por la comparación. Si Uriel me lee el pensamiento, me estrangula. Que su cabaré no es ningún puteadero, habría dicho. Pero ¿de dónde se le ocurrió a Uriel lo de cabaré?, pensó Ánderson. Sonaba pasado de moda, igual Uriel estaba pasado de moda en todo, en el vestuario, en la música...

—¿De qué te estás riendo? —le preguntó Uriel, con la mirada desconfiada.

—No me estoy riendo.

—Sí te estás riendo. Cuéntame de qué.

—De nada. Estoy tratando de acordarme de algo que dijo un escritor.

—¿Cuál escritor?

—Eso es lo que no me acuerdo.

Uriel no le creyó del todo, y siguió contándole que don José le iba a hacer un escritorio para la oficina, y que después mirarían si cabía un archivador. ¿Habrá sido Hemingway?, se preguntó Ánderson mientras Uriel se explayaba en lo del escritorio y otros muebles. Hemingway se enamoró de una prostituta cubana, pero no, no fue él.

—Al comienzo no te voy a poder pagar, mijo —dijo Uriel—, pero apenas engranemos, con las primeras ganancias...

—¡Faulkner! Puto genio.

—¿Qué? ¿Quién es puto?

—Me acordé del nombre del escritor —dijo Ánderson.

Uriel metió la llave para abrir la puerta del apartamento, y a punto de entrar se detuvo y le dijo:

—No te vuelvas como ellos, Andy. Todos son unos putos. Yo sé, yo sé.

62

Cinco de los seis, de los que fueron compañeros de combo de Boris, interceptaron a Celmira a la salida de su casa para reclamarle que al sexto de ellos, un tal Lombriz, lo habían matado en el cumplimiento del deber, es decir, atendiendo la petición de Boris, la misión suicida que, según ellos, les habían encomendado para vengar la desaparición o muerte del hijo de ella.

—¿Qué están diciendo? —les preguntó Celmira, perdida en el tema—. ¿Cuál misión?

Cinco de los seis la rodearon, alterados como siempre, y altaneros en su gesto. Que sí, que ellos los habían mandado a matar a uno de los Gordos, uno de los explosivistas más buscados, un dinamitero que ya tenían identificado y ubicado, y en la misión cayó Lombriz, le metieron treinta y cinco tiros y veintidós puñaladas al pobre flaco, dijo uno de los cinco.

—No, no inventen, nosotros no ordenamos nada —les respondió Celmira, mirando a cada uno de los chirretes—. No hubo acuerdo, no hubo negocio, ni trato. Mejor dicho, eso fue hace mucho tiempo, yo ya ni me acuerdo.

Que sí, que ella y Boris habían ido a buscarlos y hasta les gastaron media de ron para cerrar el pacto, y que ella tenía que responder por Lombriz, o si no la cosa se le iba a ir hondo.

—Yo no tengo que responder por nada —dijo Celmira, tratando de romper el cerco—, y háganme el favor y me dejan pasar que tengo que ir a trabajar.

Uno de los cinco la empujó contra el muro y se pegó a ella para hostigarla, pero más le valió no haberlo hecho porque ahí mismo, detrás de todos, retumbaron las advertencias de Boris, que llegó sin que nadie lo viera, pero decidido a disolver el asedio de los zombis estos.

—¿Cuál es el lío, malparidos?

Le repitieron lo mismo, que los Gordos, que la Lombriz y su misión suicida, que el trato que habían hecho con él y su novia.

—¿Cuál novia, gonorreas, cuál trato? Se me largan ya de acá.

Otro de ellos, envalentonado, agarró la silla de las manijas, pero Boris le mandó un golpe directo a los dedos, un martillazo que le hizo soltarla y revirar a los otros por la reacción de su excompañero de combo. Que si se ponía violento los iba a obligar a actuar por la fuerza, contra él y contra la jeva, porque, además, bisnes son bisnes y más cuando son de palabra, y mucho más cuando hay sangre de por medio.

—A ver, tarados, supongamos que haya habido trato —dijo Boris, y enfatizó—: supongamos, porque trato no hubo. Pero digamos que sí, que el compromiso era que ustedes se bajaban a uno de los Gordos, y que por ese trabajo iba a haber un pago. Supongamos.

Los cinco langarutos respondieron en coro que sí, entusiasmados, convencidos de que habían sometido a Boris. Exactamente, bro, es así como tú dices, concluyó con propiedad uno de ellos.

—Muy bien —dijo Boris. Hizo una pausa y preguntó—: ¿Dónde está el muñeco, entonces? ¿A cuál de los Gordos quebraron? Porque yo no he escuchado nada, y ustedes saben que por aquí todo se sabe.

Los cinco harapientos se miraron confundidos. Revolotearon junto a Boris como zancudos alrededor de un bombillo. Sacudían los brazos y soltaban palabrotas, en una indignación que ni ellos mismos comprendían. ¿Cómo lo íbamos a quebrar, Boris? Antes ellos nos quebraron a la Lombriz, ¿cómo íbamos a arriesgarnos más?

—O sea que no cumplieron con lo supuestamente pactado —dijo Boris.

Perdimos a un hombre, dijo el que parecía tener más carácter. La mujer esta es ricachona, ya sabemos, ella nos tiene que pagar por eso, añadió.

—¿Ricachona? —repitió Celmira, a punto de reírse.

Boris rompió el círculo que lo encerraba, casi atropellando a dos de los desnutridos, y se ubicó entre ellos y Celmira. Se agarró con fuerza a los apoyabrazos de la silla y sus bíceps ganaron volumen.

—A ella no la metan en esto, malparidos —dijo—. ¿Entendieron o quieren que me pare de esta puta silla? ¿Me quieren ver correr detrás de ustedes? A la cuenta de tres los quiero ver muy pero muy lejos.

—No seas faltón, Boris...

—Uno... —interrumpió Boris.

—¿Entonces quién nos va a responder por la Lombriz?

—Dos...

Boris avanzó medio metro y ellos retrocedieron, los cinco al tiempo.

—Danos cualquier cosa, Boris, algo para el día —suplicó uno.

—Dos y medio... —dijo Boris, y los cinco salieron en carrera, tropezando entre ellos. Soltaron más palabrotas y alguno hasta anunció venganza. Boris los vio perderse al doblar la esquina.

Celmira quiso agradecerle a Boris con una cerveza en la tienda. Se la acepto, vecina, pero en realidad no hay nada que agradecer, mi responsabilidad es mantener a esas escorias lejos de estas calles.

—No se le ha olvidado lo militar, ¿ah? —comentó Celmira.

En la tienda, se les unió Carolina, que se reventó de la risa cuando le echaron el cuento de los cinco zánganos.

—¿Y donde les dé por volver? ¿No son peligrosos? —preguntó Celmira.

—Nah —exclamó Boris—. Además, con un solo carterazo se tumba a los cinco al tiempo.

Se rieron otra vez. Bebieron.

—O les das cualquier limosna para el vicio y se van tranquilos —dijo Carolina—. Yo los conozco.

Desde hacía mucho, la relación de los tres era un secreto a voces en el barrio, y ellos no se molestaban en contradecir ninguna habladuría. Entraban juntos a la casa y al rato volvían a salir, medio borrachos, medio trabados, sonrientes, a andar por las calles o para acompañar a Carolina hasta el paradero del bus. La comidilla la lideraba don Jorge desde su tienda de la esquina, porque tenía campo visual hacia los cuatro puntos cardinales. Y, además, paraba oreja cuando los tres se juntaban ahí mismo a tomar cerveza. A todo cliente que le pusiera el tema, don Jorge se explayaba en detalles. Que con lo decente que era Celmira y los otros dos la habían dañado, que tal vez iban detrás de la plata de ella, porque, dicen, que ya ella le paga el cuarto a Boris. Que la otra, la prepago, ha sido siempre puta y puta siempre será, de esa, entonces, de Carolina, no se podía esperar menos. Y qué decir del soldadito lisiado, pues es que ha pasado por las duras y las maduras, va y viene del bien al mal como un yoyo, y se sigue juntando con los bandidos de arriba. ¿Y a todas estas qué dice la señora Magdalena? A fin de cuentas es en su casa donde pasan las orgías. Esa con tal de que le paguen se queda callada, se aguanta todo, si es que no se les ha unido al jolgorio. Ja, ja, ja, risas y bendiciones entre don Jorge y sus clientes.

Y pensar que había días en que no hacían nada. Tardes en que se echaban vestidos sobre la cama y solamente hablaban. Si acaso unas cervezas que Boris salía a comprar mientras Celmira se quedaba compartiéndole a Carolina algunos trucos de maquillaje, o cómo sacarle provecho a su pelo, eso será para ir a misa, decía Carolina, porque para trabajar me tengo que ir muy recargada, así es como les gusta a los hombres, si buscan una puta quieren que luzca tal cual.

—¿Usted va a misa, Carolina? —le preguntó Celmira.

—Por supuesto —respondió—, si allá están los que me buscan por las noches.

A veces también se sentaban los tres junto a la ventana a ver pasar gente y a burlarse de los que los miraban con recelo, cosa rara en un barrio donde pasaba de todo, lo bueno y lo malo, lo permitido y lo prohibido, donde se vendía droga y la virginidad de las niñas, donde se mataba por el gusto de ver morir.

—Me están llamando de la agencia —dijo Carolina—. Me tengo que ir.

Esa vez, a diferencia de otras, Celmira se quedó en el cuarto con Boris. Ella bajó un poco la cabeza y Boris se arriesgó a acariciarle el mentón. Celmira volteó la cara, no por desprecio sino por instinto. Boris retiró la mano y ella se la agarró para disculparse.

—Yo sé que soy poca cosa —dijo Boris.

—No —dijo Celmira—. A usted le ha tocado tan duro como a mí.

—Yo no perdí a un hijo.

—Perdió medio cuerpo. Media vida.

—Así caminara sería igual —precisó Boris—. No habría pasado de ser lo que soy, un mandadero que vive de las propinas, un lavacarros que se la pasa trabado. Casi todos mis compañeros andan en las mismas, la mitad en silla de ruedas, la otra mitad a pie, pero todos tan jodidos como yo.

Se miraron callados, sin soltarse. Parecían más una madre con su hijo que dos amantes extraños.

—Siempre sale detrás de Carolina —dijo Boris—. ¿Por qué se quedó?

—No sé —dijo Celmira—. Tal vez el sexo nos ha vuelto amigos.

—Eso fue un embeleco de la Caro.

—¿Qué?

—Meterla a usted en el juego —aclaró Boris—. Dizque para que saliéramos de la rutina. Imagínese, como si ella y yo estuviéramos casados. Aunque ella dice que se va a casar conmigo cuando se retire.

—Pues deberían —dijo Celmira.

—¿Y usted?

—Yo nada, Boris.

Celmira le soltó la mano muy despacio para que él no se volviera a sentir ofendido.

—Debería buscarse a alguien de su nivel —dijo Boris.

—¿Cuál nivel, por Dios? —dijo ella.

—Usted es más que cualquiera de por aquí.

—¿Más qué, Boris? Deje de decir bobadas.

Él se sintió regañado, pero insistió:

—¿Se va a quedar sola el resto de su vida?

—Yo qué sé, Boris —dijo ella, y luego, más calmada, añadió—: Ya el tiempo se encargará de ponerme donde deba estar.

Los dos se quedaron en silencio, atentos a lo que pasaba en la calle. Volvieron a mirarse cuando oyeron el golpe de la puerta de la casa. Era Magdalena. Ella era la única que abría y cerraba a los trancazos, de pronto para enfatizar que era la dueña, para dar aviso de su presencia. Los inquilinos, los tres que había, eran discretos al salir y al entrar. Tal vez para pasar inadvertidos al oído chismoso de Magdalena.

Después, Celmira le dio las gracias a Boris. Miró su reloj y dijo:

—Dejé solas a las muchachas en la peluquería. Ahora llegan dos clientas más. Voy a echarles una mano.

Boris dejó notar un poquito de desolación. Esperaba más del final de esa tarde. Pero él ya lo había dicho: ella era distinta. Casi siempre, por el contrario, sentía que era una proeza poder disfrutarla en el juego en que la había metido Carolina. La vio salir sin despedirse. A fin de cuentas, compartían casa, no tanto como si fueran familia, aunque casi. Se cruzaría con ella más tarde, o al día siguiente en la mañana. Hacía tiempo que él no maldecía de su silla de ruedas, y en ese instante lo hizo. Como si la silla fuera la causa de su invalidez y de su brega para satisfacer a Celmira, y no la consecuencia.

—Silla de mierda —dijo otra vez, mientras encendía el porro que había dejado empezado.

63

Sientes un llamado desde el centro de la Tierra, un cimbronazo que te sacude en la cama, como el estallido que conoces pero no recuerdas porque apenas eras un niño sobre el caballito del carrusel, es un ruido que primero alerta tus oídos, aunque bien podría ser parte del sueño que soñabas, durante ese sueño pesado que te atacó por sorpresa a mitad de la mañana. Pero ya serían ¿qué?, ¿las dos?, ¿las cinco de la tarde? Abres los ojos y confirmas que todavía es de día, y que los golpes provienen de la puerta del apartamento. ¿Qué es esto? ¿Quién puede estar golpeando con tanta insistencia? Eres trágico y piensas en un fuego, en el edificio ardiendo en llamas descomunales, ¿qué hago?, ¿corro hacia afuera?, ¿hacia la ventana?, ¿salto al vacío?, ¿me dejo consumir para salir de esto de una vez y para siempre? Das tumbos hasta la puerta, cada golpe es un cincelazo en tu cráneo, tu estómago se revuelve a cada paso, quieres gritar, suplicar que no golpeen más, pero tu voz se atranca en la sequedad y abres la boca como un animal moribundo al que ni siquiera le alcanzan las fuerzas para un último bramido.

—*For God's sake, Ánderson, I've been knocking for twenty minutes* —te dice Jeffrey, descompuesto, iracundo, empujando la puerta.

Sus reclamos van y vienen, habían quedado en verse a las cuatro de la tarde, y él, fiel a su puntualidad, llegó diez minutos antes, más el tiempo que pasó llamando, y de arriba abajo, de la puerta a la recepción, a veces con golpes y otras por el citófono, pero tú no respondías, como si no estuvieras en el apartamento a pesar de que el conserje asegurara que no te había visto salir.

—Hasta pensé que te habías muerto —dice Jeffrey, con dramatismo.

Pero ¿de qué podrías morir?, ¿de borracho?, ¿de una sobredosis?, ¿a manos de una puta asesina? Simplemente estabas aniquilado por el trago, por las pastillas que te habías metido, pero seguías vivo. No ibas a matarte ahora que habías terminado, por fin, la novela; no ahora que entrarías en otra etapa de tu vida en la que recuperarías tu estrellato, los aplausos y las loas que dices odiar, pero de las que tampoco puedes prescindir porque son tu gasolina, el lugar común que has habitado. Piensas que si Gemma hubiera estado ahí, habría abierto y atendido a Jeffrey mientras tú despertabas. A ella le habías dado la llave de tu casa como si fuera la de tu corazón, pero bueno, lo de ella ya es cuento viejo.

—Perdona, lo olvidé, estaba muy cansado y... —te excusas, aunque Jeffrey no te cree nada.

Jeffrey ha traído el mamotreto, lo carga en una mano y en la otra tiene su maletín con los contratos que recogió en la agencia. Se queja del calor, *it's so fucking hot*, y va hacia el control del aire acondicionado para subirle al frío.

—Perdí cinco kilos mientras abrías —dice.

—Entonces no te quejes, Jeffrey.

—Mejor dame un café helado, con mucho hielo.

Cierras y abres alacenas mientras Jeffrey va extendiendo los contratos sobre la mesa.

—Y vístete, por favor —te pide Jeffrey.

Parece que apenas te das cuenta de que estás en calzoncillos. Tal vez hace unos años a Jeffrey no le habría molestado que te quedaras así, pero ahora tu cuerpo no aguanta el mínimo elogio. ¿Cuántos años tienes ya?, ¿treinta?, ¿treinta y cinco? Igual te ves más viejo de lo que eres, has pagado el precio de la buena vida y de los abusos, y mientras sube el café te pones cualquier cosa, metes los pies en unas chanclas y regresas a la nevera por una cerveza helada.

Jeffrey se ha puesto las gafas de lectura y analiza papeles, separa documentos mientras se limpia con un pañuelo el sudor en la frente. Se bebe el café en dos sorbos y te pide un vaso de agua.

—¿Hablaste con Feldman? —te pregunta.

—Sí, que tú recogerías los contratos...

—¿No te comentó lo que quieren los alemanes? —te interrumpe.

—No.

—Pues te lo digo yo, entonces.

Te pone al tanto de una cláusula que incorpora el territorio suizo al contrato, etcétera, etcétera, para el idioma alemán, y otras minucias a las que no les paras bolas, ahora solo te importa la cerveza que te bogas. En realidad, lo único que te interesa son los ingresos.

—¿Eso significa más o menos plata? —le preguntas.

—Eso implica romper con los suizos y darles su territorio a los alemanes —responde Jeffrey—. Nada extraño en ellos. La plata depende de lo que vendas.

Te angustia soltar tu libro al mundo. Pronto llegarán las galeradas y será tu última oportunidad para intervenir, después tu trabajo caerá en manos de lectores y críticos, y lo peor, en las redes sociales, inundadas de sabiondos y reseñistas de último minuto. Hasta los que no leen opinarán de tu libro. Lo elogiarán o despedazarán dependiendo de si les caes bien o mal.

—¿Tú crees que va a gustar? —le preguntas a Jeffrey.

—A estas alturas, eso ya no importa.

Ya eres parte de un sistema que te absorbió como producto literario, y de una manada que se arropa con la misma cobija para garantizar que el engranaje funcione. Sin embargo, quieres opiniones, adulaciones, algo que no debería preocuparte porque también está contemplado en el funcionamiento de la maquinaria. Habrá barricadas en las redes para protegerte de la turba ignorante y de los francotiradores. Entonces, te limitas a firmar los papeles que Jeffrey pone ante tus ojos.

—Hay otra noticia, no tan buena —te dice.

—O sea que es mala.

—Solo para ti. Es sobre tu país.

—No —niegas, porque ya presientes de qué se trata.

Jeffrey no pudo, o no quiso, excluir a Colombia de la gira latinoamericana. Lo habías pedido, pero, como te explica Jeffrey, allí juegas de local.

—No puedes darte el lujo de no promocionar tu libro en tu propio país —dice—. Trataré de que sea por poco tiempo. Te lo prometo —agrega Jeffrey.

Es verdad. En Colombia juegas de local, pero allí el precio del éxito se paga demasiado alto. Además, allá está tu historia, el pasado que conoces a medias, la verdad y la mentira sobre tu vida, el único puente al origen y, al mismo tiempo, tu punto de quiebre. Un día saliste decidido a no volver jamás, y en cada regreso has confirmado tu decisión. Yo por allá no vuelvo. Sin embargo, tu determinación confirma que sigues atado a tu nacionalidad. No le das más vueltas al asunto y le preguntas a Jeffrey:

—¿Qué más hay? Dime todo lo malo de una vez. Dime que la novela es una mierda y será un fracaso.

Jeffrey te escucha, aunque sigue concentrado en lo suyo, en las páginas señaladas que tú vas recibiendo, casi sin mirar, para estampar la firma junto a cada marca. Algo mecánico que no afecta la conversación.

—No es una mierda, ya te lo dije —te dice Jeffrey.

—Me lo insinuaste —alegas.

—Te dije que era un poco incomprensible, pero es toda una fiesta de imágenes, una celebración del lenguaje, no vas a decepcionar —dice, y añade—: Tiene un final feliz, y a la gente le gustan los finales felices.

—¿Ese es el mérito, entonces? —respondes con sorna.

—Mira, querido, lo que siga de aquí en adelante no depende de ti. Bueno, te necesitamos para la promoción, eso sí, porque los libros no se venden solos.

Volverás, entonces, a los eventos culturales y sociales, a las páginas de los periódicos y las revistas, y a las entrevistas en los programas de variedades de radio y televisión. Te exhibirán en los puestos de las ferias como mono de organillero, posarás con quien te pida una foto y tu cariño se hará extensivo en cada dedicatoria. Sabes bien cómo es y también cómo conjurarlo. Sacarás de tu bolsillo la cantimplora cargada de licor y envenenarás el agua, el café o lo que te ofrezcan, y te excusarás con frecuencia para ir al baño, y allá te echarás un sorbo vivo para aplacar la resaca que te dejan las aclamaciones.

—Comenzaremos con quince idiomas. Ocho ahora y siete que están para la revisión de Feldman. Vendrán más, por supuesto —dice Jeffrey. Luego interrumpe lo que hace y se queda observándote. Hay en su mirada un cambio de sentimiento, un salto de la codicia a la benevolencia. Tú reconoces esa mirada paternal, incluso alcanzas a percibir un encharcamiento en los ojos de Jeffrey justo cuando te dice—: Lo lograste, Ánderson.

Muy cierto. Basta mirarte para confirmar tu logro. Está a la vista el abuso por el esfuerzo. ¿Diez kilos menos? La piel percudida por el encierro, la mirada hueca, la espalda encorvada y las fosas nasales sucias de sangre seca. Más el temblor, la desazón y el miedo.

—Necesitas recuperarte mientras se imprime el libro. —Jeffrey te lee el pensamiento.

En otras palabras, tendrás que dormir más, beber menos, alimentarte bien, tomar el sol, alejarte de las drogas y de todo lo que te estrese. Piensas en Gemma y en lo bien que te vendría su compañía. Pero hay alguien más, recuerdas. Qué ironía, nadas en la fama y no tienes con quién escaparte a una playa.

—Tráete a Api y se van juntos, no sé, ¿al norte? —te sugiere Jeffrey.

—No. Él dice que ya no aguanta un vuelo tan largo.

—Vete, entonces, con esa chica, ¿cómo se llama?

—¿Gemma? Ella está...

—No, no —te interrumpe Jeffrey—. La otra, la colombiana.

—¿Dana? Ella cobra.

—Pues le pagas. La otra semana recibiremos los primeros anticipos.

Te levantas por otra cerveza, no es normal tanto calor a comienzos de mayo. Jeffrey te hace una seña para que le lleves otra a él también, qué diablos, dice, vamos a celebrar estos contratos, y tu regreso, enfatiza. Levantas la botella aunque en el fondo sabes que no has vuelto, que siempre has estado ahí y que seguirás eternamente con un pie en el infierno. Quien vive en el mundo de la escritura no puede irse nunca y estará condenado a habitarlo ya sea en un tugurio, en la suite de un hotel, en una mansión o en la sucia calle. Morirás dándole vueltas a alguna historia en tu cabeza, es irremediable.

—Bueno, sigamos —dice Jeffrey después de saborear la cerveza. Se vuelve a calar los anteojos y retoma los documentos. Hace comentarios sobre más cláusulas especiales, menciona el interés de un productor de cine para adaptar el libro, sin leerlo aún, y sus palabras se van amelcochando en un murmullo lejano que te obliga a escurrirte en el sillón y a quedarte dormido con los ojos abiertos.

64

Al muchacho no le importaba si a final de mes no le cuadraban las cuentas. La confianza que le tenía Uriel era incondicional, y cada noche le recibía la plata y las facturas, preguntaba si había habido alguna novedad, nada, Api, todo estuvo bien, le decía Ánderson, y a veces esperaba a que se desmaquillara y se cambiara de ropa para regresar juntos a la casa. Otras veces, Ánderson se adelantaba, estoy fundido, Api, y Uriel le decía tranquilo, mijo, vete yendo, descansa, yo termino de organizar acá y voy en un rato. No faltaban los conocidos de Uriel, o de alguno de Los Hidalgos, que se quedaban a puerta cerrada terminando una botella, hablando de cualquier cosa o guitarreando hasta que entrara la luz del día. El mismo Uriel, pasadito de tragos, fomentaba la recocha cuando ya no había clientes y solo quedaban los viejos amigos para charlar de lo que los unía y para cantar las canciones que ya nadie cantaba.

Una vez que entregaba el dinero de la noche y las facturas de los consumos, Ánderson cerraba con llave el cuartico y salía con su morral a cuestas, sin delatar que ahí cargaba la botella que había comenzado a tomarse, o alguna a medio empezar que había dejado algún cliente despistado o borracho, o de las que él reenvasaba con los restos de otras botellas. Encerrado en el cuartico, Ánderson escribía. Se ayudaba de audífonos y tapones para los oídos que lo alejaban del ruido natural del bar y del canto rajado de Kiki Boreal. También se bebía el trago que había logrado birlar con disimulo, nadie va a notar una botella de menos entre las quince o veinte que consumen los clientes cada noche, trago bendito, por fin, legal, estampillado y destilado según las normas, y eso que el tipo que destila la porquería que antes tomaba le propuso venderles un licor más barato, igual de bueno, en las cantidades que ellos quisieran. Pero Ánderson prefería no saber más de aquel viejo y de su pócima asquerosa. Con el trago del cabaré ya no le daban aquellos ataques de ira, de llanto, que lo ponían a acabar con medio mundo y hasta con el pobre Uriel. Al despertar ya no sentía la boca como una alcantarilla y podía pensar porque no se le inflamaba el cerebro. Y como ahora el trago no lo desbarataba tanto, podía pretender que contaba y sumaba, dejando constancia de lo vendido en la noche, antes de entregarle las facturas a Uriel.

Uriel no cabía en su pellejo. Gracias, gracias, Virgencita del Socorro, mi san Judas Tadeo, todo esto es un milagro, no hay otra forma de llamarlo, tengo a mi muchacho aquí conmigo, en mi propio negocio, y vienen clientes y después vuelven más contentos, y mi Andy le está encontrando el gusto al trabajo, no me extrañaría que dejara el embeleco ese de escribir, a quién se le ocurre dedicarse a eso hoy en día, no es sino mirar para darse cuenta de que casi todos los escritores están muertos, y él está muy joven para morirse, que mejor se dedique a eso cuando esté viejo, o muerto, como esos otros.

Sin embargo, no había milagro, o sí, tal vez sí, porque, después de mucho esperarlo, llegaría el día en que les iba a cambiar la vida. Ánderson, que no consideró abandonar la escritura en ningún momento, encontró la razón para dedicarse a ella. Del cielo le cayó la certeza de que no había perdido su tiempo, y ese amanecer pudo haber sido como cualquier otro, durmiendo los tragos que se había tomado en el cuartico del cabaré, en el camino a la casa, y luego en su habitación, donde bebió hasta quedarse dormido. Uriel se había quedado en El Varieté con Rafa y Luis, practicando canciones para un nuevo repertorio, y porque Uriel también quería hablarles de una propuesta que tenía para Kiki Boreal, o sea para él mismo, aunque Kiki cada vez se volvía más parte del cabaré y de los clientes que pedían su show. Pues por eso mismo, queridos, es que estoy pensando que el personaje también debe evolucionar, no solo es cuestión de ampliar el repertorio sino de mostrar algo moderno, actual, chic. Les extendió a sus socios una revista con mujeres maquilladas al extremo y con peinados enormes que parecían elaborados en una repostería. Luis y Rafa no entendieron y apenas se miraron entre ellos como preguntándose ¿esas señoras qué? Con paciencia, Uriel intentó explicarles, son hombres, son *drags*. ¿Qué cosa?, preguntaron los dos al tiempo. Son como yo, les dijo Uriel, o mejor dicho, quiero ser como ellos, que han puesto al arte al servicio de la transformación, y ya no llevan una simple peluca o un maquillaje improvisado. Como Rafa y Luis también estaban tragueaditos, soltaron un par de bromas que no valía la pena mencionar. Uriel se los aguantó porque su propuesta era invertir en Kiki Boreal para llevarla a ese nivel. Y para eso necesito plata. No los dejó ni chistar, y aclaró, plata que se va a recuperar porque la nueva Kiki Boreal atraerá más clientes. Y también voy a necesitar de más tiempo. No se arma un personaje así en el cuarto de hora que me tardo en dejar de ser uno de Los Hidalgos, para convertirme en la Boreal. Creo que el show inicial lo tendrán que hacer ustedes dos solos. Rafa reviró, pero si somos un trío, así nos conocen. Pues pasarán a ser un dueto, dijo Uriel, y mientras ustedes cantan, yo me arreglo. ¿Y si comenzamos antes los tres?, propuso Luis. Temprano no hay clientela, Lucho, dejemos los horarios como están, ustedes son muy talentosos con las guitarras, yo en Los Hidalgos soy uno más, y en cambio podríamos darle más expectativa, más suspenso a la presentación, a la medianoche, de la gran Kiki Boreal.

Luis y Rafa no parecían muy convencidos, aunque ya estaban acostumbrados a que las decisiones las tomaba

Uriel. A ellos mientras les alcanzara para vivir... Tampoco pusieron buena cara cuando Uriel les dijo ah, y vamos a necesitar un pianista, también tenemos que elevar la música a otro nivel, además ¿dónde se ha visto un cabaré sin pianista? Luis preguntó si la plata alcanzaría para tanto, porque, dijo, supongo que si hay pianista también habrá un piano. Rafa se llevó la mano a la cabeza. No se preocupen, los tranquilizó Uriel, pianos viejos es lo que hay, y lo vamos pagando poco a poco, yo les garantizo que se va a triplicar la clientela, tengo un hijueputa show en mente, comenzó a contarles, y así, tratando de convencerlos, se le fueron un par de horas más, mientras los tres le vieron el fondo a una botella de aguardiente, hasta que llegó el taxi que los dejaba en sus casas, un lujo que tenían que pagar porque cada uno cargaba la plata de las ganancias de la noche, la misma que le había entregado Ánderson a Uriel.

Amaneció, entonces, y Uriel, recién llegado a la casa, cumplía con el ritual diario de tomarse un café antes de acostarse, acompañado de un pandequeso, una arepa o lo que hubiera para que el hambre no lo despertara antes de mediodía. El teléfono sonó y Uriel saltó asustado porque a esa hora cualquier timbre sonaba más duro. Uriel dejó de lidiar con el cable pelado de la cafetera y fue a contestar la llamada en el teléfono pegado en la pared. La llamada que les iba a cambiar la vida, sobre todo a Ánderson, pero todavía ni lo sospechaban. Por el contrario, Uriel andaba molesto con la llevadera de mensajes de la cocina al cuarto de Ánderson, y del cuarto a la cocina, hasta que se cansó y le dijo háblales tú, a mí me tienen corriendo de un lado para otro, yo no sé en qué te metiste, resuelve tú ese lío. Uriel regresó a lo de su café y al minuto apareció Ánderson, tomó el teléfono y Uriel se desentendió de la conversación. Solo cuando vio al muchacho sentado en el piso y llorando, dejó de hacer lo que hacía y corrió hacia él. ¿Qué pasa, Andy?, ¿qué te dijeron?, ¿en qué rollo te metiste? No tardó en notar que las lágrimas de Ánderson no eran de dolor ni de tristeza sino de alegría y desconcierto. Gané, Api, me gané el premio. Uriel se tranquilizó y abrazó a Ánderson, pero qué digo tranquilizó, si seguía convencido de que cualquier cosa relacionada con la escritura no iba a traerles nada bueno.

65

Celmira asienta los pies descalzos en el piso y al instante los levanta cuando toca la baldosa fría. En las noches baja mucho la temperatura. Mientras esté dentro de las cobijas no se siente incómoda. Anoche olvidó dejar las pantuflas junto a la cama y tiene que rondar el cuarto hasta encontrarlas. Se arropa con un chal para ir a la cocina a preparar el desayuno. Pero primero va a orinar y se compone un poco el pelo. En el espejo se encuentra con esa mujer a la que todavía no se acostumbra. No le costó mucho acoplarse otra vez al apartamento, a encontrar en el baño las cosas de él, su máquina de afeitar, su colonia, lo poco que usa para acicalarse. También se acostumbró a verlo muy temprano en su rincón, escribiendo en ayunas y en piyama, solamente acompañado de un café negro y un cigarrillo. Pero a la mujer del espejo no se acostumbra. ¿En qué momento pasé de los cincuenta si apenas hace un rato fui con mi Richi al carrusel del Aguamarina? Ayer, o acaso unos años antes, subía y bajaba muy briosa las lomas de otro barrio, y pegaba allá en los muros y en los postes fotos de su hijo, a la edad que fuera teniendo, sin perder la fe ni la esperanza así ya no creyera ni en Dios ni en nada. Hace unas noches, ¿doscientas?, ¿mil?, fornicaba, bebía, se trababa, aunque también trabajaba de sol a sol, sobrellevando la vida y haciéndole el quite a la hora aborrecida de la mano invisible en el cuello. Y hoy, cuando vuelve a encontrarse con esa mujer adulta que la acosa a diario, busca de nuevo en el espejo una explicación más para entender por qué ese ayer parece cosa de un pasado muy lejano.

Resignada a no recibir una respuesta, se lava las manos y sale del baño.

Dicho y hecho, en la sala encuentra a Sergio sentado frente al computador, que funciona de puro milagro. Tan antiguo como la historia que escribe y no publica, guardián de miles y miles de páginas que no tienen otro lector que el mismo Sergio. A su lado, el café y el cigarrillo por la mitad. Se saludan con un hola mecanizado, y Celmira sigue hasta la cocina. No lo va a interrumpir sino hasta cuando esté listo el desayuno, que comparten siempre callados, él hojeando el periódico, el mismo donde trabajó toda su vida, y ella mirando cualquier cosa en el teléfono, redes sociales, noticias, conversaciones que no ha terminado.

Así como se fue, asimismo regresó Celmira. De a poquito, insegura de si hacía lo correcto, a veces arrepentida y otras decidida. El primer pretexto fue una visita corta para resolver algún asunto pendiente, luego programaron un almuerzo, días después una cena y otra noche cualquiera se quedó a dormir, aunque lo hizo sola, en la cama de Richi, en el cuarto que permanecía intacto. Ahí mismo se instaló cuando acordaron el regreso de ella. No dormirían juntos, no tendrían sexo, simplemente coincidieron en que era el momento de volver. Así lo convinieron, sin preguntas y sin reclamos.

Sergio lava los platos mientras Celmira se va a tender las camas. En la de él solo tiende la mitad; el lado que antes ocupaba ella permanece intacto, Sergio nunca lo invade, como si ella continuara durmiendo ahí. La cama de Richi sigue siendo la de un niño, y aunque es pequeña para Celmira, ella no ha querido cambiarla.

—¿Vamos esta tarde al cine? —le pregunta Sergio, antes de sentarse otra vez frente al computador.

—Ajá.

Él se encarga de elegir la película y de lo que tenga que ver con el mundo. Es él quien le propone salir a tomar un café en las tardes, ir a un restaurante campestre los domingos, ir a un concierto, a la presentación de un libro, cosas que hace a veces cuando para de escribir. Celmira sale a caminar todas las mañanas y toma rutas distintas por senderos que la alejan de la ciudad. Una ciudad que tampoco volvió a ser la misma. A pesar de que la racha de terror desapareció casi por completo, siguen vivas las heridas en una sociedad, en un país condenado a pelear contra sí mismo. Desde lo alto de los senderos, observa las ruinas que quedaron de esos tiempos, y más que dolerse la mortifica la certeza de que todo sigue igual. Los escombros siguen pegados a los esqueletos, y sobre los que cayeron no se vislumbran restauraciones ni construcciones nuevas. Allá en lo alto puede ver al fondo la mancha ocre donde queda el otro barrio que también fue suyo. Lo mira pero no siente nada. Tal vez por eso regresó con Sergio, porque ya no siente nada por nada.

Sergio escribe a diario, todas las mañanas, desde muy temprano hasta el mediodía, acumulando páginas, miles de páginas engavetadas en la memoria de un computador obsoleto. Ha decidido que será un libro inconcluso, que solo dejará de escribir cuando muera, o tal vez antes, si pierde la cabeza. Le ha dado instrucciones a Celmira para que le ofrezca el archivo a quien quiera continuar la historia. A fin de cuentas es ficción, dijo Sergio, y alguien puede seguir inventándola.

—No hablemos más de la muerte —le pidió Celmira.

De todas maneras él le mostró el cuaderno con sus notas, y la página donde ofrecía su libro a quien quisiera retomarlo. Y no se volvió a hablar del tema. Ahora ni siquiera hablan de la historia que Sergio escribe, a Celmira no le importa si la menciona, si ha revelado intimidades, si la trama gira o no en torno a Richi, a la tragedia y las rupturas. El oficio de Sergio se ha convertido en rutina, y la rutina no le despierta la curiosidad a nadie. Así es la inercia de sus vidas desde que ella regresó, hace ya ¿qué? ¿tres?, ¿cinco?, ¿siete años?

En las tardes, Sergio lee. A pocos metros del escritorio sigue ubicada su silla de lectura, y ahí se acomoda, libro en mano. Solo deja de hacerlo si hay alguna diligencia pendiente, de esas de las que nadie se escapa, y también para ir a la Fiscalía, una vez cada tres meses, a revisar los archivos, no de niños ahora, sino de gente perdida, de los que han encontrado en otra ciudad y hasta en otro país. Los fiscales tienen la cortesía de clasificar a los hombres que cuentan con la edad de Richi. Y una vez al año vuelve a hacerle modificaciones al retrato hipotético de su hijo, que ya en nada se parece al de la foto original. La duda de siempre sigue carcomiéndolo: ¿Y si se han alejado del camino? Cada retrato está basado en el anterior, y así hasta el principio, hasta la foto del niño. Pero ¿qué tal si se desviaron en el cuarto o quinto? Un rasgo de más o de menos, un cambio en Richi que a lo mejor no se dio en la realidad. Una mínima alteración en uno de los retratos podría haber desencadenado una serie de cambios que posiblemente aumentaron a medida que también envejecieron a Richi.

—Todo este tiempo hemos podido estar buscando a la persona equivocada.

Para Clarisa, paradójicamente, la resolución del caso no se iba a dar gracias al retrato digital. Así se lo reiteró a Sergio poco antes de que rompieran. Si lo encuentras, será por una suma de coincidencias, tan improbables que solo podrían ser calificadas como un milagro. Ella y su fijación con el azar.

Sergio, entonces, cierra el libro y le pregunta en voz alta a Celmira, que anda en otro lado:

—¿Estás lista?

Ella había olvidado el plan para ir a cine. Le pasa con frecuencia. Pero siempre está lista. No hace mucho en las tardes, salvo ver algunos programas de televisión o también leer libros que Sergio le recomienda. A veces sale a cambiar los carteles con la foto de Richi. A ella, en realidad, ni le importa la película que verán. Incluso, cuando ya están sentados dentro del cine, a ella se le ocurre preguntar por el nombre de la película. Eso sí, Celmira las ve muy atenta, de principio a fin. En cambio Sergio cabecea cuando lo vence el cansancio por los madrugones. A veces ella lo deja adormilarse, otras veces lo alerta con un codazo suave.

Cuando salen del cine, él le pregunta:

—¿Tienes hambre?

—No. ¿Y tú?

—No sé. Tal vez no.

Caminan sin afán desde la cinemateca hasta la casa. Sergio propone una ruta que es un poco más larga. Quiere pasar por la Librería Nacional a mirar las novedades. Ella se detiene frente a otra vitrina, aunque no entra a la tienda. A Sergio le llama la atención el gran cartel con el que anuncian, ese día, una jornada de firmas del nuevo libro de Ánderson Posada.

—Mira —le dice Sergio a Celmira—. Por fin. ¿Cuántos años después?

—*El vacío en el que flotas* —lee Celmira en voz alta.

Sergio mira su reloj. De acuerdo con el cartel, hace diez minutos terminó la sesión de firmas.

—Ya se fue —dice—. De todas maneras voy a comprarlo. ¿Entras o me esperas?

Celmira lo acompaña. Todavía le gusta buscar revistas sobre peinados y maquillaje. Sergio saluda a los libreros, que lo conocen desde siempre. Toma el libro de un arrume, y mientras mira al detalle la portada, uno de los libreros le dice:

—El autor todavía anda por ahí. Don Felipe lo tiene entretenido con un whisky. ¿Quiere que se lo firme?

Sergio duda, pero también quiere saludar al gerente de la librería. Mira a Celmira, que anda concentrada en la sección de revistas. Ella debió de haber sentido la mirada de Sergio porque también se voltea y se sonríen. Luego él desaparece detrás de una estantería. Celmira sabe que la gente desaparece así, en un abrir y cerrar de ojos, y todavía no lo supera.

Hojea por hojear varias revistas europeas, se decide a llevar algunas para matar sus tardes, y sale a buscar a Sergio. Así desaparece la gente, piensa. Pasa por la sección de libros infantiles donde varios niños leen y pintan echados en el piso o en los muebles especiales que hay para ellos. Se detiene a mirarlos como un homenaje al niño que no volvió nunca. Sigue caminando entre los estantes, atenta a Sergio, hasta que lo ve al fondo. Él charla con alguien, y a medida que ella se aproxima y descubre al otro, comienza a sentir en el cuello la mano invisible que ya había dado por cancelada en su vida. Sin embargo, el apretón es tan fuerte como el de los primeros días. Suelta las revistas y caen al piso. ¿Quién es ese que tiene los mismos ademanes de Sergio, la misma inclinación del cuerpo, un poco hacia adelante como mostrando siempre sumisión y respeto? ¿Por qué mueven las manos de igual manera? ¿Por qué los dos tienen la sonrisa alegre y triste al mismo tiempo, como si les pesara ser felices? ¿Por qué les chispean los ojos, como si se conocieran de toda una vida?

Celmira avanza hacia ellos, y con la mano intenta zafarse de la otra que la sofoca. Sergio la ve pero no le nota la agitación ni el espanto. Le hace una seña para que se acerque. El autor le está firmando el libro. Celmira se aproxima, con la mirada nublada, sin aire y aturdida. Aun así, alcanza a escuchar cuando tú le dices a Sergio:

—Espero que le guste. Tiene un final feliz.

Este libro se terminó
de imprimir en
Móstoles, Madrid,
en el mes de
diciembre de 2023

«Para viajar lejos no hay mejor nave que un libro».

EMILY DICKINSON

Gracias por tu lectura de este libro.

En **penguinlibros.club** encontrarás las mejores
recomendaciones de lectura.

Únete a nuestra comunidad y viaja con nosotros.

penguinlibros.club

Penguin
Random House
Grupo Editorial

 penguinlibros